劍
愛
覇
刀

애검패도

Fantastic Oriental Heroes

애검패도 1
안지환 新무협 판타지 소설

초판 1쇄 찍은 날 § 2006년 4월 10일
초판 1쇄 펴낸 날 § 2006년 4월 20일

지은이 § 안지환
펴낸이 § 서경석

편집장 § 문혜영
편집책임 § 최하나
편집 § 장상수 · 문정흠

펴낸곳 § 도서출판 청어람
등록번호 § 제1081-1-89호
등록일자 § 1999. 5. 31
어람번호 § 제2-0880호

주소 § 경기도 부천시 원미구 심곡1동 350-1 남성B/D 3F (우) 420-011
전화 § 032-656-4452 팩스 § 032-656-4453
http://www.chungeoram.com
E-mail § eoram99@chollian.net

ⓒ 안지환, 2006

ISBN 89-251-0068-1 04810
ISBN 89-251-0067-3 (SET)

愛劍霸刀

애 검 패 도

Fantastic Oriental Heroes

안지환 新무협 판타지 소설

1

도서출판 청어람

목차

◇ 第一章 ◇
열 삼

중원을 비옥하게 만드는 장강. 수만 리에 걸쳐 있는 그 웅장한 물줄기의 시작은 중원이 아닌 서역의 이름 모를 지역이다. 작은 개울이었던 장강이 세력을 불리기 시작하는 곳은 중원과 서역의 경계인 사천 지방이다.

사천 지방에는 매년 6, 7월에 많은 비가 내린다. 그 비는 한 해도 거르지 않고 사천 지방에 큰 홍수와 그로부터 파생되는 수백 명의 고아들을 만들곤 했지만, 장강을 불려주고 결과적으로는 중원을 살찌워 주는 중원인에게는 고마운 존재였다. 비록 사천 사람들에게는 재앙이었지만.

후두둑후두둑.

눈앞이 보이지 않을 정도로 쏟아지는 빗줄기는 지금이 여름이라는 것을 말하고 있었다.

백 호 남짓의 작은 마을이 내려다 보이는 작은 언덕배기 중턱에 버려

진 초가집이 한 채 있었다. 몇 년에 걸친 비바람에 반쯤 해어진 초가지붕
은 지붕으로서의 역할을 하지 못하고 아무런 여과 없이 빗줄기를 통과시
켰다.

그나마 비가 스미지 않는 곳에 누더기를 입은 아이들이 한데 모여 있
었다. 아이들은 때가 꼬질꼬질 낀 손으로 흙이 묻은 만두를 급하게 먹고
있었다.

여기저기에 구멍이 숭숭 뚫려 다른 아이들보다 더 해어져 보이는 누더
기를 입은 일곱, 여덟 살 남짓의 남자 아이가 초가집 기둥 밑에 홀로 서
있었다. 앞쪽으로 들이치는 빗발에 온몸이 흠뻑 젖은 그 꼬마아이는 뼈
가 보일 정도로 말랐다.

꼬마아이는 부러운 눈으로 만두를 먹는 아이들을 힐끗힐끗 보았다. 하
지만 아이들 틈에 끼어들어 만두를 먹을 용기는 없는 모양이다. 꼬마아
이는 이내 체념한 눈으로 처마를 타고 흘러내리는 빗방울을 멍하니 보았
다. 그러다가 빗살 사이로 멀리 만두집이 보이자 자기도 모르게 침을 꿀
꺽 삼켰다.

어제부터 지금까지 하루 반나절을 꼬박 굶은 터다. 머리 속으로 화로
위에 올려져 있는 찜통과 그 속에서 김이 모락모락 나는 만두가 그려졌
다. 어제 만두를 훔치려다 잡혀서 만두집 주인의 바위만한 주먹에 흠씬
두들겨 맞았던 기억 같은 건 이미 지워져 버렸다.

꼬마아이는 초가집을 나와 억수같이 내리는 빗속을 걸어 만두집으로
갔다. 머리카락 사이로 타고 내린 빗물이 눈으로 흘러들었다.

거리는 한산했다. 어쩌다 지나치는 사람들은 꼬마아이의 남루한 모습
과 지독한 악취에 눈살을 찌푸렸다.

아침부터 내리고 있는 많은 비 탓에 만두 가게에는 손님이 한 명도 없

었다. 만두 가게 주인은 찜통 뒤쪽의 의자에 앉아 졸고 있었다.

꼬마아이의 가슴이 세차게 뛰었다. 정말 백 번에 한 번 있을까 말까 한 기회였다.

타닥타닥.

빗살이 만두 가게의 처마를 치는 소리가 긴장한 꼬마아이의 귀에 크게 들렸다.

꼬마아이는 살금살금 찜통으로 다가가다 차박차박 하는 자신의 발소리에 놀라서 잠시 멈추었다. 그리고는 길게 숨을 내쉰 뒤 다시 다가갔다.

꼬마아이는 찜통 앞에 멈추어 서서 만두 가게 주인을 잠시 보았다.

만두 가게 주인의 눈밑으로 가늘게 난 흉터가 찌푸린 미간 때문에 더 험상궂어 보였다. 무슨 안 좋은 꿈을 꾸고 있을 것이라 꼬마아이는 생각했다. 꼬마아이는 눈으로는 만두 가게 주인을 계속 주시하며 찜통으로 손을 뻗었다가 이내 중간에서 거두어들였다.

바로 어제 만두 가게 주인에게 심하게 맞았던 기억에 겁이 덜컥 난 것이다. 꼬마아이는 잠시 머뭇거리다가 다시 손을 뻗었다. 손이 찜통 손잡이에 닿으려는 순간, 만두 가게 주인의 몸이 꿈틀거렸다.

만두 가게 주인의 일거수일투족에 모든 신경이 집중되어 있었기에 그의 작은 행동에도 꼬마아이는 크게 반응했다. 화들짝 놀란 나머지 찜통 뚜껑이 손에 밀려 땅으로 떨어지면서 요란한 소리를 냈다.

만두 가게 주인은 요전과는 비교할 수 없을 만큼 요란스레 몸을 꿈틀거리더니 순간 눈을 번쩍 떴다.

꼬마아이는 만두 가게 주인의 눈이 어렸을 적 어머니에게 들었던 이야기 속의 호랑이와 닮았다는 생각이 들었다. 이 짧은 생각을 끝으로 꼬마아이의 뇌는 사고를 멈추었고, 그와 동시에 꼬마아이의 몸도 그 자리에서 멈추어 버렸다.

만두 가게 주인은 꼬마아이를 보고 발작적으로 일어섰다.

만두 가게 주인의 집채만한 손바닥이 자신을 향해 날아오는 것이 느리게 보였다. 피해야 한다는 생각이 문득 든 순간 얼굴이 화끈거리면서 작고 마른 몸이 하늘로 날아올랐다. 꼬마아이는 공중에서 몸이 반 바퀴가 뒤집어져서 물이 고인 땅에 얼굴을 처박았다. 코와 입술에서 터져 나온 피가 고인 물 위로 번져 나갔다.

아프다는 생각은 들지 않았다. 어떻게든 도망가야겠다는 생각만 들었다. 꼬마아이는 몸을 움직이려 했지만 가위에 눌린 것처럼 꼼짝도 하지 않았다.

만두 가게 주인은 발로 꼬마아이의 머리를 짓밟았다. 연이어 꼬마아이의 몸통을 발로 걷어찼다. 꼬마아이의 몸이 공중으로 붕 떴다가 일이 장남짓 날아가서 힘없이 땅으로 떨어졌다. 꼬마아이의 팔과 다리는 마치 연체동물처럼 제각기 흐느적거렸다.

빗살이 꼬마아이의 얼굴 위로 떨어졌다. 머리 속으로 파리가 날아다니는지 윙윙거렸고, 몸에 이상한 것이 들어갔는지 간헐적으로 헛기침이 나왔다. 꼬마아이의 머리 속은 온통 멍했다. 아무런 생각도 들지 않았다. 단지 옷으로 스며드는 빗물이 시원하게 느껴질 뿐이었다.

만두 가게 주인은 다시 꼬마아이를 차려고 발을 들었다.

이때, 지나가던 행인이 만두 가게 주인을 말렸다.

"이보시오, 노씨. 그만 해두시오. 이러다 애 잡겠소."

"이런 쥐새끼 같은 놈은 단단히 혼을 내줘야 합니다. 이 정도로는 어림도 없습니다!"

행인은 만두 가게 주인을 처마 안쪽으로 미는 시늉을 했다. 그는 만두 가게 주인과 제법 친분이 있는지 걱정하는 투로 말했다.

"그만해 두라니까. 자자, 모두 노씨를 위해 하는 말이야. 살인자 되는 게 그렇게 어려운 게 아니라니까."

만두 가게 주인은 널브러져 있는 꼬마아이를 한 번 보았다. 만두 가게 주인은 불과 반 시진 전에 고아들에게 만두를 도둑 맞았기에 아직 분이 안 풀렸는지, 씩씩거리면서도 행인의 말처럼 몇 대 더 때리면 꼬마아이가 죽을 것 같았기에 그냥 처마 안으로 들어갔다.

두 사람의 대화가 꼬마아이에게는 멀리 저쪽에서 들려왔다.

행인은 꼬마아이를 부축해서 길 한편으로 데려다 놓으려는 생각으로 다가갔다가 꼬마아이에게서 지독한 악취가 나자 별 미련 없이 가던 길을 갔다. 자기 할 몫은 다 했다는 듯이 걸음걸이가 당당했다.

비는 그칠 줄 모르고 계속 내렸다.

꼬마아이는 정신을 잃었다가 차렸다가를 반복했다. 몹시 춥다는 느낌이 기억이 끊어졌다 이어지는 사이사이 들었다.

어쩌다 지나치는 사람들은 꼬마아이를 그저 한 번 힐끗 쳐다볼 뿐 아무런 도움도 주지 않았다. 그러는 것이 그들에게는 당연한 듯 보였다.

해가 졌다. 더 이상 길을 지나는 사람이 없었다.

꼬마아이는 이제 아예 정신을 놓아버렸다. 만두 가게 주인은 길에 사람이 없자 찜통을 가게 안으로 넣고 가게 문을 닫았다. 얼핏 꼬마아이가 아직까지 길에 쓰러진 채 정신을 차리지 못하는 것이 보였지만, 그에게는 아무런 관심의 대상이 되지 못했다.

어둠이 고인 빗물에까지 스며들어 꼬마아이의 얼굴을 비추지 못할 무렵, 이두마차 한 대가 좁은 길을 요란하게 달려왔다. 어둠이 아니더라도, 비 때문에라도 앞이 잘 보이지 않을 텐데 이두마차는 신기하게도 꼬마아이의 바로 앞에서 멈춰 섰다.

급정거에 놀란 말들이 신경질적으로 투레질을 했다.

이두마차 안에서 검은 옷을 입은 남자가 내렸다. 그는 곧장 꼬마아이에게 다가가더니 꼬마아이를 들어올려 뺨을 툭툭 쳤다. 그러나 꼬마아이는 정신을 차리지 못했다.

이두마차의 마부석에서 역시 검은 옷을 입은 남자가 내리더니 처음의 흑의사내에게 다가가서 옆에 섰다.

처음의 흑의사내가 말했다.

"한 명이 부족하다고?"

마부석에서 내린 흑의사내가 대답했다.

"죄송합니다. 속하의 실수로 그만."

이두마차 안에서 내린 남자가 다시 꼬마아이의 뺨을 툭툭 쳤다. 이번에도 꼬마아이는 정신을 차리지 못했다.

"이제 시간이 없지?"

"반 시진가량 남았습니다."

"반 시진이 남았다구? 반 시진이면 집결지로 가기에도 빠듯한 시간이야. 남은 시간은 없다고 봐야 해."

마부석 남자는 부지런히 가면 집결지까지 이각 안에 갈 수 있다고 생각하면서도 입으로는 다른 말을 했다.

"죄송합니다. 속하의 생각이 짧았습니다."

"이 아이는 어때?"

마부석 남자는 상관의 일련의 언행을 통해 이번 질문을 대충 짐작하고 있었다. 웬만하면 알겠다고, 그게 좋겠다고 하겠는데 꼬마아이의 상태가 너무 볼품없었다. 그럼에도 마부석 남자는 감히 아니라는 말은 하지 못하고 꿀 먹은 벙어리처럼 묵묵히 있었다.

"왜? 마음에 들지 않아?"

흑의사내는 다소 기분 나쁜 듯했다.

그러자 마부석 남자가 급히 말했다.

"아닙니다. 그럴 리 있겠습니까? 다만……."

"다만 뭐지?"

"우선 나이를 알아야 하지 않겠습니까?"

흑의사내가 보기에도 꼬마아이는 일곱여덟 살로밖에 보이지 않았다.

"그건 그렇지."

흑의사내는 힘껏 꼬마아이의 뺨을 후려쳤다. 꼬마아이의 머리가 힘없이 팩 돌아갔고, 돌아갔을 때보다 열 배는 느리게 원래의 자리로 돌아왔다.

꼬마아이는 눈을 슬며시 떴다. 눈앞에 무엇인가 보이는 것 같기도 하고 안 보이는 것 같기도 했다. 꼬마아이는 자신이 공중에 들려져 있다는 것을 전혀 인식하지 못했다. 꼬마아이는 굳이 어디랄 것 없이 온몸이 몹시 아팠다. 몹시 피곤함을 느끼고 만사가 귀찮아져서 눈을 감아버렸다.

"네 나이가 몇이냐?"

요전의 만두 가게 주인과 행인의 대화 때처럼 이번에도 흑의사내의 목소리는 저 멀리에서 들려왔다.

"열 살보다 밑이냐, 위냐?"

꼬마아이의 대답이 없자 흑의사내는 꼬마아이의 뺨을 다시 힘껏 후려쳤다.

정신이 조금 든 이후여서인지 꼬마아이는 요전과는 달리 아픔을 느꼈다. 꼬마아이는 여전히 느리게 눈을 떴지만 눈에서 생기가 조금이나마 느껴졌다.

"열 살보다 밑이냐, 위냐? 열 살보다 위겠지?"

꼬마아이는 또다시 들려온 말소리에 정신을 집중시키려 노력했다. 조금씩 눈의 초점이 잡히면서 세상이 머리 속으로 들어오기 시작했다. 여전히 비가 내리고 있었다. 정말 지긋지긋하다고 생각했다. 꼬마아이가 제일 싫어하는 것은 비이고, 그 다음이 어른이었다.

분명 자신에게 걸어온 말이었다. 그리고 대답을 하지 않으면 또다시 손이 날아올 것이다. 꼬마아이가 음식을 빌어먹는 생활을 한 지도 벌써 삼 년이었다. 눈앞의 남자의 얼굴은 짜증으로 가득했다. 남자의 오른쪽 볼과 오른쪽 눈이 찡그려진다고 느껴진 순간 꼬마아이는 본능적으로 입을 열었다.

"맞아요. 열 살보다 많아요."

"몇 살이지? 열 살인가?"

꼬마아이는 자신의 판단이 옳았다고 느꼈다. 그리고 많게 부를수록 좋을 것 같다는 막연한 생각이 들었다.

"아니요. 열한 살이에요."

실제 나이가 아홉 살임에도 꼬마아이는 이렇게 말했다.

흑의사내의 얼굴에 어렸던 짜증이 싹 사라졌다. 자신의 판단이 옳았다는 것에 대한 만족감이었다.

"그래? 그렇단 말이지?"

고아들은 못 먹고 한데서 자기에 실제 나이보다 어려 보이는 경우가 종종 있었기에 마부석 남자도 꼬마아이의 말을 의심하지 않았다.

흑의사내는 꼬마아이를 든 채로 이두마차로 가더니 마차 안으로 꼬마아이를 던져 넣었다. 꼬마아이는 몸이 공중에 떠 있는 느낌이 들자 눈을 꼭 감았다. 단단한 바닥에 부딪치리라는 예상과는 다르게 꼬마아이의 몸은 물컹한 무엇인가에 닿았다.

"아야!"

낮은 비명 소리는 꼬마아이의 입이 아닌 다른 곳에서 나왔다. 지금 꼬마아이의 몸은 지푸라기만 닿아도 뼛속까지 저릴 상태였다. 꼬마아이는 눈물이 날 정도로 몹시 아팠지만 비명 소리를 입 밖으로 내지 않았다.

혹의사내가 마차 안에 탔고, 문이 닫히며 이내 이두마차는 덜컹거리며 출발했다.

마차 안은 어두웠다. 꼬마아이의 눈에는 아무것도 보이지 않았다. 다만 곳곳에서 들리는 미약한 숨소리로 미루어 몇 명의 사람이 더 있다고 짐작할 뿐이었다. 마차가 덜컹거릴 때마다 꼬마아이는 숨이 막히도록 아팠다. 너무 아파서 스스로 의식하지 못하는 사이 눈물이 흘러내렸다.

"많이 아파?"

여자 아이의 목소리였다. 차가운, 하지만 작고 보드라운 손이 꼬마아이의 뺨에 닿았다. 그 손은 꼬마아이의 눈물을 닦아주었다. 아주 낯선 느낌이었다. 하지만 왜인지 꼬마아이는 기분이 좋아졌다. 마차 안의 어둠에 적응하지 못한 꼬마아이는 여자 아이를 보지 못했지만 여자 아이는 꼬마아이를 보는 듯싶었다. 단지 여자 아이가 자신의 오른편에 앉아 있다는 것만 알 수 있었다.

"전에는 나도 아팠어. 하지만 이제는 아무렇지도 않은걸. 너도 곧 안 아프게 될 거야."

"응…….'

꼬마아이는 여자 아이의 말을 전혀 이해하지 못했지만 기분 탓인지 아픔이 훨씬 덜한 것 같았다.

이두마차는 마을을 벗어난 다음 작은 언덕배기를 돌아 나가 들판 위를 잠시 달렸다. 언제부턴가 들판 옆으로 강줄기가 보였다. 강은 요 며칠 내린 많은 비에 요동치고 있었다. 무엇이든 다 빨아들일 것 같은 기세로 굽이치는 강줄기에 마부석의 남자는 경탄했다.

"자연의 힘은 정말 경이롭구나. 경이롭다는 말 말고는 달리 표현할 수가 없구나."

강이 들판으로 조금씩 다가오더니 어느 순간 크게 휘어 들판을 반으로 가르고 지나갔다. 강을 눈앞에 두고 마부석 남자는 이두마차를 멈춰 세워야만 했다. 마땅히 들판과 들판을 잇고 있어야 할 나무 다리가 보이지 않았기 때문이다.

마차 안에서 흑의사내가 내리면서 벌컥 화를 냈다.

"무슨 일이기에 통보도 없이 마차를 멈춘 것이냐?"

마부석 남자는 망연히 눈앞의 끊긴 다리와 범람하려는 강물을 보고 있었다. 마부석 남자에게로 갔던 흑의사내의 시선이 저절로 굉렬한 소리를 내며 굽이치는 강 쪽으로 갔다.

"젠장맞을, 다리가 떠내려가 버렸구나. 망할 놈의 하늘 같으니라구."

남은 시간은 불과 이각 남짓이었다. 이 다리만 건너면 바로 집결지였다.

흑의사내는 하늘을 올려다보았다. 별 하나 떠 있지 않은 하늘은 온통 새까맣다. 빗줄기는 조금도 약해지지 않았다. 굵은 빗방울이 흑의사내의 얼굴을 때렸다. 비는 전혀 그칠 기세가 아니었다.

"망할 놈의 하늘 같으니라구."

마부석 남자가 조심스레 물었다.

"이제 어떡하실 생각이십니까?"

"다른 다리는 어디쯤 있지?"

"하류 쪽으로는 물살이 세어서 다리가 없습니다. 상류 쪽으로 가장 가까운 다리가 반 시진 거리에 있습니다. 그쪽을 이용해도 집결지까지 한 시진은 걸릴 겁니다."

"한 시진……."

두 사람의 눈앞으로 보이는 강줄기가 중원을 가로지르는 장강의 시초이다. 하류 쪽으로 말을 타고 반 시진을 달리면 장강삼협이 나온다. 장강삼협은 깎아지를 듯한 절벽과 그 사이를 집어삼킬 듯 흐르는 급류로 인해 사람은 물론 배도 지나지 못했다. 왕래를 위해 다리를 놓으려는 시도도 해보았지만 번번이 좌절되었다. 자연히 장강삼협은 사천 지방과 중원 땅을 나누는 경계점이 되었다.

마부석 남자가 생각하기에 방법은 두 가지뿐이었다. 빗물이 고여 질퍽한 길을 전속력으로 달려 돌아가는 것과 이곳에서 상부의 원조 부대가 오기를 기다리는 것. 현 지원단주의 부하를 아끼는 성격상 낙오자가 생기면 최우선적으로 원조 부대를 보낼 것이라고 마부석 남자는 자신했다. 흑의사내가 고민하는 기색이자 마부석 남자가 자신의 의견을 피력했다.

"상류쪽 다리도 온전하리라고는 장담할 수 없습니다. 불확실한 가능성에 기대는 것보다 이곳에서 상부의 원조 부대를 기다리는 것이 나을 듯싶습니다."

흑의사내의 눈꼬리가 치켜 올라갔다.

"그래서? 그래서 가지 못하겠다는 건가? 너의 역할이 뭐지? 그냥 말만 몰면 되는 것이었는가? 나를 보좌해 주어야 하지 않는가? 그저 안 된다는 말 외엔 할 줄 아는 게 없으니……."

마부석 남자는 불만스러웠다.

'이게 내 잘못인가? 비가 많이 내려서 다리가 떠내려간 것을 나보고 어쩌란 말인가?'

자신의 가슴패기에 수놓아져 있는 금색 삼각형 문양과 흑의사내의 가슴패기에 수놓아져 있는 황색 원 문양의 차이일 것이다. 두 사람의 옷에 수놓아진 문양 위엔 적색 실로 '주(朱)' 자가 새겨져 있었다. 한 번의 실패가 열 번의 성공보다 고과에 더 크게 작용한다는 것을 잘 알지만 종종 상관의 행동을 이해할 수 없는 마부석 남자였다.

흑의사내는 못마땅하다는 기색을 숨기지 않고 마부석 남자를 쏘아보았다.

마부석 남자는 머리를 숙이며 짐짓 잘못을 인정한다는 태도를 보였다.

"아닙니다. 가시라면 가겠습니다."

사실 흑의사내는 지금 어떻게 해야 할지 갈피를 잡지 못하고 있었다. 움직이지 않고 가만히 있기에는 어딘지 불안해서 상류 쪽 다리로 가려 했지만, 마부석 남자의 의견을 무시하기에는 마부석 남자의 경험이 무서웠다.

흑의사내는 큰 결단을 내리는 듯한 얼굴로 말했다.

"알겠다. 여기서 상부의 원조 부대가 올 때까지 대기한다. 노숙 준비를 하도록."

"예, 바로 준비하겠습니다."

마부석 남자는 재빠르고 능숙하게 움직였다. 허리끈의 엉덩이 부분에 결속되어 있는 다용도 우의를 푼 다음, 상의 속주머니에서 가늘고 긴 끈 네 가닥을 꺼내 다용도 우의의 네 모서리에 하나씩 묶었다. 네 가닥의 긴 끈이 연결된 다용도 우의를 주위의 네 그루 나무에 사람 키보다 약간 높은 곳에 팽팽하게 묶었다. 네 그루 나무가 기둥 역할을 하고, 다용도 우의가 지붕 역할을 해서 비를 피할 수 있는 공간이 생겼다.

흑의사내는 마부석 남자가 임시 지붕을 만드는 것을 가만히 지켜보다가 임시 지붕이 완성되자마자 당연하다는 듯 그 아래로 들어와서 낮에 먹다 남은 주먹밥을 꺼내서 먹었다.

두 사람은 조건에 맞는 고아 열 명을 찾느라 저녁도 제대로 먹지 못했기에 배가 고프긴 마부석 남자도 마찬가지였다.

마부석 남자는 이두마차를 끌고 와서 말의 고삐를 나무에 묶었다. 마차 안을 들여다보니 천장에 기름종이를 대긴 했지만 빗방울이 하나둘씩 떨어졌다. 그 상황에서도 아이들은 무릎에 얼굴을 묻고 잠이 들어 있었다.

마부석 남자는 자신의 십여 년 전 모습을 보는 것 같아 아이들이 안쓰러웠다. 잠을 자지 않는 아이는 마지막으로 탄 꼬마아이와 남자 아이 한 명, 예쁘장하게 생긴 여자 아이 한 명뿐이었다. 세 아이는 마차 문이 열리자 작은 눈을 동그랗게 뜨고 마부석 남자를 보았다. 겁에 질리고 잔뜩 긴장한 모습이었다.

불현듯 마부석 남자는 아이들에게 무언가 해주고 싶은 마음이 들었다. 마부석 남자는 상의 속주머니에 손을 넣어 주먹밥을 더듬어 쥐었다. 주먹밥은 두 덩이뿐이었다. 자신도 배가 무척 고팠지만 마부석 남자는 남자 아이의 무릎 위로 두 덩이의 주먹밥을 던져 주고는 얼른 문을 닫았다.

마부석 남자가 임시 지붕 안으로 들어오자 흑의사내는 냉소를 지으며 말했다.

"배가 고프지 않은가 보지? 내일 아침까지 먹을 건 아무것도 없어. 쓸데없는 동정심이야. 왜 그런 거지? 사정이 같아서 동정심이 생긴 건가? 네 녀석들 생각은 도무지 알 수가 없어."

마부석 남자는 들키고 싶지 않은 광경을 보여 기분이 몹시 안 좋았다. 더욱이 상관은 자신의 아픈 과거를 들추며 비아냥거리기까지 했다.

"죄송합니다. 제 생각이 짧았습니다."

무엇보다 힘든 건 자신의 마음과는 전혀 상관 없는 말을 찡그리지 않은 얼굴로 해야 한다는 것이었다.

흑의사내는 남은 주먹밥 부스러기를 한데 모아 입에 털어 넣었다. 흑의사내는 우물거리며 말했다.

"그래, 네가 그렇게 생각한다면 됐어. 네 몸은 네 것이 아니야. 교주님의 것이고, 당주님의 것이고, 단주님의 것이고, 작게는 나의 것이야. 너를 어떻게 키워주었는데 몸을 함부로 놀리는 거야? 앞으로 주의하도록 해."

마차 문이 닫히자 마차 안에는 어색한 공기가 흘렀다. 잠든 아이들의 쌔근대는 소리와 마차 지붕을 툭툭 치는 빗방울 소리가 아이들의 귓전에서 크게 울렸다.

세 아이 모두 오늘 하루종일 아무것도 먹지 못했다. 특히 꼬마아이는 이틀 동안 밥 알갱이 한 알 입에 대지 못했다.

세 아이는 서로의 눈치를 살폈다.

마부석 남자가 던져 준 주먹밥은 두 덩이뿐이었다. 한 아이는 주먹밥을 먹지 못한다. 이 사실을 고아로 자라 먹거리에 민감한 세 아이 모두 정확하게 인식하고 있었다.

두 덩이 주먹밥을 잡은 건 사내아이였다. 사내아이는 주먹밥 한 덩이를 입에 물고 남은 주먹밥 한 덩이를 꼬마아이에게 던졌다. 그리고는 태연하게, 그리고 아주 맛있게 주먹밥을 먹기 시작했다.

그 행동이 너무나 능청스러워서 두 아이는 주먹밥이 원래 사내아이의 것이라 믿고 말았다. 여기에는 마부석 남자가 사내아이 무릎께로 주먹밥을 던진 게 큰 이유로 작용했다.

꼬마아이는 너무 배가 고팠기에 이것저것 따질 사이 없이 일단 주먹밥을 한 입 베어 먹었다.

예쁘장하게 생긴 여자 아이는 아무 말도 못하고 멍하니 꼬마아이를 바라보기만 했다.

꼬마아이가 간장으로 양념된 밥 알갱이를 우걱우걱 씹는데 예쁘장하게 생긴 여자 아이의 갈망하는 듯한 얼굴이 눈에 들어왔다. 불쑥 자신이 무언가 잘못한 것 같은 생각이 들었고, 그와 동시에 그만 꼬들꼬들한 밥 알갱이가 목구멍에 걸리고 말았다.

꼬마아이는 컥컥, 기침을 했다. 입 안에 있던 밥 알갱이 수십 개가 밖으로 튀어나갔다.

꼬마아이는 한동안 기침을 했다. 사레가 진정되자 바닥에 떨어진 밥 알갱이를 허겁지겁 주워 먹었다. 눈에 보이는 밥 알갱이를 모두 주워 먹고 난 뒤 꼬마아이는 반절 정도 남은 주먹밥을 예쁘장하게 생긴 여자 아이에게 내밀었다. 주먹밥에는 꼬마아이의 입에서 튀어 나간 밥 알갱이가 몇 알 붙어 있었다.

"먹을래?"

예쁘장하게 생긴 여자 아이는 우물쭈물하며 손을 쭈뼛거렸다.

꼬마아이는 예쁘장하게 생긴 여자 아이의 코앞에까지 주먹밥을 바짝 내밀었다. 예쁘장하게 생긴 여자 아이는 한두 번 꼬마아이를 훔쳐보다가 잰 동작으로 주먹밥을 낚아채 갔다. 그리고는 꼬마아이와 마찬가지로 급하게 주먹밥을 작은 입에 우겨 넣었다.

맛있게 주먹밥을 먹는 예쁘장하게 생긴 여자 아이의 모습에 꼬마아이는 배는 고팠지만 흐뭇한 기분이었다.

남자 아이는 천천히, 그리고 보기 알미울 정도로 맛있게 주먹밥을 먹고 있었다. 예쁘장하게 생긴 여자 아이가 주먹밥을 다 먹고 나서도 남자 아이는 그때까지 주먹밥을 먹고 있었다.

이윽고 남자 아이가 주먹밥을 다 먹었다. 남자 아이는 소매로 입가를 쓱쓱 닦고 나서 꼬마아이를 보며 말했다.

“너, 이름이 뭐야?”

꼬마아이는 손가락으로 자신의 얼굴을 가리키며 되물었다.

“나?”

“그래, 너.”

“화안명. 그건 왜?”

“나는 독고성. 나이는 몇 살이야?”

꼬마아이는 아홉 살이라고 말하려다가 앞에 거짓말을 해놓은 것이 있어 이번에도 거짓말을 했다. 거짓말이 거짓말을 낳은 것이다.

화안명은 생전 처음 보는 사람에게 끌려 다녀도 전혀 불안하지 않았다. 오히려 막연한 기대감이 있었다. 이전까지의 생활 환경이 최악이었기 때문이다. 화안명에게 여기서 더 이상 나빠질 건 아무것도 없었다.

“열한 살.”

“잘됐네. 나도 열한 살인데. 우리 친구하면 되겠다. 그렇지?”

화안명이 영문을 모른다는 얼굴이자 독고성은 큰 동작으로 화안명의 어깨를 손바닥으로 팡팡 두드렸다.

“네가 마음에 들었어. 다른 이유는 없어.”

화안명은 낮게 신음했다. 아직까지도 만두 가게 주인에게 맞은 곳이 아팠다.

독고성은 화안명의 상의를 들춰 올렸다. 새까맣게 든 멍이 등판 한가득이었다. 독고성이 보기에도 멍이 너무 심했다. 넘어져서 생긴 건 절대 아니었다. 누군가에게 얻어맞은 자국이었다.

“어쩌다 이렇게 된 거야?”

화안명은 부끄러운 일을 하다 들킨 것처럼 머리를 살짝 숙이며 작은 목소리로 말했다.

“만두 훔치려다 들켜서. 재수가 없었지, 뭐.”

"이렇게 맞을 동안 뭐 했어? 도망치지 그랬어?"

"상대는 어른인걸. 도망 같은 건 치지 못해."

"바보같이. 불알이라도 걷어찼어야지."

화안명은 독고성의 말에 만두 가게 주인이 사타구니를 부여잡고 꿇어 앉아 끙끙거리는 모습이 상상되어서 피식 웃었다.

"웃긴. 바보같이."

독고성은 필요 이상으로 열을 냈다.

화안명은 맑게 미소 지으며 말했다.

"괜찮아. 이제 아프지 않은걸."

화안명은 아프지 않다고 말을 하자 진짜로 아프지 않은 것 같았다. 요전에 여자 아이가 말했던 '너도 곧 안 아프게 될 거야' 라는 말이 효과를 발휘하는 거라고 화안명은 생각했다.

화안명은 자신의 오른편에서 무릎 위로 팔을 겹쳐서 팔베개를 하고 자고 있는 그 여자 아이를 보았다. 좋은 꿈을 꾸는지 입가와 눈가에 작은 웃음이 어려 있었다.

화안명은 자신도 모르게 여자 아이의 뺨을 손으로 쓰다듬었다. 보드라운 느낌이었다. 이번엔 자신의 뺨을 손으로 쓰다듬었다. 꺼끌꺼끌했다. 여자 아이가 느낀 기분이 그다지 좋지는 않았을 거라는 생각이 들었다.

독고성이 예쁘장하게 생긴 여자 아이에게 말했다.

"이름이 뭐야?"

자신을 없는 사람 취급하던 독고성이 갑자기 말을 걸어오자 예쁘장하게 생긴 여자 아이는 눈을 동그랗게 떴다. 원래 큰 눈이 동그랗게 뜨자 더 커 보였다.

독고성은 여자 아이가 예쁘다는 생각을 했다.

"하림."

“나이는?”

“열 살.”

“그럼 우리를 오빠라고 부르면 되겠네. 나는 성 오빠, 그리고 얘는 안명 오빠.”

하림은 어떻게 대답해야 좋을지 몰라 머뭇거렸다. 그러자 독고성이 윽박지르듯 말했다.

“알았지?”

“응…….”

하림은 약간 주눅 든 얼굴로 대답했다.

“좋아.”

독고성은 화안명과 하림을 차례로 본 다음 말했다.

“우리가 여기서 만난 것도 인연이라고 생각해. 뿔뿔이 흩어질지 같이 지낼지는 며칠 지나야 알 수 있겠지만, 만약 같이 지낸다면 우리 세 사람이 힘을 모아서 절대 밥 굶거나 얻어맞지 말자. 우리는 공동운명체야. 죽으면 같이 죽고 살면 같이 사는!”

화안명과 하림은 독고성의 말에 실린 힘에 압도되어서 머리를 끄덕였다.

비는 밤이 깊어지자 차츰 가늘어졌다.

흑의사내는 임시 천막 밑의 길옆에서 주워 온 바위 위에 앉아 꾸벅꾸벅 졸고 있었다.

마부석 남자는 오리라 믿어 의심치 않는, 그리고 꼭 와야만 하는 원조 부대의 인기척에 온 정신을 집중하고 있었다. 어제 하루 마부석 남자는 흑의사내가 한 일의 꼭 두 배는 더했다. 자지 말아야지 하고 굳게 마음먹었음에도 마부석 남자는 나무에 기댄 채 설핏 잠이 들고 말았다. 애당초 피곤하다고 나무에 몸을 기댄 것이 잘못이었다.

멀지 않은 곳에서 빗소리와 강물 흐르는 소리에 섞여서 쿵쿵 하는 소리가 들렸다. 마부석 남자는 눈을 뜨지 않고 귀를 기울여 쿵쿵 하는 소리가 한 번 더 나기를 기다렸다.

꽤 시간이 지났는데도 쿵쿵 하는 소리는 나지 않았다. 마부석 남자는 잘못 들었나 싶었고, 피곤한 나머지 자면 안 된다는 생각 같은 건 하지도 않고 다시 잠을 청했다.

이때, 우지끈 하고 무언가 부러지는 소리가 났다.

그 소리를 듣는 순간 마부석 남자는 눈을 번쩍 뜨고 기대고 있던 나무에서 튕겨 나옴과 동시에 허리띠 왼쪽에 결속된 장검을 뽑아 든 다음 귀를 기울여 주위를 경계했다.

마부석 남자의 위치는 이두마차와 흑의사내를 모두 지킬 수 있는 일행의 중앙이었다. 그 일련의 동작이 몹시 빨랐다.

야간에는 시각보다 청각으로 적을 발견해야 했다. 마부석 남자의 청각 범위 안에서는 아무것도 감지되지 않았다. 코를 가볍게 골며 자는 흑의사내를 제외한다면.

이때 쿵! 하는 소리가 크게 났다. 땅이 찌르르 울렸다.

흑의사내는 깜짝 놀라 벌떡 일어났다. 그는 무슨 일이 일어났나 싶어서 주위를 두리번거렸다. 아무것도 보이지 않았다. 흑의사내는 당황했다. 그의 황금 두 냥을 주고 산 애검이 고이 허리띠 왼쪽 검집에 꽂혀 있었다.

달과 별은 비구름에 가려 보이지 않았고, 시간은 해 뜨기 반 시진 전의 가장 어두운 때였다. 한 치 앞도 보이지 않는 칠흑 같은 어둠이었다. 지금처럼 달빛도 별빛도 없으면 철이 빛을 반사하지 않기에 상대의 병기도 보이지 않는다.

차박차박, 발소리가 조금씩 다가왔다. 마부석 남자는 오히려 눈을 감아버렸다. 청각을 극대화시키기 위해서였다.

흑의사내도 발소리를 들었다. 그는 실전 경험이 많지 않았기에 겁을 먹었다.

"무슨 소리지?"

상관의 어처구니없는 행동에 마부석 남자는 할 말을 잃었다. 불안전한 곳에서 더구나 야간에 침묵을 유지하는 것은 기본 중의 기본이었다. 마부석 남자가 급히 검지를 입으로 가져가 조용히 하라는 신호를 보냈지만 한 치 앞도 보이지 않는데 흑의사내가 볼 수 있을 리 없었다.

마부석 남자의 대답이 없자 흑의사내는 한 번 더 물었다. 이번엔 요전보다 더 큰 목소리였다. 그만큼 당황했기 때문이다.

"무슨 소리냐니까?!"

마부석 남자는 은폐해 있기는 틀렸다 싶자 앞으로 뛰쳐나가 선공을 했다. 선두에 있는 사람의 목덜미 부근을 장검으로 최대한 소리를 죽여 직선으로 빠르게 찔러갔다. 마부석 남자는 단 두 걸음으로 선두의 사람에게 다가갔지만 땅에 빗물이 고여 있어서 차박차박 하는 소리가 났다.

상대는 마부석 남자의 공격을 미리 알아차렸는지 손 안의 병기로 가볍게 마부석 남자의 검을 옆으로 밀어냈다. 그리고는 손 안의 병기를 오른쪽으로 한 바퀴 돌려 원심력을 이용해서 그대로 마부석 남자의 목을 베어왔다.

마부석 남자는 자신의 검과 상대의 병기가 부딪쳤을 때 손으로 전해온 찌릿찌릿한 감각과 상대의 대응하는 방식과 세기로 미루어 상대가 도를 사용하는 자신보다 윗줄의 고수라는 것을 알 수 있었다. 상대의 병기를 흘리는 것은 아무나 할 수 없는 고급 기술이었다.

마부석 남자는 뒤로 한 걸음 물러나 상대의 도를 피한 다음 좌우로 몸을 흔들었다. 상대에게 타격점을 주지 않기 위한 움직임이었다. 이 방법은 자신보다 윗줄의 고수와 싸울 때 주로 쓰는 것으로 날이 어두웠기에 더욱 효과적이었다.

상대는 마부석 남자가 움직이는 범위를 뭉뚱그려 크게 도를 휘둘렀다. 달빛도 별빛도 없었기에 윙 하는 바람 소리만 들릴 뿐 도의 움직임이 보이지 않았다.

마부석 남자가 청각과 실전 경험에서 나오는 직감으로 몸을 한쪽으로 피하자 마부석 남자의 움직임을 예측했다는 듯 상대의 도가 마부석 남자가 피한 방향으로 쫓아왔다. 상대는 실력뿐 아니라 실전 경험도 풍부한 자인 것 같았다.

마부석 남자는 상대의 도를 맞받을 자신이 없었다. 도를 흘리는 것은 더욱 자신이 없었다. 하지만 정면으로 병기를 부딪치면 상대의 도세에 헤어나지 못하고 지고 만다는 것을 알기에, 아직은 무리라는 것을 알면서도 몸을 왼쪽으로 틀며 상대의 도의 옆면을 검으로 밀어내어서 흘리려 했다.

검이 도의 옆면에 닿는 순간 상대는 홍 하고 코웃음치더니 도를 쥔 손에 힘을 줘서 검을 앞으로 밀어버렸다. 마부석 남자는 상대의 힘을 이기지 못하고 엉덩방아를 찧었다. 넘어진 충격에 머리가 멍했지만 정신만은 또렷했다.

다시 한 번 윙 하는 바람 소리가 들렸다. 마부석 남자는 오른쪽으로 몸을 굴렸다. 도가 마부석 남자가 넘어져 있었던, 지금은 텅 빈 땅바닥을 내리찍었다.

그때까지도 흑의사내는 어찌할 바를 몰라서 허둥거리고 있었다.

마부석 남자는 팽이처럼 몸을 땅바닥에 굴리며 상대의 아랫도리를 검으로 베어갔다. 직감적으로 베었다는 느낌이 왔다. 하지만 검을 휘둘렀는데도 마부석 남자의 손에 아무런 촉감이 느껴지지 않았다. 검이 허공을 자르고, 상대는 아무런 기척 없이 마부석 남자의 검을 피한 것이다.

싸한 느낌이 등 뒤를 지나갔다. 상대는 자신보다 최소한 두 수 이상의 고수였다. 죽을지도 모른다는 생각이 문득 들었다. 하지만 마부석 남자는 승부를 포기하지 않았다. 재빨리 일어난 다음 뒤로 두 걸음을 물러서며 자세를 잡았다.

돌연 상대가 껄껄 웃었다.

"무강이라고? 대단하구나. 애들아, 횃불을 밝혀라."

남자의 말이 끝나자 무강의 주위 사방에서 점점이 횃불이 타올랐다. 기름 먹인 천을 나무에 감아놓고 천에 불을 붙였기에 비가 와도 불이 꺼지지 않았다.

무강은 흙탕물을 뒤집어쓴 채 멍한 눈으로 남자를 보았다.

건장한 체구의 이십대 후반의 남자는 지원단주 비천이었다. 비천의 손에는 그의 덩치만큼이나 큰 도가 들려 있었다. 참마도처럼 폭이 두텁고 곡도처럼 도신이 날렵하게 휘어 있는 비천의 애도를 그 측근들은 패왕도라 불렀다. 비천의 가슴패기에는 황색 별 문양이 수놓아져 있었다. 그 역시 무강과 흑의사내처럼 비표 위에 적색 실로 '주' 자가 새겨져 있었다.

비천은 호걸단 출신이었음에도 실력을 인정받아 믿을 수 없을 정도로 빠르게 진급하고 있었다. 비천은 무강을 비롯한 호걸단 출신의 모든 무사들의 신앙이었다. 비천과 손속을 겨루었다는 것은 무강에게 있어 영광스러운 일이었다.

무강은 비천이 자신의 이름을 알고 있다는 사실에 몹시 기뻤다. 무강은 머리를 땅에 닿을 정도로 깊숙이 숙이며 말했다.

"주작당 지원단 특수대 7조 부조장 무강, 지원단주님을 뵈옵니다. 손에 사정을 주신 것 감사드립니다."

비천은 손사래를 치며 말했다.

"무슨 소리. 나는 봐준 적 없다. 언제나처럼 전력을 다했다. 그나저나 무강 자네, 부조장이 된 지 얼마나 되었지? 한 삼 년 되었나?"

"올해로 사 년째입니다."

"그래? 사 년이면 오래되었구먼. 이제 부조장 소리 그만 들을 때도 되었지."

무강은 가슴이 심하게 두근거렸다. 그의 나이 올해로 스물일곱이었다. 서른다섯 이전에 달 문양을 단다는 것은 호걸단 출신으로는 이례적인 일이었다. 무강은 감격해서 오체복지했다.

"감사드립니다, 정말 감사드립니다."

비천은 무강을 일으켜 세웠다. 비천은 무강의 진흙이 엉겨붙은 옷을 털어주며 말했다.

"이런이런, 옷이 아주 엉망이 되었구먼. 내가 쭉 보아왔지만 무강, 자네는 능력이 있어. 수련에도 열심이고. 다 나 좋으라고 하는 일이야. 자네 같은 사람이 내 친위대에 있으면 얼마나 든든하겠는가? 안 그런가?"

"소인, 이 한목숨 바쳐 단주께 충성을 다하겠습니다. 부디 부려만 주십시오."

비천은 기분이 좋은지 무강의 어깨를 두드리며 흐뭇하게 웃었다.

"좋아, 좋아."

흑의사내가 비천에게 다가와 허리를 깊숙이 숙이며 말했다.

"주작당 지원단 특수대 7조 조장 관규, 비천단주님을 뵈옵니다."

비천은 무강을 대할 때와는 다른 냉랭한 시선으로 관규를 보았다.

"관규라고?"

“예.”

“나이가 적어 보이는데, 올해 몇인가?”

관규는 내심 불쾌했다. 들리는 바에 의하면 비천의 나이 올해 스물다섯이었다. 비천한 고아인 주제에 능력은 쥐뿔도 없으면서 운 좋게 상부의 눈에 띄어 고속 진급을 거듭한 자가 비천이었다. 그 이상도 그 이하도 아니었다. 어쩌면 주작당주에게 여자를 대주었는지도 몰랐다.

“스물한 살입니다.”

관규의 목소리는 퉁명스러웠다.

“배속된 지 일 년 정도 되었군.”

“예.”

비천의 목소리가 돌연 커졌다. 약간의 노기도 섞여 있는 듯했다.

“그런데 아직도 검이 무서운가?”

관규는 비천이 화를 내자 비천에게 갖고 있던 불만 같은 건 싹 사라졌다. 관규는 비천의 눈치를 살피며 말했다.

“무슨 말씀이신지…….”

“검을 뽑아봐.”

“예?”

비천은 눈살을 찌푸렸다. 미간 사이가 좁아지며 지금 자신이 상당히 불쾌해하고 있다는 것을 확실하게 보여주었다.

“나에게 같은 말을 두 번 하게 하지 마라.”

관규는 조심스레 검을 뽑았다. 상관에 대한 예의였다.

비천은 쏘아붙였다.

“왜? 검에 흠집이라도 생길까 봐 그런가? 어지간히도 아끼는군.”

비천의 뒤편에 서 있던 삼십대 초반의 호리호리한 남자는 머리를 절레절레 저었다. 비천은 능력있는 자에게는 자신의 간이라도 떼어줄 듯 살갑게 굴며 자기 사람으로 만들려 노력하지만, 능력없는 자에게는 옆에서 보기에 지나치다 싶을 만큼 냉소적이었다. 능력없는 자가 영웅단 출신이라면 더욱 그랬다.

호걸단 출신만 가지고는 힘을 키우는 데 한계가 있었다. 최소한 지금 모든 힘은 영웅단 출신들이 가지고 있었다. 하는 짓이 아니꼽더라도 영웅단 출신들을 안고 가야 했다. 그렇지 않으면 단주 자리 이상 올라가지 못할 것이다. 지금까지 쭉 그래 왔듯이. 이 점은 비천도 아주 잘 알고 있었다. 항상은 아니지만 감성과 이성은 따로 놀 때가 많아서 해야만 하는 것을 하지 않고 하지 말아야 하는 것을 할 때가 종종 있었다. 지금의 비천처럼.

삼십대 초반의 호리호리한 남자는 생각했다.

'주인은 가지고 있는 탁월한 능력에 비해 안정감이 떨어진다. 젊어서 그런 것이겠지. 서른을 넘기거나 결혼을 해야 안정감이 생길 텐데, 지금으로서는 둘 다 요원한 일이구나. 여자에게 통 관심이 있어야지.'

호리호리한 남자가 이런 생각을 하고 있는 사이 우려했던 일은 이미 벌어지고 있었다.

"한번 받아봐. 일 합만 견디면 오늘 일은 없었던 일로 해주지."

비천은 겉으로 보기에도 무거워 보이는 패왕도를 젓가락 놀리듯이 가볍게 휘둘러서 관규의 머리를 베어갔다.

패왕도의 궤적이 관규의 눈에는 보이지 않았다. 웅, 바람이 진동하는 소리가 들렸고, 머리 위로 무언가 지나가는 느낌이 들었다. 곧 이어 자신의 머리카락이 분분히 허공에 흩날리는 게 보였다. 다리에서 힘이 풀리면서 관규는 그만 그 자리에 털썩 주저앉고 말았다.

비천은 경멸의 눈으로 관규를 보았다. 비천의 시선이 너무나 강렬해 관규는 슬그머니 시선을 돌렸다.

"야간에는 무슨 일이 있어도 침묵을 유지해야 한다. 네가 만약 대주였다면, 너의 이번 행동 하나로 너를 믿고 따르는 대원 육십 명이 제대로 된 싸움 한번 못해보고 죽었을 것이다. 부하들의 목숨은 너의 것이 아니다. 부하들의 목숨은 단지 너에게 잠시 맡겨져 있는 것뿐이다. 그렇기에 너는 어떻게든 그들을 지켜야 한다, 너의 목숨을 걸어서라도. 너는 무엇으로 부하들을 지킬 것이냐? 적을 앞에 두고 검도 뽑지 못하고 부들부들 떠는 네 녀석이 말이다. 너는 지휘자는 물론 한 사람의 무인으로도 불합격이다."

비천의 말에는 사람의 가슴을 찌르르 울리게 하는 알 수 없는 힘이 있었다.

머리를 푹 숙이고 있는 관규에게 비천이 씻을 수 없는 말을 던졌다.

"너는 내 부하로서 낙제다. 당으로 돌아가면 짐 쌀 준비를 해야 할 것이다."

호리호리한 남자는 다시 한 번 머리를 절레절레 저었다. 비천의 성격상 당연하다면 당연한 수순이었지만 너무한 처사이기도 했다. 하지만 호리호리한 남자는 비천의 권위에 도전하면서까지 관규를 도와주고 싶지도 않았고, 만에 하나 그런 생각이 있었다고 해도 이제는 그럴 단계가 아니었다. 하려면 비천이 패왕도를 뽑기 전에 했어야 했다.

관규는 비천의 말을 두 귀로 똑똑히 들었지만 믿을 수가 없었다. 관규는 비천을 올려다보았다. 비천의 얼굴은 무슨 말을 해도 변하지 않을 단호함으로 가득했다. 이제는 창피함이나 억울함 같은 건 생각나지 않았다. 자신은 무인이 아니었다. 자신은 조장이었다. 잘못을 했다고 징계를 받는 존재가 아니란 뜻이었다. 아직 순진한 관규는 설마하는 생각으로 비천을 올려다보며 말했다.

"비천 단주님, 다시 한 번 생각해 주십시오."

비천은 눈 하나 깜빡이지 않고 말했다.

"아니, 너는 내게 필요없는 존재다. 너는 너를 필요로 하는 사람 밑에서 일해라. 그게 너에게도 좋을 것이다."

관규는 갑자기 눈물이 날 것 같았다. 관규는 손톱이 살을 파고들어 갈 정도로 주먹을 꽉 쥐고 이를 악물었다. 이렇게라도 하지 않으면 정말 바보처럼 울 것만 같아서였다. 비참함은 때로는 죽음보다 더 고통스러웠다.

호리호리한 남자는 관규가 어쩌면 다시는 검을 잡지 못할지도 모른다고 생각했다.

비천은 그런 관규를 아랑곳하지 않고 몸을 돌려서 큰 목소리로 말했다.

"이동 준비를 하도록 해라! 나무를 베어 임시로 다리를 만들었지만 비가 계속 오면 그것도 위험할 것이다!"

무강이 아이들이 탄 이두마차로 가서 마차를 몰려고 하자 비천이 막았다.

"무강, 자네는 내 옆에 있도록 하게. 지금뿐 아니라 앞으로도."

무강의 가슴은 심하게 두근거렸다. 지금 벌어지고 있는 일들을 도저히 믿을 수 없었다. 달 문양을 달게 되는 것도 모자라 꿈에서나 그리던 자신의 우상 비천을 바로 옆에서 모시게 된 것이다. 그게 무엇을 뜻하는가? 바로 친위대를 의미하는 것이었다. 다른 누구의 입에서도 아닌 비천의 입에서 나온 말이니 믿지 않을 수 없었다. 평소 꼴도 보기 싫었던 상관 관규였지만 지금의 상황에선 연민의 감정마저 일었다.

비천은 옆의 부하 한 명에게 무강 대신 마차를 몰도록 지시했다.

강을 건넌 다음 들판을 잠시 달렸다. 무강은 말 위에서 멀리 소나무 두 그루가 다정한 연인처럼 기대어 있는 곳이 보이자 이제 자신의 임무는 끝났다고 생각했다. 당으로 복귀해서 목욕이나 하고 잤으면 좋겠다는 생각을 했다.

문득, 이상한 것이 있었다. 두 그루 소나무 주위에 마땅히 있어야 할 이두마차와 사람이 하나도 보이지 않았던 것이다. 무강이 당황하는 사이 무강을 포함한 일행은 두 그루 소나무를 지나쳐서 계속 달려갔다.

잠시 말을 달리자 야트막한 언덕이 하나 나타났다. 사방은 온통 너른 들판 한가운데 그 언덕 하나만 오롯이 있었다. 그 풍경이 무언가 부자연스러워 보였다. 언덕은 나무들로 빽빽이 뒤덮여 있어 그 어디에도 언덕 안으로 들어갈 길은 없어 보였다.

비천 일행은 언덕 후사면 쪽으로 말을 몰았다. 쓰러져 있는 나무 더미를 치우자 신기하게도 마차가 지날 수 있을 만큼 넓은 길이 나타났다.

무강은 이곳이 말단 하급 무인 시절부터 귀에 곰팡이가 슬도록 들어왔지만 단 한 번도 가보지 못했던 주작당의 거점이라는 것을 직감적으로 알 수 있었다.

길은 길게 이어져 있었다. 처음에는 몰랐지만 말 위에서 우연히 땅을 본 무강은 이상한 점을 발견했다. 사람이 지나갔다면, 더욱이 말이나 마차가 지나갔다면 땅에 흔적이 남았을 텐데 땅에는 아무런 흔적도 없었던 것이다. 이런 무강을 보고 나란히 말을 달리던 비천이 말했다.

"자네는 이곳이 처음이던가?"

"예, 그렇습니다."

비천은 선두에서 횃불을 들고 달리는 친위대원 중 한 명을 불러 횃불을 건네 받았다. 비천은 횃불을 땅 가까이로 내렸다.

비천 일행이 달리고 있는 땅은 흙이 아니라 돌이었다. 네모 반듯하게 자른 돌을 마치 성곽 쌓듯 땅에 깐 것이었다. 그러고 보니 말등으로부터 전해오는 느낌이 조금 달랐던 것도 같았다.

무강은 크게 놀랐다. 돌을 길에 깐다는 말은 들었지만 그건 황제가 산다는 북경에서나 있는 일이라고 생각했던 것이다. 누가 인적 드문 들판 한가운데에 그것도 이름 모를 언덕 안에 이렇듯 반듯한 길이 있을 것이며, 그 길에 돌이 깔려 있을 거라고 한 번이라도 생각해 보았겠는가?

비천은 쓸쓸하게 웃으며 말했다.

"우리 영생교의 힘이고, 우리 호걸단의 힘이지."

말을 마치며 비천은 무강을 보았다. 일렁거리는 불빛에 비천의 얼굴이 일그러져 보였다면 무강의 눈이 이상한 것이었을까?

무강은 목구멍에 단단한 것이 꽉 막힌 것 같았다. 무강은 어떤 말이라도 비천에게 해주고 싶었지만 어떤 말도 비천에게 할 수가 없었다.

비천이 다시 정면을 보고 말을 몰았기에 무강도 말을 모는 데에만 집중했다. 약간의 시간이 흐른 다음 눈으로는 앞을 보면서 비천이 말했다.

"지금 너와 내가 가졌던 느낌, 감정, 절대로 잊지 말아라."

무강은 목이 메어 작게 대답했다.

"예……."

비천은 가만히 고개를 끄덕였다. 무강은 비천의 비밀 하나를 공유한 듯한 느낌이었다. 더욱더 비천에게 목숨을 맡기고 싶어지는 무강이었다.

비천 일행은 안쪽으로 한참을 들어갔다. 돌연 길이 끊겨 버렸다. 길의 좌우로는 사람이 지날 수 없을 만큼 나무가 빽빽했고, 정면으로는 커다란 바위가 놓여져 있었다.

무강은 바위의 무게를 대충 헤아려 보았다. 높이가 이십 장, 너비도 이십 장 정도 되어 보였으니 안 되어도 수백 근은 나갈 듯싶었다. 게다가 돌은 단단한 화강암이었으니 깨뜨릴 수도 없어 보였다.

비천 일행이 바위에서 일이 장 정도 떨어진 곳에 멈추어 서자 바위 좌우에 은폐해 있던 흑의사내 두 명이 일어나 들고 있던 칼을 몸쪽으로 끌어당기며 비천에게 경례를 했다. 어느새 일행의 선두로 나온 비천은 머리를 끄덕여 경례를 받았다.

"날이 안 좋은데 수고가 많다. 조금만 참아라. 당으로 돌아가면 돼지 다섯 마리를 잡아서 술과 함께 거하게 회식을 가질 것이다."

"감사합니다."

그들은 칼을 허리에 차고 바위를 오른쪽으로 밀었다. 그러자 기기긱 하는 쇠 갈리는 소리가 나며 바위가 움직였다.

무강은 두 사람의 팔 힘이 엄청나다고 생각했다. 만약 자신이 바위를 밀었다면 꼼짝도 안 했을 것이다.

그의 마음을 알았는지 호리호리한 남자가 무강 옆으로 와서 말했다.

"바위 밑둥에 쇠로 된 바퀴가 달려 있지. 잘 보면 땅에도 바퀴가 잘 굴러갈 수 있게 쇠로 된 바퀴 길이 달려 있어. 바위의 실제 무게는 사오백 근 정도 나가지만 두 사람이 느끼는 무게는 채 백 근도 되지 않을 거야. 인간의 가장 위대한 발명품은 그 무엇도 아닌 바퀴거든. 자네라면 혼자 서도 바위를 밀 수 있을 거야."

호리호리한 남자는 냉혈한으로 소문난 지원단 친위대주 형건이었다. 형건은 지원단주 비천의 머리이자 오른팔이었다. 비천이 하는 모든 일의 대부분은 형건의 머리에서 나왔고, 일신의 무공은 홀로 고수 열 명을 상대해 냈다. 단지 매사에 냉정하고 손속에 사정을 두지 않아 지원단 제자라면 누구나 그를 두려워했다. 무강은 형건에 대한 안 좋은 소문 탓에 주눅이 들었다.

"아닙니다. 저 혼자서는 어림도 없습니다."

형건은 무강의 어깨 위에 살짝 손을 올려놓았다.

무강은 가슴이 철렁 내려앉았다. 내심 무강은 자신의 간담이 이렇게 작았나 싶어 부끄러웠다.

"자네를 단주님께 추천한 사람이 나야. 자네에 대한 소문을 많이 들었거든. 소문이란 애당초 반만 믿을 수 있는 것이기에 단주님이 자네를 시험해 본 것이고. 자네는 멋지게 해냈어. 단주님의 패왕도를 세 번이나 받아내는 사람은 흔치 않지. 더욱이 자네는 상승의 무공은 접해보지도 못했지 않은가? 앞으로 변화할 자네의 모습, 기대하겠네."

무강은 불쑥 이런 생각이 들었다.

'만약 내가 단주님의 패왕도를 받아내지 못했다면 어떻게 되었을까?

그 이상의 상상은 하고 싶지 않았다. 검과 도를 맞대었을 때 비천의 패왕도는 분명 죽음을 추구하고 있었다. 마찬가지로 무강의 검 또한 상대가 누구든 우선 죽이고 보자는 식이었다.

바위를 오른쪽으로 끝까지 밀어내자 바위가 있던 곳에서 내리막길이 나타났다. 비천 일행은 말을 몰아 내리막길을 지나갔다.

비천 일행이 지나가고 나자 두 사내는 바위를 왼쪽으로 밀어 내리막길을 숨긴 후 다시 길의 좌우로 몸을 숨겼다.

무강의 눈앞으로 작은 언덕 안이라고는 믿을 수 없는 넓은 공간이 펼쳐졌다. 공터의 한쪽으로 무강이 몰았던 것과 같은 이두마차가 이삼십 대 정도가 가지런히 세워져 있었다. 다른 쪽으로는 요전에 무강이 설치했던 다용도 우의가 변화한 임시 지붕 수십 개가 한 덩어리로 엮어져서 비를 막고 있었다. 바람에 펄럭이는 거대한 임시 지붕의 모습은 아무 데서나 볼 수 없는 장관이었다. 백여 명의 흑의사내들이 비천 일행을 마중 나와 있었다. 질서정연하게 서 있는 백여 명의 모습 또한 장관이었다.

무강의 입에서 저절로 탄성이 나왔다. 영생교 내에 이십여 개의 단이 있지만 주작당 지원단만큼 잘 정비된 곳은 얼마 없을 거란 생각이 들었다.

비천 일행이 말에서 내리자 삼십대 초반의 험상궂게 생긴 남자가 앞으로 나오더니 머리를 깊숙이 숙여 비천에게 인사를 한 다음 걸걸한 목소리로 말했다.

“단주님, 무사 귀환하신 것을 경축드립니다.”

비천은 껄껄 웃었다.

“내가 어디 죽을 곳이라도 다녀왔는가? 철 대주는 나를 너무 못 미더워한다니까.”

지원단 보급대주 철심은 험상궂은 얼굴 위로 어색한 미소를 지었다.

비천이 앞으로 걸음을 옮기자 형건, 철심 등의 측근들이 비천 바로 뒤에서 걸음을 함께했고, 나머지 사람들도 자신의 서열에 따라 자연스럽게 뒤로 붙었다. 마중 나왔던 백여 명의 사람들은 좌우로 갈라지며 길을 만들어주고는, 앞에 섰던 사람들부터 비천 일행의 뒤로 점점이 따라붙었다.

무강은 어디쯤에서 걸어야 할지 몰라 엉거주춤 서 있었다. 철심은 무강의 얼굴을 곰 발바닥 같은 두 손으로 움켜쥐더니 좌우로 휘휘 돌렸다. 철심의 무지막지한 악력에 무강의 몸이 휘청휘청했다. 보급대주 철심은 무강이 상급 무인 시절에 모시던 상관이었다. 무강을 좋게 보아서 단 삼 년 만에 부조장이 되게 해준 사람이 바로 철심이었다.

“괜찮은 것 같군. 안 오기에 다리를 건너다가 물에 떠내려간 줄 알았지.”

“심려를 끼쳐 드려 죄송합니다.”

무강의 목소리는 지금 자신의 얼굴처럼 찌그러져서 잘 알아들을 수 없었다.

그렇게 철심의 손에 이끌려 걷다 보니 무강의 위치도 비천의 바로 뒤였다.

철심은 마치 무강의 말을 잘 알아들었다는 듯이 머리를 주억거리더니 말했다.

“그래, 그래. 친위대로 배속된다는 말을 들었다. 너에겐 좋은 기회가 될 것이다. 친위대로 간다고 나를 모른 척했다가는 이렇게 한 대 맞을 줄 알아.”

말을 마치고 철심은 장난으로 때린다고 때렸지만 쿵 소리와 함께 무강의 눈앞으로 별이 왔다 갔다 했다.

무강은 철심이란 사람이 원래부터 힘 조절을 잘 못해 지금 행동에 악의가 없다는 것을 잘 알았기에 웃으며 넘겼지만, 철심을 잘 모르는 사람이었다면 한바탕 싸움이 일어났을 만큼 철심의 주먹 강도는 셌다.

사실 지금 무강은 자신이 친위대로 배속된다는 철심의 말에 아픔 같은 건 느끼지도 못했다.

무강은 얼굴에서 철심의 손을 떼어낸 다음 철심에게 물었다. 그의 목소리는 가늘게 떨렸다.

“제가 친위대에 들어갈 수 있겠습니까?”

“단주님께서 하고자 하는 일 중에서 언제 되지 않은 일이 있었던가?”

두 사람의 대화에 비천이 끼어들었다.

“철 대주의 말이 틀린 건 아니지만 맞다고도 할 수 없네. 나는 실현 가능성이 없는 일은 아예 시작을 않으니까. 단, 될 것 같은 일은 꼭 이루어내지. 그보다 철 대주, 밥은 준비되었나? 밤에 움직였더니 배가 고프군.”

무강은 철심이 한 말과 비천이 한 말의 차이점을 알 수 없었다.

‘결국 시도한 일은 모두 성공했다는 말이 아닌가? 그나저나 단주님은 나를 친위대로 받는다는 걸까, 아니면 받지 않는다는 걸까? 도무지 알 수가 없구나.’

철심은 자신의 몫으로 남겨놓은 주먹밥을 비천에게 주었다. 비천은 손안의 주먹밥을 물끄러미 보았다.

“쉬는 동안 부하들에게 주먹밥을 나누어 주었나?”

“아닙니다. 이곳에서는 주먹밥을 나누어 주지 않았습니다. 새벽녘이 되면 비가 그칠 것 같아서 차가운 주먹밥을 먹는 것보다 준비해 온 고기를 구워 먹는 게 나을 것 같아서 그랬습니다.”

비천은 손 안의 주먹밥을 턱으로 가리키며 물었다.

“그럼 이건 뭔가?”

“제 몫의 주먹밥에서 남은 것입니다. 그러니 편한 마음으로 드십시오.”

비천은 머리를 천천히 저으며 말했다.

“배가 고픈 건 나뿐이 아닐 거야. 다들 내색을 안 해서 그렇지, 사람 밥통은 다 똑같은 거야. 자, 받게.”

비천은 철심에게 주먹밥을 돌려주었다. 돌려받은 주먹밥을 들고 철심이 어쩔 줄 몰라 하자 비천이 말했다.

“어떻게 나만 먹고 내 부하들은 먹이지 않을 수 있겠는가? 숙영지에 도착해서 다 같이 먹도록 하지.”

단주인 비천의 말 한마디는 지원단 내에서는 율법과 같았다.

철심은 주먹밥을 상의 속주머니에 넣고는 머리를 깊숙이 숙여 복종의 뜻을 나타내며 대답했다.

“예, 알겠습니다. 숙영지에 도착하는 즉시 주먹밥을 나누어 주겠습니다.”

“그래, 그렇게 해. 새벽이 되려면 한 시진은 있어야 되지 않나? 우리들 모두 한창 나이인데 주먹밥 한 덩이 정도는 한 시진이면 소화시키고도 남지.”

무강은 불쑥 자신을 애처로운 눈으로 바라보던 아이들이 생각났다. 무강은 비천에게 조심스레 말했다. 이는 어제의 무강이었다면 상상도 못할 일이었다.

“단주님, 데려온 아이들이 하루종일 아무것도 먹지 못했습니다. 아이들을 불쌍히 여겨 아이들에게 주먹밥을 나누어 주심이 어떻습니까?”

“그건 안 될 말이야. 나라고 왜 아이들이 불쌍치 않겠는가? 나도 같은 경험을 했네. 배고픔이 얼마나 견디기 힘든지 잘 알아. 하지만 아이들은 싸울 능력이 없어. 주먹밥을 먹든 먹지 않든. 우리가 밥을 배불리 먹는 건 살찌우려고 그러는 게 아니네. 가장 좋은 몸 상태에서 싸우기 위함이야. 그렇다고 우리에게 충분한 먹거리가 있는 것도 아니지 않은가? 이성적이지 못한 베풂은 아무런 도움이 되지 못해.”

무강은 비천의 말에 원론적으로는 수긍했지만 일말의 여운이 남았다.

‘충분하진 않더라도 분명 남는 주먹밥이 있다. 그것은 누가 먹을까? 일선에서 싸우는 무사들에게 돌아갈까? 아니지 않은가? 아니라는 걸 누구보다 단주님 스스로 잘 알고 있지 않은가?’

지휘자와 지휘를 받는 사람의 생각은 엄연히 다르다. 누구의 생각도 틀리다 할 수 없다, 처한 위치가 다르기에.

말을 하는 사이 일행은 숙영지에 도착했다. 임시 지붕 밑으로 크고 작은 수십 개의 천막이 원 모양으로 배치되어 있었다. 마치 륜처럼 숙영지 중앙은 비워져 있었다. 이는 유사시 빠른 시간 내에 많은 수의 사람들을 집결시키기 위함이었다.

천막 두세 개마다 하나씩의 횃불이 놓여져 있어 한밤중인데도 사람의 얼굴을 식별할 수 있을 만큼 밝았다.

숙영지 중앙에 미리 준비되어 있는 단 위로 비천이 올라섰다. 비천이 주위를 둘러본 다음 큰 목소리로 말했다.

“이번 작전은 그리 수월하지 않았다! 늘 그렇듯 우리는 촉박한 시간과 싸워야 했다! 하지만 우리는 이 즈음에 이번 일을 해야 한다는 것을 알고 있었고, 어떻게 대비를 해야 하는지도 알고 있었다! 완벽한 준비라고는 말하지 않겠다! 하지만 충분한 만큼 우리가 할 수 있는만큼의 준비는 했다고 자부한다! 스물다섯 대의 이두마차가 단 하나의 낙오도 없이 열 명의 아이를 데리고 돌아왔다! 이제 우리에게 남은 일은 지금 나누어 주는 주먹밥을 먹는 것과 해가 뜰 때까지의 휴식, 비가 그친다면 준비해 온 고기를 구워 먹는 것, 그리고 성대한 회식이 기다리고 있는 당으로의 복귀가 전부다! 모두 수고가 많았다! 당으로 복귀하는 순간까지 맡은 바 소임에 최선을 다해주기 바란다! 이상!!"

백여 명의 지원단원들이 한목소리로 외쳤다.

"수고하셨습니다!"

땅이 찌르르 울릴 만큼 소리는 크고 힘찼다.

비천은 만족스러운 얼굴로 단을 내려갔다. 비천의 천막은 당연히 가장 큰 것이었다. 형건, 철심 등 측근 몇 명과 무강이 비천의 천막 앞까지 시중을 들었다. 자신의 천막 앞에서 비천은 활짝 웃었다. 그 모습이 자신있고 당당해 보였으며, 단 한 올의 피로도 느껴지지 않았다.

"자네들이 있어서 너무 든든하네. 물러가서 푹 쉬고 내일 아침 밝은 얼굴로 다시 보세나."

형건이 말했다.

"편안한 밤 보내십시오."

형건의 말이 끝나자 너도나도 한마디씩 듣기 좋은 말을 했다. 이런 광경은 무인들과 별반 다를 바 없었다. 오히려 너무 똑같아서 무강은 적응이 안 되어 멍청히 서 있었다.

천막 입구 한편에는 이십대 초반의 평범하게 생긴 여인이 서 있었다. 오 년 전부터 비천의 시중을 드는 시녀였다. 입이 험한 무인들 사이에서는 시녀의 이부자리 기술이 좋아서 예쁘지도 않은데 비천을 오 년이나 모시고 있다는 말이 있었다.

비천은 우의와 외피를 벗어 시녀에게 주며 말했다.

“기다리지 말고 자라고 했잖아.”

시녀는 차분하게 우의와 외피를 반으로 접어 팔에 걸고는 따뜻한 물로 데운 수건을 비천에게 건네며 대답했다.

“잠이 오지 않았습니다.”

“바보 같으니. 매번 같은 말이니 믿을 수 있어야지.”

비천은 수건으로 손과 얼굴을 닦았다. 연이어 시녀가 건네주는 데운 양젖을 마셨다.

“무강의 천막은 마련해 두었어?”

“친위대원에 준하는 대우로 일인용 최소형 천막으로 준비했습니다.”

“잘했어. 수고스럽지만 네가 무강을 안내해 주어야겠어.”

시녀는 수건과 양젖을 담았던 잔을 한쪽으로 치웠다.

“그렇게 하겠습니다. 이부자리는 깔아두었습니다.”

비천은 시녀에게 무슨 말인가를 하려다가 밖에 부하들이 서 있다는 것을 깨닫고는 ‘그래’ 라고 짧게 말하고는 천막 깊숙이 들어갔다. 비천의 뒷모습을 향해 시녀가 머리를 가볍게 숙여 인사했다.

비천을 옆에서 가장 오래 모신 형건은 시녀가 비천을 대하는 태도와 비천이 시녀를 대하는 태도, 둘 다 마음에 들지 않았다. 종종 비천이 시녀를 시녀 이상의 감정으로 대하는 게 아닌가 싶은 생각이 들 때면 형건은 가슴이 답답해졌다. 지금도 형건은 답답함을 느꼈다. 제왕에게는 왕녀가 어울리는 법이다.

시녀는 천막 입구를 여민 다음 형건을 지나쳐 무강의 앞에 섰다.

“나를 따라오세요.”

무강은 자기도 모르게 존댓말을 했다.

“예, 알겠습니다.”

형건은 시녀와 무강의 뒷모습을 바라보며 시녀가 자신에게마저 인사를 안 한 지 꽤 오래되었음을 새삼 깨달았다. 자신을 제외한 대주들이 시녀에게 경어를 사용한 것도.

시녀는 몇 개의 천막을 지나쳐 비천의 천막에서 멀지 않은 곳의 작은 천막 앞에 멈추어 섰다.

"이곳에서 자면 됩니다. 간단한 요깃거리를 두었으니 배가 고프면 먹고 자도록 하십시오."

천막 입구 왼편에 놓인 상 위 작은 접시에는 주먹밥 두 덩이와 양젖을 담은 작은 사발이 놓여져 있었다.

돌아서서 가려는 시녀에게 무강이 말했다.

"잠시만."

시녀가 천천히 돌아섰다.

"말하세요."

"먹거리를 조금 구할 수 없겠습니까?"

시녀는 아무런 감정이 담기지 않은 투명한 눈으로 무강을 보았다.

"그걸로 모자란가요?"

"아니, 그런 건 아니지만……."

무강은 일개 시녀에게 주눅이 들어버렸다.

"그럼 뭐지요?"

"제가 데려온 아이들이 하루종일 아무것도 먹지 못해서……."

시녀는 눈을 두어 번 깜빡였다.

"힘들다면 어쩔 수 없구요."

시녀는 무강의 가슴패기에 수놓아져 있는 금색 산 문양을 보면서 말했다.

"보급대주에게 말해서 가져다주겠어요. 주먹밥 열 덩이면 되나요?"

"되다 뿐이겠습니까, 정말 감사합니다!"

무강은 뛸 듯이 기뻐했다.

"아이들을 모으는 작전은 이번이 처음인가요?"

"예, 쭉 정찰대에 있다가 몇 달 전에 특수대로 배속되었습니다."

일반적으로 보급대, 정찰대, 특수대를 거치는 것이 진급하는 과정이었다. 원 문양을 달면 다시 보급대로 옮기는 경우가 많았다. 보급대보다는 정찰대가, 정찰대보다는 특수대가 보다 능력있는 사람을 필요로 했기 때문이다.

"나는 처음과 끝이 똑같은 사람을 좋아해요. 부디 지금의 마음 변하지 마세요."

시녀는 자신이 할 말만 다 하고는 돌아서 가버렸다.

무강은 시녀의 말뜻을 이해하지 못했다. 그렇다고 시녀를 다시 한 번 불러 세울 용기는 없었다.

무강은 천막 안쪽에 엉덩이를 걸치고 앉았다. 부드럽고 따뜻한 감촉이 느껴졌다. 원래는 잠시만 앉아 있을 생각이었지만 감촉이 너무 좋아서 무강은 그대로 뒤로 드러누워 버렸다. 아늑하고 편안했다.

제일 작은 천막이라지만 무강이 눕고도 한 명이 더 누울 수 있는 공간이 남았다. 불과 얼마 전까지만 해도 이것보다 조금 더 큰 천막에서 네 명씩 잤다. 기름을 먹인 방수 천을 깔지 않고 꺼끌꺼끌하고 냄새나는 삼베를 땅에 바로 깔아서 비가 오지 않더라도 습기 때문에 아침이면 등이 축축했다.

'이래서 다들 기를 쓰고 위로 올라가려고 하는 것이겠지.'

서 있을 때는 느끼지 못했던 피로가 한꺼번에 몰려들었다. 이런저런 생각이 순간적으로 들었다가 사라지며 무강은 천막의 입구도 여미지 않고 잠이 들어버렸다.

무강이 눈을 뜬 건 막 해가 뜨고 있을 무렵이었다. 주위는 눈앞이 보이지 않을 정도로 안개가 자욱하게 끼어 있었다.

자신의 발 앞에 누군가가 서 있는 느낌에 무강은 머리를 들어올려 내다보았다. 천막 지붕에 가려 얼굴은 보이지 않았지만 가슴패기의 은색 달 문양이 또렷하게 눈에 들어왔다. 은색 달 문양이라면 대주급 무사였다. 놀라서 무강은 급히 일어섰다.

이십대 후반으로 보이는 청년이 말했다.

"단주님께서 지금 찾으시네. 예정에 없던 소집령이네. 출동 상황이 생긴 것 같아. 바로 출동할 수도 있으니 무장을 철저히 하는 게 좋을 거야."

무강은 보급대, 정찰대, 특수대를 모두 경험했기에 세 대주의 얼굴을 똑똑히 알고 있었다. 청년은 그 어느 곳의 대주도 아니었다.

무강의 소지품이라야 올해로 사용한 지 삼 년째가 되는 장검 한 자루와 다용도 우의, 그리고 소가죽으로 만든 물 자루가 전부였다. 이 세 가지 장비는 각기 허리끈의 왼 허리 부분, 엉덩이 부분, 오른 허리 부분에 매어져 있었다. 허리끈을 한 채로 잤기에 흐트러진 장비를 모양이 나오도록 추스르기만 하면 되었다. 혹시나 흘린 게 없나 천막 안을 둘러보는데 대나무로 엮은 바구니 안에 주먹밥 열 덩이가 놓여져 있는 게 눈에 들어왔다.

무강은 자기도 모르게 아! 하고 낮게 비명을 질렀다. 무강은 속으로 자신을 욕했다.

'천하에서 제일 게으르고 생각없는 놈 같으니라고. 졸립다고 해야 할 일도 하지 않고 자다니. 이래서야 개돼지와 다를 게 무엇이란 말이냐.'

무강이 말했다.

"어디로 가면 됩니까?"

뚱딴지 같은 무강의 말에 청년은 어리둥절했다.

"무슨 말인지 모르겠네. 다시 한 번 말해주겠나?"

"단주님께서 모이라고 한 곳이 어딘지 물었습니다."

"나와 함께 가면 되네."

"급하게 처리해야 할 일이 있어서 그럽니다."

청년은 다소 굳은 얼굴로 말했다.

"단주님의 친위대 소집령은 그 무엇보다 최우선적인 일이야. 그걸 모르겠나? 지금도 시간을 많이 지체했네. 다른 사람들은 이미 다 모였을지도 몰라. 서둘러 나를 따라오게."

눈앞의 청년은 무강이 꿈에서도 그리던 친위대원이었다. 그것도 현재 단 세 명밖에 없는 수석 친위대원이었다.

무강은 주먹밥 열 덩이가 담겨진 대나무 바구니를 들었다. 그 위에 자신 몫의 주먹밥 두 덩이를 더했다.

무강이 말했다. 무강의 목소리에는 결의가 가득했다.

"바로 가겠습니다."

청년은 작게 실소했다.

"어딘지 알고 오겠다는 건가?"

무강은 대충 짐작 가는 곳이 두 군데 있었다. 비천의 천막 앞, 아니면 중앙의 공터일 것이다. 무강이 막 말을 하려는데 청년이 먼저 말했다.

"대책없는 친구로군. 따라오게."

청년은 말을 마치고 등을 돌려 걸어갔다. 무강이 따라오지 않자 청년은 머리를 돌려 말했다.

"그 주먹밥, 어제 자네가 데려온 열 명의 아이에게 줄 거 아니던가?"

무강은 청년의 말에 멍청해지고 말았다.

"빨리 따라오게나. 말하지 않았나, 시간이 없다고."

무강은 뛰는 듯이 청년의 뒤를 따라갔다. 청년의 말에는 가벼움이 느껴지지 않았다. 무거움에 가까운 진지함은 듣는 사람으로 하여금 믿고 싶도록 만들었다.

청년의 걸음은 기이하게 빨라서 무강은 달리기와 걷기의 중간 걸음으로 가야 했다.

아직 이곳은 잠에서 깨어나지 않았다. 간간이 불어오는 바람 소리와 그 속에 실려오는 헛기침 소리만 정적 속에서 크게 들려왔다.

서너 개의 천막에 한 명씩 불침번을 서고 있는 무인들은 청년을 보고 절도있게 병기를 가슴에 붙여 인사를 하고는 군말없이 통과시켰다. 만약 무강 혼자였다면 그때마다 멈춰 서서 어디로 가는지, 왜 가는지, 조장급 이상의 허락을 받았는지 등의 질문에 궁색하게 대답해야 했을 것이다. 무강은 불침번이 있다는 것을 솔직히 생각지 못했다. 이런 작전을 오십 개 넘게 수행해 보았음에도 말이다. 무강은 지금 자신이 평소보다 침착하지 못함을 인정해야 했다. 그리고 청년이 기분 나쁠 정도로 침착하다는 것도.

숙영지를 벗어나자 엷은 빗살이 안개 사이로 떨어졌다. 무강은 어젯밤 철심의 말도 있고 해서 비가 그친 줄 알았다. 백여 개의 다용도 우의를 연결시켜 만든 거대한 임시 지붕의 위력이었다.

일각쯤 걸어가자 한 무리의 이두마차가 세워져 있는 게 보였다.

갑자기 휙 하는 바람 소리가 나더니 청년과 무강의 바로 눈앞으로 무엇인가 하늘에서 떨어졌다. 무강은 반사적으로 오른발을 한 발 뒤로 빼면서 왼쪽 허리춤의 검을 손으로 잡았다.

"왜 이렇게 늦었어? 기다린 지 한~참 되었어."

목소리는 우선 젊었고, 듣는 사람이 젊음을 느낄 만큼 밝고 활기찼다. 그리고 여자였다.

청년이 말했다.

"왜 여기서 나를 기다렸나? 집결지는 단주님의 천막 앞이네."

청년의 말은 조금 느린 듯 느껴졌고, 낮고 침착했다. 두 사람의 어조는 완전히 정반대였다.

"그걸 누가 몰라? 저 녀석이 어제 단주님께 하는 말을 보니 이리로 올 게 확실해서 내가 친히 온 거지. 고맙게 생각해."

"또 쓸데없는 짓을 했군."

청년은 머리를 절레절레 저으며 앞으로 걸어갔다. 여인은 청년의 뒤를 쫓으며 말했다.

"그런 말 마라. 내가 얼마나 노 형을 좋아하는지 알잖아?"

두 사람의 대화를 듣고 무강은 청년이 누군지 알 수 있었다. 더불어 눈앞의 여인도. 무강을 버려두고 걸어가는 두 사람은 친위대에서 단 세 명밖에 없는 수석 친위대원 중 노관과 동완이었다.

검의 명수 침착온화 노관과 연검의 달인 제멋대로 동완. 일반 무인들에게 비천이 손에 닿지 않는 하늘 위의 별과 같은 존재라면, 수석 친위대원은 꼭 그렇게 되고 싶은 동경의 대상이었다. 일반 무인들이 어쩌다 싸구려 술이라도 마시게 되면 한 번도 빠짐없이 입에 올리는 게 수석 친위대원들의 무용에 관련된 일화였다. 이는 무강도 예외가 아니었다.

동완이 머리를 뒤로 돌리고 소리를 빽 질렀다.

"빨리 안 오고 뭐 하는 거야! 제사라도 지내는 거야, 아님 예쁜 계집이라도 나타난 거야?"

잠시 딴생각에 잠겼던 무강은 동완의 말에 정신이 번쩍 났다. 무강이 헐레벌떡 뛰어오자 동완이 혀를 차며 들으라는 듯이 말했다.

"쯧쯧, 정신을 어디다 팔아먹고 다니는 건지… 싸움터에서 목 내어주기 딱 좋겠군. 단주님은 뭐 하러 이딴 녀석을 친위대에 뽑은 거지?"

무강은 반은 부끄러웠고 반은 화가 났다. 그런 마음이 얼굴에 드러났는지 동완이 대뜸 말했다.

"그 얼굴은 뭐지? 지금 나랑 한판 하자는 거야? 앙?"

동완이 무강을 정면으로 보면서 어깨를 살짝 틀었다. 순간 어마어마한 기운이 동완의 몸에서 뿜어져 나왔다. 무강은 움찔해서 자기도 모르게 뒤로 한 걸음 물러났다.

노관이 말했다.

"동완, 그만두게. 장난이 너무 심하네."

동완은 어깨를 으쓱해 보이고는 말했다.

"노 형이 그만두라면 그만둬야지 내 별수있나. 노 형, 나한테 빚을 또 하나 졌어."

무강을 무시무시하게 압박하던 무형의 기운이 거짓말처럼 싹 사라졌다.

노관은 실소했다.

"또 그놈의 빚. 도대체 몇 개나 되었나?"

"글쎄… 한 백구십칠 개 정도 되려나? 노 형이 그 빚을 다 갚으려면 평생 곁에서 나를 지켜주어야 할 거야."

노관은 생각했다.

'누가 누구를 지켜준다는 걸까? 동완의 무공은 나보다 한 수, 아니, 두 수는 위이다. 동완이 나를 지켜준다는 게 맞지 않을까? 지금까지 그랬던 것처럼.'

무강은 여자에게 겁을 먹었다는 생각이 들자 상대가 비록 수석 친위대원 동완이었지만 치욕스러웠다.

노관은 동완의 말에 겉으로는 별다른 반응을 보이지 않고 혼자 앞으로 걸어갔다. 그런 노관의 행동이 익숙한지 동완은 노관의 뒤를 좇으며 말했다.

"이미 내가 친히 알아보았어. 노 형은 그저 나를 따라오면 돼."

동완은 손짓을 해가며 노관에게 따라올 것을 재촉했다. 동완은 마차 사이를 헤집으며 빠르게 걸어갔다. 한 번 되게 혼이 났기에 무강은 정신을 바짝 차리고 두 사람의 뒷모습만 보고 좇아갔다.

두 사람이 멈춰 섰다. 동완이 발을 들어 정면의 마차 문을 걷어찼다.

"바로 이놈이야."

동완의 발에 신기한 재주가 있는지 마차 문이 삐걱 하는 소리를 내며 열렸다. 낯익은 아이들의 모습이 보였다. 아이들은 흠뻑 젖어서 오들오들 떨고 있었다. 마차 지붕에 기름을 먹인 천을 대었지만 많은 비에 효과를 다한 모양이었다.

무강은 무엇인가를 보았다. 순간 가슴 안쪽에서 울화가 불같이 치밀어 올랐다.

"빌어먹을 것들. 사람보다 밀이 더 중요하다는 건가?"

이두마차 앞에 마땅히 매어져 있어야 할 두 필의 말이 없었다. 비를 맞지 않게 하기 위해 다른 곳에 매어둔 것이었다.

동완은 무례한 무강의 언행에 벌컥 화를 내려다가 무슨 이유에서인지 새로 산 예쁜 장신구를 자랑하는 계집아이 같은 얼굴로 말하기 시작했다.

"사람도 사람 나름이지, 아무 짝에도 쓸 곳 없는 고아와 단주님이나 노 대형을 같이 취급하면 안 되지. 저 속에 훗날 천하제일고수가 될 녀석이 있을 수도 있어. 하지만 그건 어디까지나 훗날의 일이지, 지금의 일이 아니잖아? 지금은 그저 한낱 고아일 뿐이라구. 알겠어? 그리고 무지한 네 녀석은 모르겠지만, 단주님은 전술의 몇 가지 요소 중 기동력을 가장 중요하게 여기신다. 말을 비 맞히지 않는 것은 주작당 지원단에서는 자연스러운 일이란 말이지. 말과 이두마차를 여유롭게 이용하는 곳은 교를 통틀어도 우리 지원단뿐일 거야. 이는 정말 자랑스러운 일이지.”

동완은 자신이 한 말에 만족스러워하며 노관을 보았다. 노관이 칭찬해 주기를 바라는 눈빛이다.

무강은 순간적으로 화가 치밀어서 거친 말을 내뱉었지만 동완과 노관 앞에서 감히 그런 감정을 더 이어갈 수는 없었다.

“예, 알겠습니다. 제 생각이 짧았습니다.”

동완이 한 말은 평소 노관의 생각과 일치했다. 상대가 자신과 같은 생각의 말을 해도 종종 거슬릴 때가 있었다. 노관이 그답지 않게 퉁명스럽게 말했다.

“이건 아니네. 그래도 이건 아니네.”

동완은 눈을 깜빡이며 노관을 보았다. 영문을 모르겠다는 태도였다. 노관은 입을 꾹 다물고 있었다. 원체 표정 변화가 없었기에 화가 난 건지 그렇지 않은 건지 알 수 없었다. 동완은 어색함을 느꼈다. 동완은 몸속으로 작은 벌레가 기어가는 듯한 간지럽고 답답함을 느꼈다.

갑자기 동완이 무강의 손에 들린 대바구니를 낚아챘다. 동완의 손이 워낙 빨라서 무강은 동완의 손에 대바구니가 들린 다음에야 동완의 동작을 알아챌 수 있었다.

동완은 마차 앞으로 성큼 다가가더니 대뜸 대바구니를 마차 안으로 집어 던졌다. 대바구니는 빠른 속도로 날아가 아이들 머리 위를 지나쳐 마차 안쪽 벽에 세게 부딪쳤다. 그 충격에 대바구니가 공중에서 뒤집히면서 담겨 있던 주먹밥이 아이들 머리 위로 분분히 떨어졌다.

“너희들 거다. 내가 주는 건 아니니 나한테 고마워하지 말고 맛있게 먹어라.”

동완의 돌발적인 행동에 노관과 무강의 얼굴이 딱딱하게 굳어버렸다.

무강은 생각했다.

'너무하는구나. 너희들은 거지니까 주워 먹으라는 것밖에 더 되는가?'

동완은 몸을 빙글 돌려 노관을 보며 방긋 웃었다. 동완은 왜 이렇게 되었는지 이유는 알 수 없었지만 이 어색한 분위기에서 빨리 벗어났으면 싶었다.

"노 형, 시간이 많이 지났어. 이러다 종가에게 또 한소리 듣겠어."

마침 해가 떠올라 주위가 밝아졌다. 노관은 동완이 눈부시게 아름답다는 생각을 했다.

동완은 여전히 굳은 듯 보이는 노관을 향해 아버지에게 용서를 구하는 아이 같은 얼굴로 말했다.

"노 형, 내가 잘못했어. 내가 말과 행동을 함부로 해서 노 형의 심기를 건드렸어. 노 형도 알잖아? 내가 제멋대로라는걸. 내가 이렇게 빌 테니 제발 그 얼굴 좀 풀어."

동완은 이렇게 말을 했지만 노관이 화난 이유가 전혀 짐작 가지 않았다. 상대가 노관이기에, 노관의 굳은 얼굴을 보고 싶지 않았기에 사과를 한 것뿐이다.

노관은 동완에게 그리 크게 화가 나지는 않았다. 아니, 어쩌면 전혀 화가 나지 않았다고도 할 수 있었다. 동완의 말에 노관은 문득 동완이 자신을 너무 낮게 보는 게 아닌가 하는 생각이 스치듯 들었을 뿐이다. 노관은 자신이 고아이고, 호걸단 출신이라는 것을 부끄러워하지 않았다. 존경하는 단주 비천도 호걸단 출신이 아니던가? 단지 동완이 주작당주의 딸이라는 사실이 가슴으로 아프게 다가올 뿐이었다.

노관이 말했다.

"자네가 하는 말을 나는 이해하지 못하겠네. 왜 내게 죄를 구하는가? 내게 무슨 잘못을 저질렀는가? 나는 아무렇지도 않네."

노관의 말에 동완은 그럼 그렇지, 하는 얼굴이 되었다.

"별일 아닌 줄 알았어. 왜 인상은 써서 사람 놀래키는 거야? 그거 알아, 노 형? 인상 자꾸 쓰면 안 그래도 못생긴 얼굴이 더 못생겨진다."

노관은 동완이 사과에 낯설다는 것을 알고 있었다. 어색하기에 이렇게 말로 장난을 치는 것이었다. 노관은 동완에게 오직 미안한 마음뿐이었다.

"어서 가세나. 더 지체했다가는 종 대형이 광분하겠네."

동완도 종 대형이라는 사람이 질리는지 얼굴을 찡그렸다. 동완의 몸이 쏜살처럼 숙영지 쪽으로 쏘아져 나갔다. 노관은 무강의 왼쪽 어깨 아래에 팔을 넣어 잡은 다음 동완의 뒤를 좇아갔다. 주위의 사물이 빠르게 뒤로 밀려 나갔다.

무강은 그저 얼떨떨하기만 했다. 노관과 동완이 소문보다 훨씬 사람다운 것 같다고 무강은 생각했다.

갑자기 꽝! 소리가 나면서 그렇게 열려고 해도 열리지 않던 마차 문이 부서질 듯 열렸다. 맑은 아침 햇살과 빗물이 녹아들어 시원한 바람이 마차 안으로 들어왔다.

화들짝 놀란 아이들의 눈은 열린 마차 문밖으로 집중되었고, 그곳에는 세 명의 어른이 있었다. 어른들은 무슨 안 좋은 일이 있는지 티격태격 말싸움을 했다.

잠시 조용해지는가 싶더니 예쁘장하게 생긴 아줌마가 자신들을 강제로 이곳으로 데려온 무섭게 생긴 아저씨의 손에 들린 대바구니를 빼앗아 마차 안으로 집어 던졌다.

"너희들 거다. 내가 주는 건 아니니 나한테 고마워하진 말고 맛있게 먹어라."

화안명은 머리 위로 무언가 지나간다는 느낌을 받는 동시에 퍽! 하는 소리를 들었고, 알 수 없는 물체에 얼굴을 얻어맞았다. 순간, 머리 속을 스쳐 지나가는 예감과 비슷한 생각으로 화안명은 얼른 자신의 주위를 살폈다.

찌부러진 주먹밥이 여기저기에 떨어져 있었다.

화안명은 자신의 머리를 때린 것으로 추측되는 무릎 위의 주먹밥 한 덩이와 발 언저리에 떨어져 있는 주먹밥 한 덩이를 각기 다른 손으로 움켜쥐었다. 두 덩이 주먹밥을 바지춤 안쪽에 넣고 나서 다른 아이의 발 밑에 떨어져 있는 주먹밥 한 덩이를 무릎과 팔꿈치를 바닥에 댄 상태로 손을 뻗어 잡으려 했다. 꼭 한 치 정도 손이 모자랐다. 한 번, 두 번 잡으려 했지만 좀처럼 잡히지 않았다. 이에 화안명은 무릎을 펴서 아예 엎드려 버렸다. 이제 손이 넉넉히 닿았다. 그렇게 세 번째 주먹밥을 손에 넣자 무한히 행복했다.

잠시 엎드린 상태로 행복감을 느끼고 있는데, 어디에선가 발이 날아오더니 주먹밥이 쥐어져 있는 화안명의 손을 밟아버렸다.

"너만 입이고 다른 애들 입은 주둥이냐? 이런 갈보 같은 놈."

화안명은 머리를 들어 자신의 손을 밟고 있는 아이를 보았다. 열두 살, 열세 살로 보이는 소년은 덩치가 산처럼 컸다. 덩치에 압도되어 화안명은 덤빌 생각 같은 건 하지도 못했다.

화안명이 슬그머니 주먹밥을 놓고 손을 빼려 하자 소년은 발에 더욱 힘을 주었다. 손가락 마디에서 우두둑 소리가 났고, 눈물이 찔끔 났다. 하지만 화안명은 신음 소리를 내지 않았다.

"다들 배가 고파. 똑같이 나누어 먹어야 해. 주먹밥을 하나 이상 주은 사람은 이리로 내놓도록 해."

소년은 막 변성기가 왔는지 목소리가 쉬고 갈라졌다. 마치 어른의 목소리 같았다. 아이들은 하나같이 소년에게 압도되었다. 동작이 빨라 주먹밥을 많이 챙긴 아이들은 망설이면서도 화안명과 같은 꼴을 당하지 않으려고 소년의 앞에 주먹밥을 놓고 물러났다. 이렇게 모인 주먹밥이 모두 일곱 덩어리였다. 소년은 만족한 얼굴이 되었다.

갑자기 소년의 몸이 공중에 붕 뜨더니 마차 밖으로 나가떨어졌다. 독고성이 비호 같은 동작으로 넘어진 소년의 몸 위로 올라탔다. 독고성은 소년보다 머리 하나가 작았다. 몸집은 더 차이가 나서 절반 정도밖에 되지 않았다.

갑자기 일어난 싸움에 화안명은 깜짝 놀라서 주위를 둘러보았다. 다행히 세 명의 어른은 언제 갔는지 보이지 않았다.

독고성은 오른 주먹으로 소년의 얼굴을 힘껏 때렸다. 소년의 얼굴이 왼쪽으로 확 젖혀졌다. 독고성이 연이어 왼 주먹으로 소년을 때리려는 순간, 그보다 먼저 소년이 독고성의 가슴패기를 손으로 밀쳤다. 독고성의 왼 주먹이 허공을 갈랐고, 소년의 무지막지한 힘에 독고성은 뒤로 나자빠졌다.

소년은 손으로 터진 입술의 피를 닦아내고 나서 어쭈 하는 얼굴로 독고성을 보더니 성난 황소처럼 독고성에게 달려들었다. 그 기세에 웬만한 아이라면 겁을 먹을 만도 한데 독고성은 침착하게 소년의 움직임을 보았다.

독고성은 소년의 살집이 좋아서 얼굴이 아닌 다른 곳을 때려서는 타격을 줄 수 없다는 것을 알고 있었다. 또 얼굴에서 코와 턱이 가장 약하다는 것도 알고 있었다.

독고성은 넘어진 상태에서 달려드는 소년의 턱을 잘도 정확하게 찼다. 소년의 몸이 비틀거리더니 그 자리에서 잠시 정지했다. 독고성은 잽싸게 일어나서 상체를 오른쪽으로 크게 젖혀 온몸의 힘을 모두 실어 소년의 턱을 때렸다. 퍽! 하는 소리가 화안명의 귀에까지 들렸다.

소년의 산만한 몸이 휘청거렸다. 독고성은 이번엔 소년의 코를 노리고 주먹을 날렸다. 소년의 콧잔등에 독고성의 주먹이 적중했고, 소년의 양쪽 코에서 코피가 났다. 아이들 싸움에서 코피가 나면 대체로 싸움은 그걸로 끝이었다.

하지만 독고성은 소년의 코와 턱을 노리고 계속 주먹을 날렸다. 독고성의 왼손, 오른손이 깨끗하게 들어갔고, 그때마다 코피가 사방으로 튀었다.

소년은 아픔을 이기지 못하고 두 손으로 얼굴을 감쌌다. 그러자 독고성은 소년의 명치 부분을 발로 찼다. 소년은 컥, 하고 숨 막히는 소리를 내며 그 자리에 털썩 주저앉았다. 독고성은 발로 소년의 머리를 내리찍었다. 소년은 땅에 머리를 처박았다. 소년은 손을 허우적거리더니 거북이처럼 몸을 웅크렸다.

소년은 싸울 마음을 상실했다. 누가 보아도 그 점을 알 수 있었다. 그럼에도 독고성은 발로 소년의 옆구리를 두어 번 더 찼다. 소년은 컥컥 소리만 낼 뿐 미동도 하지 않았다. 여기서 움직였다가는 더 맞는다는 것을 알기 때문이었다. 독고성은 숨을 몰아쉬는 것으로 싸움을 끝냈다.

독고성이 돌아서자 아이들이 움찔 놀라 뒤로 물러섰다.

살갗이 벗겨진 독고성의 주먹에서 피가 흘렀다. 그런 것에는 안중이 없는지, 화안명의 곁으로 온 독고성이 화안명에게 말했다.

"아명, 뭐 해? 주먹밥 먹어야지."

방금의 잔인한 행동이 과연 독고성이 했는지 의심이 갈 만큼 독고성은 맑게 웃었다.

독고성은 멍해 있는 화안명 대신 소년이 모아놓은 주먹밥 일곱 덩이를 줍더니 자신 몫으로 세 덩이를 챙기고, 화안명과 하림에게 각기 두 덩이씩의 주먹밥을 나눠 주었다.

독고성이 바닥에 앉아서 주먹밥을 먹기 시작하자 화안명과 하림도 독고성의 곁에 앉아 주먹밥을 먹었다.

운 좋게 주먹밥을 챙긴 아이들은 독고성의 눈치를 보며 주먹밥을 먹었다. 동작이 느려 주먹밥을 미처 챙기지 못한 아이들은 주먹밥을 맛있게 먹는 아이들을 부러운 눈으로 볼 뿐이었다. 아이들은 조금 나누어 달라는 말을 하지 못했다. 왜인지 그런 말을 꺼내기 어려운 분위기였다.

여자 아이가 다가가서 소년의 팔을 잡고 소년을 일으키려 했다. 그러나 소년은 끙 소리만 낼 뿐 움직이지 않았다. 여자 아이가 힘을 써보았지만 덩치가 큰 소년은 꿈쩍도 하지 않았다.

여자 아이에게 고마운 마음을 가지고 있었기에 여자 아이가 쩔쩔매는 모습을 보자 도와주고 싶었다. 또 빗물이 고인 땅에 누워 있는 소년이 안돼 보이기도 했다.

화안명이 일어서자 그 마음을 알아챈 독고성이 화안명의 팔을 잡았다.

"저 녀석이 자기 발로 오게 내버려 둬."

"이제 됐잖아? 싸움은 끝난 거 아냐?"

독고성은 느리게 머리를 저었다.

"짓밟을 때 확실하게 짓밟아야 해. 그래야 나중에 문제가 없는 거야."

화안명은 독고성의 말을 이해하지 못했다. 다만 독고성의 태도가 워낙 진지했기에 다시 자리에 앉을 수밖에 없었다.

여자 아이는 한참 동안이나 소년을 일으키려 했다. 끝내 소년이 아무런 반응을 보이지 않자 일으키기를 포기했는지 무릎을 가슴에 안고 그 옆에 앉아서 소년을 물끄러미 바라보았다. 여자 아이는 그 자세로 나무처럼 가만히 있었다. 가는 빗살이었지만 여자 아이의 머리카락과 얼굴은 흠뻑 젖었다.

화안명은 여자 아이가 저렇게 계속 있으면 감기에 걸릴 거라는 생각이
들었다.

화안명이 갑자기 벌떡 일어나더니 소년에게 달려갔다. 돌발적인 화안
명의 행동에 독고성과 하림은 먹는 것도 멈추고 화안명을 보았다.

화안명은 발로 냅다 소년의 머리를 걷어찼다.

"일어나, 이 자식아! 뭘 잘했다고 누워 있는 거야? 여기가 너네 집 안
방인 줄 알아? 바보 같은 놈!"

소년은 거짓말처럼 벌떡 일어났다. 소년은 화안명의 멱살을 잡고 들어
올렸다. 작고 비쩍 마른 화안명이기에 어렵지 않게 공중에 대롱대롱 들
렸다.

"뭐라고, 이 자식아! 다시 한 번 말해봐!"

지금 화안명은 흥분한 상태였다.

"잘 일어나네. 왜 아까는 안 일어난 거지? 머리를 맞아야 정신이 드나
보지?"

"이 쥐새끼 같은 놈이! 한 대 맞을래?"

"칠 테면 쳐봐! 네가 날 치고도 무사할 줄 알아?"

소년은 곁눈질로 독고성을 보았다. 그러다 독고성과 눈이 딱 마주쳤
다. 소년은 얼른 시선을 돌렸다. 소년은 화안명을 내려놓고는 투덜거리
듯 말했다.

"앞으로 조심해."

화안명은 지지 않고 말했다.

"너나 앞으로 조심해. 네가 힘이 세다고 힘이 약한 사람을 괴롭히면
어른들과 다를 게 뭐 있겠어?"

화안명은 더 이상 소년은 신경 쓰지 않고 여자 아이에게 다가갔다. 화
안명은 뒤쪽에서 여자 아이의 겨드랑이 사이에 손을 넣어서 일으켜 세웠

다. 화안명의 손에 물컹한 살집이 잡혔다. 화안명은 여자 아이가 보기보다 살이 많이 쪘다고 생각했다.

여자 아이는 화들짝 놀란 얼굴이 되었다. 여자 아이의 얼굴이 놀람에서 당황스러움으로, 당황스러움에서 화가 난 얼굴로 변해갔다.

화안명은 하의 깊숙한 곳에서 주먹밥 두 덩이를 꺼내 여자 아이에게 내밀었다.

"배 고프지? 먹어."

여자 아이는 입술을 앙다물더니 화안명의 따귀를 때렸다. 그리고는 빠른 속도로 앞쪽으로 달려갔다.

화안명은 얼떨떨한 얼굴로 여자 아이의 뒷모습을 보았다. 여자 아이의 몸이 마차와 마차 사이로 사라져서 보이지 않게 되었다.

화안명은 여운이 남아 여자 아이가 사라진 곳을 멍하니 보고 있는데, 어느새 다가왔는지 독고성이 화안명의 어깨를 그러안았다.

"너, 저 아이 좋아하냐?"

"아니."

"진짜?"

"그래."

"그럼 싫어하냐?"

"무슨 소리야, 그게?"

독고성은 짓궂은 얼굴이 되었다.

"그렇지 않음 왜 괴롭히는데? 생각해 봐라. 누가 네 녀석 바지춤에 넣었던 주먹밥을 먹겠냐?"

"이게 어때서? 맛만 좋은걸."

말을 하고 나서 화안명은 보란듯이 주먹밥을 한입 베어 먹었다.

독고성이 말했다.

"너니까 먹지. 다른 녀석한테 줘봐라, 누가 먹나."

화안명은 소년에게 주먹밥 한 덩이를 내밀었다.

"먹을래? 이거 아주 맛있다."

화안명은 독고성이 옆에 있어서인지 소년이 전혀 두렵지 않았다. 어쩌면 요전의 행동 때문인지도 몰랐다. 소년은 화안명을 어쩌지 못했다. 한 번이 어렵지 두 번째부터는 쉬운 법이었다.

"싫음 말구. 사실 남 주기엔 아깝거든."

화안명은 주먹밥 하나를 다 먹었다. 화안명은 마지막으로 남은 주먹밥을 들고 입을 크게 벌려 먹으려는 시늉을 했다.

"마지막 기회야. 먹을래?"

소년은 말없이 고개를 끄덕였다. 배고픔 앞에는 자존심도 무엇도 없는 것이다. 화안명은 소년에게 주먹밥을 주며 말했다.

"처음부터 그랬어야지."

소년은 화안명이 몹시 얄미웠다. 할 수 있다면 한 대 쥐어박고 싶고 고까웠지만, 일단 먹어야 했다. 소년은 주먹밥을 받아서 먹기 시작했다. 허겁지겁 주먹밥을 먹기에 바쁜 소년에게 화안명이 말했다.

"이름이 뭐야?"

소년은 화안명을 보지도 않고 말했다.

"그건 왜?"

"이름 물어보는 것에도 이유가 있냐?"

소년은 알 수 없다는 얼굴로 화안명을 보았다. 입으로는 여전히 주먹밥을 씹고 있었다.

"동관식."

"나는 화안명. 나이는?"

주먹밥을 다 먹은 동관식의 얼굴에 귀찮은 기색이 어렸다. 동관식은 화안명 같은 아이와 그다지 대화를 나누고 싶지 않았다.

"열두 살."

"나는 열한 살인데. 뭐 어때, 우리 친구하자."

동관식이 눈을 치켜떴다.

"싫어. 나는 네 녀석이 마음에 들지 않아."

"어쩌지? 나는 네가 마음에 드는데."

꼭 요전의 독고성과 화안명의 대화 같았다. 가만히 듣고 있던 독고성이 껄껄 크게 웃음을 터뜨렸다.

"좋아, 좋아. 이것도 인연인데 우리 모두 친구하자. 나는 독고성이야."

독고성이 동관식에게 손을 내밀었다. 동관식은 독고성에게 완전히 주눅이 든 상태였다. 동관식은 머뭇머뭇 독고성의 손을 잡았다. 독고성이 동관식의 손을 꼭 잡고는 말했다.

"좋아, 이제부터 동관식과 독고성, 동관식과 화안명, 동관식과 하림은 친구인 거야. 알았지?"

어린아이들에게 친구의 친구는 곧 나의 친구였다.

독고성은 동관식의 얼굴을 똑바로 바라보았다. 무언의 압력이었다.

"그래."

동관식은 독고성이 무서워 대답은 했지만 뭔가 많이 밑지는 듯한 기분이었다. 그러나 독고성이 맑게 미소 짓는 모습을 보자 꼭 그렇지만도 않다는 생각이 들었다.

꽤 시간이 지났는데도 여자 아이가 돌아오지 않자 화안명은 걱정이 됐다. 찾으러 가야 하는 거 아닌가 하는 생각이 들었다.

독고성이 물었다.

"아명, 뭘 그렇게 생각해?"

"아니, 별로."

"돌아올 거야. 생각이 있는 아이라면."

화안명은 자신의 생각을 독고성이 알아채자 놀란 눈으로 그를 보았다.

"가슴 한 번 만진 거 가지고 무슨 호들갑인지. 만진다고 닳는 것도 아니고. 그보다 어때? 손 안에 잡혀? 겉보기엔 작던데."

화안명은 독고성의 말을 이해하지 못했다.

동관식이 키득키득 웃었다.

이때 검은 옷을 입은 남자 한 명이 여자 아이의 뒷덜미를 한 손으로 잡고 걸어왔다.

독고성을 비롯한 아이들은 바짝 긴장했다.

흑의사내는 여자 아이를 독고성의 발 앞으로 던졌다. 여자 아이는 땅에 떨어진 충격에 '아야!' 하고 신음 소리를 냈다.

흑의사내가 말했다.

"조금 있으면 이동할 거다. 마차 밖으로 나와 있는 건 좋다. 하지만 절대 멀리 벗어나진 마라. 한 번 더 이런 일이 생기면 그때는 각오하는 게 좋을 거다."

흑의사내는 말을 마치고 몸을 돌려 사라졌다.

독고성은 주위를 둘러보았다. 자신들이 탔던 마차와 똑같이 생긴 마차가 많이 있었다. 그중 어느 마차에서도 밖으로 나와 있는 아이들은 없었다. 독고성은 자신들에게 주먹밥을 던져 준 예쁘장하게 생긴 아줌마와 험상궂은 아저씨가 꽤나 대단한 사람이라는 것을 짐작했다.

독고성이 이런 생각을 하는 동안 화안명은 여자 아이에게 다가가서 여자 아이의 팔뚝을 덥석 잡았다.

"괜찮아?"

여자 아이는 진저리를 쳤다. 거칠게 화안명의 손을 몸에서 떼어냈다.

여자 아이가 동관식을 보며 말했다.

"동 오라버니."

동관식은 귀찮은 기색으로 건성으로 대답했다.

"알았어, 알았다구."

동관식은 화안명의 어깨를 툭툭 쳤다.

"화안명, 그만 해둬라. 얘는 누가 자기 몸을 만지는 거 진짜 싫어하거든. 만지고 싶거든 나중에 친해진 다음에 만져."

여자 아이는 빽 소리를 질렀다.

"동 오라버니!"

여자 아이의 눈에 눈물이 글썽였다.

동관식이 말했다.

"왜? 내가 틀린 말 했어? 분명히 말하지만 너, 그렇게 대단한 애 아니다. 알아들었어?"

여자 아이는 급기야 눈물을 펑펑 흘렸다.

그 모습을 동관식은 심드렁하게 보았다. 동관식은 전혀 미안한 기색이 아니었다.

화안명이 일어나서 동관식을 보며 말했다.

"말이 너무 심하잖아."

동관식은 화안명을 마주 보았다.

"알아서 해, 마음에 들면. 난 됐으니까. 말 안 들으면 때리면 되지."

말을 마치고 동관식은 마차 쪽으로 걸어가 버렸다. 그 모습이 어딘지 기분이 상한 듯 보였다.

독고성은 화안명과 동관식을 번갈아 보다가 동관식에게 걸어갔다.

화안명은 어쩔 줄 몰라 하다가 여자 아이 앞에 쪼그려 앉았다. 여자 아이가 너무 서럽게 울었기에 화안명은 말을 붙이지도 못하고 한참을 그렇게 앉아 있었다.

여자 아이는 조금 진정이 되는지 눈물은 흘리지 않고 훌쩍거리기만 했다.

화안명이 어렵게 말을 꺼냈다.

"미안. 나는 네가 싫어하는 줄 몰랐어. 진짜야. 이제는 안 그럴게. 그러니까 화 풀어."

여자 아이는 화안명이 보기 싫은지 머리를 돌려 버렸다. 화안명은 앉은 채로 여자 아이가 얼굴을 돌린 쪽으로 갔다.

"나, 너한테 도움이 되고 싶었어. 전에 네가 나한테 힘내라고 했잖아. 그게 고마워서. 그래, 너한테 고맙다는 말을 하고 싶었어. 정말이야."

여자 아이는 머리를 들어 화안명을 보았다. 여자 아이의 눈가엔 미처 떨구어지지 않은 눈물이 남아 있었다.

"그때는 네가 힘들어 보여서, 안돼 보여서 그랬던 거야. 지금은 네가 싫어. 동 오라버니랑 싸우는 사람, 나는 싫어."

"이건 확실히 말할 수 있어. 관식이랑 이제 싸우지 않아. 우리는 친구거든."

"그걸 어떻게 믿어?"

화안명은 손바닥으로 가슴을 팡팡 쳤다.

"나는 거짓말을 하지 않아."

마음에서 우러나오는 말과 가식적으로 하는 말의 구분은 말하는 사람의 태도를 순전히 듣는 사람이 마음대로 감지한 다음, 역시 마음대로 해석해 버리는 미묘한 느낌의 차이에 있다. 얼핏 스쳐 지나가는 직감과 비슷한 그 느낌의 차이는 듣는 사람으로 하여금 말하는 사람을 신뢰할 것인가 불신할 것인가로 극명하게 나누어 버린다.

여자 아이는 왜인지 화안명의 말에 믿음이 갔다. 하지만 여자 아이는 그 느낌을 밖으로 드러내지 않고 여전히 퉁명스럽게 말했다.

"그래, 알았어."

여자 아이가 일어섰다. 화안명은 앉은 채로 머리를 들어 여자 아이를 보았다. 여자 아이는 몸을 움직이려다가 무언가 마음에 걸리는 게 있는지 화안명을 보며 말했다.

"뭐 해? 안 갈 거야? 비 맞으면 감기 걸린다."

화안명은 자신이 여자 아이에게 하려던 말을 되레 여자 아이에게서 들으니 조금 이상한 기분이었다.

화안명은 일어섰다. 화안명이 일어서자 여자 아이는 마치 기다리지 않은 것처럼 말없이 마차로 걸어갔다. 화안명도 여자 아이를 따라 마차로 걸어갔다.

이제 비는 거의 그쳐 한 방울 한 방울 미처 내리지 못한 빗방울만 간간이 떨어졌다. 햇살을 받은 풀잎 위에 고인 빗방울이 무척 맑아 보였다. 상쾌한 아침이었다.

화안명과 여자 아이가 대화를 하고 있을 때 독고성과 동관식도 마차 안에서 마주 앉아 이야기를 하고 있었다. 독고성의 옆에는 하림이 앉아 삼각형 모양으로 둘러앉은 셈이었다.

독고성이 말했다.

"어떻게 알게 된 사이야?"

동관식은 짐짓 모르는 척 딴청을 피웠다.

"누구랑?"

"누구겠어?"

동관식은 별로 이야기하고 싶지 않은 눈치였다.

"아, 양희? 그냥… 어렸을 적에 같은 동네에 살았어. 그뿐이야."

"정말 그게 다야? 뭔가 더 있는 거 같은데?"

"있기는 뭐가 있어? 내가 나이가 한 살 많아서 오빠, 동생 하는 사이야."

"양희라고 했지, 이름이?"

"그래."

"양희는 너를 좋아하는 거 같던데. 그리고 거기엔 뭔가 사연이 있고. 아니야? 아니면 아니라고 말해."

독고성은 동관식을 똑바로 바라보았다. 요전에도 느꼈지만 동관식은 독고성의 눈과 마주치면 덜컥 겁이 났다.

"나를 좋아하는지 안 좋아하는지는 모르겠어. 내가 그 아이가 아니니까. 나한테 속마음을 이야기한 적이 없거든. 나를 의지하는 거 같기는 해. 이래 봬도 나, 힘 세거든. 자랑이지만 또래 아이들이랑 힘을 겨루어서 진 적이 없어. 씨름이든 팔씨름이든 싸움이든. 넌 특별한 거 같아. 주먹도 크지 않고 팔뚝도 얇은데 나를 엉망진창으로 만들어 버렸어. 싸움 잘하는 비결이 뭐야?"

"분명 네가 나보다 힘이 셀 거야. 내가 너한테 이긴 건 싸우는 방법을 알아서야. 다른 건 없어. 무엇이든 하는 방법만 알면 쉽게 지지 않아."

독고성은 의미를 담고 있는 말임에도 대수롭지 않게 말했다.

"그러니까 그 방법이 뭐냐고?"

"스스로 찾아야지. 스스로 찾아서 몸에 배겨놓지 않으면 아무 소용 없어. 들어서 아는 건 쉽게 없어져 버리는 거야."

"뭐야, 결국 안 가르쳐 주겠다는 거잖아?"

독고성은 피식 웃었다.

"마음대로 생각해."

그리고 나서 독고성은 자기 할 말은 끝났으니까 하던 이야기나 계속 해보라는 식으로 동관식을 빤히 보았다.

동관식은 얼렁뚱땅 넘겨보려다가 결국 독고성의 눈빛을 이겨내지 못하고 말을 시작했다.

"그래, 뭐, 비밀도 아니니까. 양희네 집은 부자였어. 양희는 막둥이야. 위로 오빠가 셋이나 있지. 막둥이에 외동딸이니 귀여움을 받으며 자랐지. 너도 같이 지내다 보면 알겠지만 애는 정말 착해. 종종 필요 이상으로 비싼 척을 해서 그렇지."

"부잣집 딸내미가 왜 거지 꼴을 하고서 너랑 같이 있지?"

"조용히 하고 들어봐. 다 이유가 있어. 재작년의 일이야. 그해 여름은 정말 비가 많이 왔어. 진짜 먹을 게 하나도 없었어. 동네 전체가 말이야. 꼭 한 군데를 빼고는."

독고성은 동관식이 말을 끊지 말라고 한 것을 전혀 신경 쓰지 않고 생각나는 게 있자 즉시 말했다.

"그게 양희네 집이었군."

동관식은 머리를 끄덕였다.

"그래."

동관식은 씁쓸한 얼굴로 말을 이었다.

"조금 나누어 주었으면 좋았을걸. 그럼 다 같이 잘살 수 있었는데… 마을 사람들이 도적이 되어버렸어."

독고성은 요전에 동관식이 힘으로 주먹밥을 뺏으려 했던 것을 떠올렸다. 그러면서 동관식이 말했던 '다들 배가 고파. 다 같이 나누어 먹어야 해'라는 말이 어쩌면 진심일지도 모른다는 생각이 들었다.

독고성은 납득한 듯이 머리를 끄덕이며 말했다.

"누구의 잘못도 아니야. 가진 자가 나누어 주지 않는 것이나, 못 가진 자가 가진 자의 것을 뺏으려 하는 것이나. 둘 다 충분히 이해가 돼."

독고성은 동관식을 보며 말을 이었다.

"그래서? 그 다음 이야기는 뭐야?"

동관식은 지금 독고성이 한 말이 마음에 안 드는 눈치였다.

"어떻게 되긴, 양희네 집이 아무리 부자라 해도, 그래서 하인이 수십 명 있다고 해도 수백 명의 마을 사람들을 당해낼 수는 없었어. 마을 사람들이 작정하고 몰려든 순간……."

동관식은 손으로 목을 긋는 시늉을 했다.

"모든 건 끝났지, 뭐."

"너랑 양희는 어떻게 아는 사이야?"

동관식은 인상을 썼다.

"꼭 알아야겠어?"

독고성은 아무런 거리낌 없이 대답했다.

"그래."

"진짜 꼭 알아야겠어?"

"그렇대두. 서로 비밀이 있으면 친구가 아니야. 서로 거짓말을 하면 친구가 아니야."

독고성은 평범한 어조로 말했지만 듣는 동관식에게는 협박으로 들렸다.

"알았어, 말하면 되잖아. 아버지가 양희네 집에서 일을 했어. 어머니도. 아버지의 아버지도."

동관식은 손으로 머리를 벅벅 긁었다. 부끄러운 부분을 드러내는 것 같아서 창피했기 때문이다.

"나도 양희네 집 밥을 먹었으니까, 젖을 떼고 나서는 일을 거들었어. 그러다 양희를 알게 되었고. 그땐 정말 예뻤지. 비단옷에 가죽 신발, 옥으로 만든 목걸이와 금실로 수놓은 노리개. 하인의 아들이 보기에 주인

집 딸은 하늘에서 내려온 선녀였지. 지금이야 평범한 여자 아이지만. 그렇게 친하지도 않았어. 아니, 양희는 내 이름도 몰랐을걸. 얼굴이야 지나가다 몇 번 보았으니까 알았을지도 모르지만. 그 일이 일어났을 때, 그러니까 마을 사람들이 손에 곡괭이와 삽을 들고 양희네 집으로 들이닥쳤을 때 우리 아버지는 정말 열심히 싸웠어. 바보같이… 죽을 때까지 말이야. 다른 녀석들은 대부분 도망가 버렸는데, 나는 아무것도 하지 못했어. 그냥 멍청하게 서 있었어. 우리 아버지가 머리에 삽을 맞고 피를 철철 흘리며 쓰러지는 걸 보면서도 말이야. 내가 우리 아버지 곁으로 가니까 용케도 나를 알아보더군. 억지로 웃으면서 내 손을 잡으려고 하는데 우리 아버지 손이 부르르 떨리는 거야. 올라왔다 떨어지고, 올라왔다 떨어지고. 황소도 주먹으로 때려잡는 우리 아버지가 말이야. 내가 우리 아버지 손을 잡으니까 우리 아버지가 이렇게 말했어. 도련님은 살아남기 힘들 테지만 아가씨는 어리고 여자니까 죽이진 않을 거라고. 네가 아가씨를 지켜주라고. 머리가 나빠서 정확하게는 기억 못하지만 대충 이랬어. 조금 섭섭하더라? 내 이야기도 한마디쯤은 해줄 수 있었을 텐데. 잘살라고, 아버지가 없더라도 힘내라고. 그런데 끝내 그러지를 않더라고.”

동관식은 그답지 않게 눈물을 글썽였다.

“좋은 이야기군. 목숨을 버리는 충성이라… 좋은 이야기야.”

독고성의 말이 비꼬는 듯이 들려 동관식은 울컥 화가 났다.

“말이 너무 심하잖아!”

“난 내가 느낀 걸 그대로 말했을 뿐이야.”

독고성은 비꼬는 게 아니란 뜻으로 말한 것이지만 듣는 동관식에게는 시비조로 들렸다. 동관식은 ‘다시 한판 붙어봐?’ 라는 생각을 했다.

동관식이 그러거나 말거나 독고성은 궁금한 것을 물었다.

“그날, 양희가 처녀를 잃은 거야?”

두 사람의 대화를 가만히 듣고 있던 하림이 '처녀'라는 말에 관심을 보였다. 처녀라는 것은 여자에게 있어 생명보다도 소중한 것이었다.

동관식은 말을 해야 하나 말아야 하나 망설였다. 그 태도 자체가 이미 긍정이었다.

독고성은 모든 것을 이해했다는 듯이 머리를 끄덕였다.

"그랬던 거군. 만지는 것을 싫어하는 게 그 이유였군."

동관식은 아니라는 말을 할 시기를 놓쳐 버렸다. 동관식은 어느새 독고성과 한판 붙겠다는 생각 같은 건 하지 않았다. 동관식의 속마음은 독고성과는 다신 싸워서는 안 된다였다. 동관식에게 필요했던 것은 스스로 납득할 수 있는 핑곗거리였고, 아주 훌륭한 핑곗거리를 적절한 순간에 찾아서 진지하게 고민하기 시작한 것이다.

독고성이 말했다.

"너는 어때? 너는 양희를 좋아하지 않아?"

"좋아하지 않아."

"잘됐네. 아명이 양희를 좋아하는 거 같으니까 잘되게 도와주자."

동관식은 가슴 한구석에 무언가 걸린 것 같았다. 하지만 그게 무엇인지는 알 수 없었다.

"화안명이 양희를 좋아하는지 안 좋아하는지 네가 어떻게 알아?"

"알 수 있어. 아명은 솔직하니까."

하림은 독고성의 말이 내심 우스웠다. 독고성과 화안명이 아는 사이가 된 건 바로 어제였다. 하루 사이에 서로에 대해 알면 얼마나 안다고 저렇게 자신있게 말하는지 선뜻 이해가 되지 않았다.

동관식은 떨떠름하게 말했다.

"그래, 그러지 뭐. 어려운 것도 아니니까."

이때 화안명과 양희가 나란히 마차 안으로 들어왔다. 그 모습을 보자 동관식은 갑자기 기분이 상했다.

양희는 동관식을 보고 얼굴에 미소를 지었다. 동관식은 슬며시 머리를 돌려 양희의 시선을 외면했다.

두 사람의 태도를 독고성은 재미있다는 눈으로 보았다.

화안명과 양희가 앉자 독고성이 말했다.

"우리 다섯은 이제 하나야."

독고성의 말을 화안명이 가로챘다.

"그 다음 말은 무슨 일이 있어도 서로를 지켜주고, 절대 얻어맞거나 밥 굶지 말자지?"

독고성은 피식 웃었다.

"그래, 맞아."

동관식이 말했다.

"밥 얘기가 나와서 하는 말인데, 주먹밥 남은 거 없어?"

화안명이 말했다.

"아까 먹었잖아?"

"하나 가지고는 간에 기별도 안 간다."

하림이 품속에서 주먹밥 한 덩이를 꺼내 슬그머니 동관식에게 내밀었다. 동관식이 반색을 하고 주먹밥을 받으려는데 화안명이 중간에서 주먹밥을 가로챘다.

"하나도 안 먹은 사람도 있어."

독고성이 말했다.

"양희 말하는 거야?"

화안명이 양희를 보며 물었다.

"이름이 양희야?"

"응."

"나이는?"

독고성이 말했다.

"너랑 나랑 같은 열한 살이야."

양희가 말했다.

"나는 됐으니 그 주먹밥 동 오라버니 줘."

화안명은 불쑥 오기가 발동했다.

"어지간히도 챙기네. 먹기 싫음 관둬. 내가 먹으면 되니까."

말을 끝마치는 동시에 화안명은 보란듯이 주먹밥을 통째로 입에 넣었다. 입 안보다 주먹밥이 더 커서 두 볼이 불룩하게 튀어나왔고, 주먹밥의 삼분지 일은 입 밖으로 삐져 나온 채 화안명은 우걱우걱 씹었다. 그 와중에 밥 알갱이가 무릎께로 우수수 떨어졌다.

네 사람은 화안명의 행동을 어처구니없다는 얼굴로 보았다.

주먹밥을 억지로 삼키다가 목에 걸렸는지 화안명은 딸꾹질을 하기 시작했다.

독고성은 품속에서 주먹밥 한 덩이를 꺼내더니 반으로 쪼개어 두 덩이로 만들었다. 반쪽짜리 주먹밥 두 덩이를 각각 동관식과 양희에게 한 덩이씩 주었다.

딸꾹질을 하면서 화안명은 '그런 방법도 있었구나' 라고 생각했다.

해가 완전히 떠오르자 비가 그쳤다. 오랜만에 얼굴을 드러낸 해는 무더위를 선사했다. 아직 해가 중천에 떠오르지도 않았는데 땅에서는 아지랑이가 피어올랐다. 바람마저 불지 않아 아이들의 이마와 등에서 땀이 쉴 새 없이 고였다가 흘러내리기를 반복했다. 찜통 같은 한여름의 날씨였다.

이두마차가 햇살을 반사해서 만들어낸 그늘에 아이들이 옹기종기 모

여 앉아 있었다. 아이들은 길게는 사흘, 짧게는 하루를 꼬박 마차 안에
갇혀 있었기에 마차 안에 있기를 꺼려 했다.

그늘이 조금씩 짧아져서 아이들의 발치로 햇살이 들어올 때쯤 흑의사
내 수십 명이 마차 쪽으로 걸어왔다.

그중에서 두 명이 독고성 등이 있는 이두마차를 향해 다가왔다. 두 사
람 중에서 키가 작은 남자의 손에 두 필의 말고삐가 쥐어져 있었다.

마차 밖에 있던 아이들은 두 사람을 피해 마차 안으로 들어왔다.

두 사람은 마차 입구 앞에 멈춰 서서 아이들을 손가락으로 일일이 가
리키며 숫자를 세었다. 열 명이라는 것을 확인한 다음에도 두 번, 세 번
숫자를 세었다.

동관식은 두 사람의 행동이 불쾌했다.

'우리가 도살장에 끌려온 소도 아닌데 왜 손가락질하고 지랄이야? 확
들이받아 버릴까 보다.'

두 사람 중에서 키가 작은 남자가 말했다.

"열 명 맞지?"

그러자 키가 큰 남자가 대답했다.

"맞아, 내가 세 번이나 세어보았어."

키 작은 남자는 두 필의 말을 마차에 묶었다. 그리고는 마부석에 가서
앉았다. 그는 머리를 뒤로 돌려서 키가 큰 남자에게 물었다.

"어디로 간다고 했지?"

"소천 노사의 오두막."

키가 작은 남자가 다소 놀란 듯 되물었다.

"소천 노사의 오두막이라고?"

"그래, 내가 세 번이나 확인해 보았어."

키가 작은 남자는 혀를 찼다.

"쯧쯧, 이 녀석들, 불쌍하게 됐구먼. 하지만 어쩌겠어, 자기 운을 탓해야지. 그나저나 서둘러야겠군. 오늘 술시(戌時)까지 이 아이들을 소천 노사의 오두막에 데려다 놓지 못하면 소천 노사에게 치도곤을 당할 테니까."

키 큰 남자는 투덜거렸다.

"이건 정말 불공평해. 코앞에 있는 곳과 산 두 개를 넘어야 하는 곳을 똑같이 취급하다니. 윗대가리들은 무슨 생각을 하고 사는지 정말 궁금하다니까."

"불평은 그쯤 해둬. 조금 빠듯해서 그렇지 불가능한 건 아니잖아? 이만 하면 다행이지, 안 그래?"

키 큰 남자는 어이없다는 듯이 웃었다.

"하긴, 해도 안 되는 일을 시키는 경우도 비일비재한데 내가 너무 배부른 소리를 했구먼 그래."

키 작은 남자는 키 큰 남자의 말에 씁쓸하게 웃었다.

키 큰 남자는 마차 문을 닫고 밖에서 문을 잠갔다. 그러자 마차 안에 다시 어둠이 찾아왔다. 키 큰 남자가 뒤따라 마부석에 앉자 키 작은 남자는 채찍질을 해서 이두마차를 출발시켰다.

마차는 숙영지를 벗어나자 조금씩 속도를 높여갔다. 강가를 벗어나자 들판이 나타났다. 어른 허리춤에 닿지 않는 풀만 무성한 들판이었다. 간간이 나무가 보였지만 그 나무들 역시 키가 작았다. 새 우는 소리 한 번 들리지 않았다. 들판의 끝 저 멀리에 하늘의 반을 뚝 잘라서 산맥이 병풍처럼 늘어서 있었다. 산맥의 아랫도리는 옅은 검은색이었고, 윗도리는 흰색이었다. 한여름이었지만 산맥 정상부에 만년설이 쌓여 있는 것이었다. 그 산맥의 한가운데에 영생교의 본당이 있었다. 그리고 소천 노사의 오두막이 있었다.

◈ 第二章 ◈

수련자

아이들을 태운 마차는 험한 산길을 쉬지 않고 달렸다. 흰눈이 쌓인 봉우리의 산 중턱에서 마차가 멈췄다.

두 하급 무인이 마차 문을 열었다. 소천 노사의 오두막까지 마차를 몰고 들어갈 수 없었기 때문이다.

아이들은 막 해가 뜨기 시작했을 무렵 마차에 태워져 지금은 이미 해가 져서 밖은 한 치 앞도 구분할 수 없을 정도로 어두웠다.

아이들의 눈앞으로 환한 빛이 다가왔다. 키가 크고 마른 장한이 손에 횃불을 들고 다가오고 있었던 것이다. 불빛에 의해서 시야가 밝아지자 아이들은 눈앞에 키가 작은 장한이 계속 서 있었음을 깨닫고 흠칫 놀라 마차 밖으로 내디뎠던 발을 다시 제자리로 되돌렸다.

키 작은 장한, 장삼이 말했다.

"너희들이 앞으로 칠 년 동안 살 집에 도착했다. 밖으로 나오너라."

집이라는 말에 호기심을 느낀 아이들은 무서웠지만 우르르 몰려나왔다. 무서움보다 호기심이 더 아이들의 마음을 이끌었던 것이다.

키 큰 장한, 이사는 이두마차의 고삐를 길가의 나무에 묶었다.

장삼이 말했다.

"이제부터는 걸어가야 한다. 멀지 않은 거리이니 힘들지는 않을 것이다."

횃불을 든 이사가 앞장섰고, 아이들은 병아리가 어미 닭을 따르듯 이사의 뒤를 따라 걸어갔다. 장삼이 혹시 있을지 모를 아이들의 도주를 방지하기 위해서 무리의 후미에서 걸었다.

이사의 손에 들려진 횃불에 비추어진 풍경은 이곳이 아주 깊은 산속이라 말해주었다. 눈에 보이는 것이라고는 바위와 나무, 그리고 나무 못잖은 키를 자랑하는 수풀뿐이었다. 사람의 손이 닿지 않은 나무는 어른의 키를 훌쩍 넘겼다. 장삼이 안내하는 길도 길이라 할 수 없을 만큼 나무와 수풀로 우거져 멀리서 부엉이가 울었고, 가까이에서 풀벌레가 울었다. 간간이 바람이 불었는데, 세게 불지 않았음에도 옷 속으로 파고들 만큼 스산했다. 바람에 담긴 내음은 온통 나무 내음뿐이었다.

그렇게 일각 정도 걸어가자 점점 길다운 길이 생겨났다.

장삼이 돌연 걸음을 멈췄다. 장삼이 걸음을 멈추는 것과 동시에 눈앞에 중키의 깡마른 남자가 나타났다. 아무런 기척 없이 땅에서 솟아나듯 나타났기에 독고성은 그가 귀신인 줄 알고 자기도 모르게 '아!' 하고 짧은 비명 소리를 냈다. 깡마른 남자의 시선이 자연스럽게 독고성에게로 갔다.

깡마른 남자는 장삼과 이사에게 포권을 해 보이자 장삼과 이사도 마주 포권을 했다.

깡마른 남자가 말했다.

"조금 늦으셨군요."

장삼이 말했다.

"서청 소사님께 수고를 끼쳤습니다."

"수고는 두 분께서 하셨지요. 그리고 소사라는 말은 감당할 수 없습니다."

"겸손이 지나치십니다."

깡마른 남자 서청은 정색했다.

"장삼 무인, 그런 말 마십시오. 혹시라도 노사님께서 들으신다면 소인은 벌을 피하기 어렵습니다."

서청은 아이들에게 시선을 돌렸다. 이를 보고 이사가 옆에서 횃불을 비추어주었다. 서청은 아이들의 수를 세어보고는 머리를 끄덕였다.

"확인했습니다. 두 분은 어쩌시겠습니까? 노사님을 뵙고 가시겠습니까?"

소천 노사는 이름 높은 무사였다. 소문에 의하면 검에 내공을 싣는 경지에 이르렀다는 말도 있었다. 이사는 머리를 끄덕이려 했다. 이를 눈치 챈 장삼이 이사의 옆구리를 찔렀다.

장삼이 말했다.

"밤이 늦었습니다. 요 며칠 노숙을 했더니 몸이 찌뿌드드합니다. 내일 밤 집에서 자려면 지금 출발해야 할 거 같군요. 저희는 이만 가보겠습니다."

서청이 머리를 끄덕였다.

"그렇게 하십시오. 멀리 나가지 않겠습니다."

장삼과 이사가 포권을 하자 서청은 마주 포권을 했다.

서청은 장삼과 이사가 어둠에 묻혀 사라지자 몸을 돌렸다. 품에서 화섭자와 부싯돌을 꺼내어 미리 준비해 둔 횃불에 불을 붙였다.

"나를 따라오세요. 길이 어두우니 발 밑을 조심하세요."

십 분을 걷자 나무로 얼기설기 엮어놓은 울타리가 나타났다. 울타리 한곳에 사립문이 달려 있었는데, 서청을 발견하고 울타리 안쪽에서 사립문이 열렸다.

울타리 안쪽에서 하품 소리와 함께 목소리가 들려왔다. 아직 청년에 이르지 않은 소년의 목소리였다.

"소사님, 이제야 오십니까?"

"오늘은 많이 늦으셨습니다. 수송 나온 하급 무인이 게으름을 피웠나 봅니다."

서청이 말했다.

"지원단에서 이곳까지는 삼백 리 길입니다. 그들로서도 최선을 다했습니다. 노사님도 이를 아시니 그들을 나무라지 않는 것이구요."

횃불에 비친 두 소년의 나이는 십칠팔 세로 보였다. 배출되기 직전의 7년 차인 듯싶었다. 7년 차 수련자는 신분은 호걸단이었지만 실력은 하급 무인과 별 차이가 없었다. 더욱이 소천 노사의 오두막에서 육 년을 보내고 7년 차를 맞은 수련자라면 웬만한 하급 무인보다 강할 게 분명했다. 소천 노사의 오두막 출신인 비천이 배출되자마자 두각을 나타낸 것이 좋은 예였다. 굳이 비천이 아니더라도 낙타가 바늘구멍을 통과하기보다 어렵다는 소천 노사의 오두막에서 배출된 무사들의 실력은 다른 오두막에서 배출된 무사와는 큰 차이를 보였다.

서청이 말했다.

"요즘 수련은 잘돼가십니까?"

한 소년이 한숨을 내쉬며 푸념조로 말했다.

"도대체 진전이 없어서 걱정입니다. 수련을 하는 것과 하지 않는 것의 차이를 모르겠습니다."

그 심정을 이해한다는 듯이 서청이 머리를 끄덕였다.

"원래 지금이 가장 그러할 때입니다. 상승의 경지에 도달하기 직전이 가장 힘든 법이지요. 나도 그러했고요. 이럴 때일수록 수련을 게을리하면 안 됩니다. 지금 포기하면 영원히 상승의 경지에 도달하지 못함을 명심하십시오. 후성 수련자는 어떻습니까? 진전이 있습니까?"

나머지 한 소년 후성은 머리를 저었다.

"진념과 마찬가지입니다. 제자리걸음을 할 뿐입니다."

서청은 안타까운 시선으로 두 소년, 진념과 후성을 보았다.

"두 사람에게 거는 노사님의 기대가 큼을 두 사람도 알 것입니다. 7년 차 수련자가 나온 게 몇 년 만입니까? 비천 무사 이후로 처음이 아닙니까? 두 사람이 석 달 후에 있을 마지막 시험을 통과하기를 바랍니다."

서청의 말에 두 소년은 숙연해졌다.

서청이 한마디 덧붙였다.

"부디 조급해하지 마십시오. 조급함이야말로 무학의 가장 큰 적입니다. 꾸준한 수련만이 두 사람에게 힘이 되어줄 것이고, 두 사람을 상승의 경지로 이끌어줄 수 있음을 명심하십시오."

두 소년은 머리를 끄덕이며 대답했다.

"소사님의 가르침, 가슴속에 새겨두겠습니다."

서청은 흡족한 얼굴로 머리를 끄덕였다.

후성이 말했다.

"진념과 저는 조금만 더 밤바람을 쐬고 들어가겠습니다."

밤에 수련자만 오두막을 벗어나서 돌아다닌다는 것은 있을 수 없는 행동이었지만, 진념과 후성이 7년 차 수련자였기에 서청은 머리를 끄덕여서 허락했다. 소천 노사의 오두막에서 7년 차 수련자는 보통 수련자와는 다른 조금 특별한 위치를 가지고 있었던 것이다.

"그렇게 하십시오. 단, 내일 수련에는 지장이 없어야 합니다."

두 소년은 머리를 숙여서 서청의 배려에 감사를 표했다.

서청은 두 소년을 지나쳐 자갈로 만들어져 있는 길을 따라서 울타리 안쪽으로 걸어 들어갔다. 아이들은 서청의 뒤를 따라 걸었다.

울타리 안쪽은 한 장원의 정원처럼 잘 꾸며져 있었다. 자연적인 것도 있었지만 사람의 힘으로 심은 것으로 보이는 나무와 화초가 잘 배열되어 있었다. 군데군데 정자가 보였고, 무공을 수련하는 연무장도 여러 개가 여러 크기로 보였다. 웬만한 한 개 대를 능가하는 크기였고, 규모였다.

반각 정도 걷자 자갈 길이 세 개로 나뉘는 지점에 도착했다.

서청은 가운뎃길로 걸어갔다. 서청은 소천 노사의 오두막으로 가고 있었다. 왼편 길로 가면 서청을 포함한 세 명의 소사가 사는 오두막이 있었고, 오른편 길로 가면 1년 차부터 7년 차까지 사십여 명의 아이들이 사는 오두막이 있었다.

가운뎃 길로 접어들어서 약 반각을 걷자 명성이 자자한 소천 노사의 오두막이라고는 상상할 수 없는 작고 허름한 오두막이 나타났다. 단, 오두막 주위의 풍경만은 일품이었다. 횃불에 비추어져서 감흥이 덜했지만 오두막을 둘러싸듯 심어져 있는 여러 종류의 화초와 수석이 조화를 이루어서 빚어낸 풍경은 장관이었다. 그곳은 은거기인이 산다는 외딴 세상 같았다.

서청은 오두막 앞에서 허리를 숙이고 낭랑하게 말했다.

"노사님, 소인 서청입니다."

약간의 침묵이 흐른 다음 오두막에 불이 켜졌다. 이어서 늙고 힘없는 목소리가 오두막 안에서 들려왔다.

"그래, 1년 차 아이들이 온 모양이구나."

"그렇습니다."

"어떻던가?"

"소인이 어찌 알겠습니까마는 눈빛이 맑은 것이 기대해도 좋을 듯싶습니다."

"늘 똑같은 소리."

서청은 허리를 깊숙이 숙였다.

"죄송합니다."

"서청, 수고가 많았어."

서청은 허리를 깊숙이 숙였다.

"감당할 수 없습니다."

"앞으로 한 달 동안 조금 바빠지겠구먼."

서청은 잠시 소천 노사의 이어질 말을 기다렸다. 오두막의 불이 꺼지자 서청은 오두막을 향해 허리를 깊숙이 숙여 보인 후 뒷걸음으로 물러났다.

서청은 아이들을 데리고 소천 노사의 오두막을 벗어났다. 서청은 묵묵히 걸어갔다. 일각을 걸어가서 세 갈랫길에 도착하자 서청은 오른편 길로 방향을 잡았다. 다시 일각을 걸어가자 은은한 불빛이 보였다. 불빛은 세 개의 오두막이 어깨동무를 하듯 붙어 있는 곳에서 새어 나왔다.

"앞으로 한 달 동안 이곳에서 먹고 자고 할 겁니다. 친해지도록 하세요. 몸에 익혀두세요, 이곳의 사람과 이곳의 공기를."

아이들은 하나의 오두막에 몰아졌다. 아이들은 서청이 가져다준 주먹밥을 먹고 어깨를 붙이고 잠이 들었다.

화안명은 눈을 감아도 쉽게 잠이 오지 않았다. 옆의 독고성을 보니 잠이 들었는지 숨소리가 골랐다. 누운 채로 화안명이 작은 목소리로 말했다.

"자?"

독고성 역시 누운 채 작은 목소리로 말했다.

"아니."

"잘 거야?"

"그래야지. 우리 앞에 무슨 일이 벌어질지 모르니까."

"우리… 어떻게 될까?"

"모르겠어……. 하지만 지금보다 더 나빠지기야 하겠어?"

"하긴… 지금보다 더 나빠질 수는 없지."

두 아이는 서로의 과거에 대해서 하나도 아는 게 없었다. 알게 된 지 고작 이틀밖에 되지 않았으니 당연한 일이었다. 다만 상대의 과거가 평탄하지만은 않았으리라는 것을 자신의 과거를 통해 충분히 짐작이 되었다.

화안명은 불쑥 독고성이 안쓰러웠다. 화안명은 슬쩍 독고성의 손을 잡았다. 따뜻했다. 독고성은 옆눈으로 화안명을 한 번 보았을 뿐 별다른 반응을 보이지 않았다. 화안명은 독고성이 자신의 손을 뿌리치지는 않을까 걱정했는데 독고성의 태도에 적이 안심이 되었다. 자신이 손을 잡고 싶을 때 잡을 수 있는 따뜻한 손을 가진 친구가 있다는 사실에 화안명은 가슴이 떨리도록 기뻤다.

약간의 시간이 흘렀다. 독고성의 숨소리가 조금씩 잦아들었다. 이내 낮고 고른 숨소리가 되었다. 화안명도 조금씩 잠의 세계로 침전되었다. 두 아이의 손은 예쁘게 포개어져 있었다.

해가 뜨기 직전, 서청은 아이들을 깨워서 소사의 오두막으로 향했다.

서청에게는 보통 걸음으로, 아이들에게는 잰걸음으로 일각을 걷자 예의 세 갈랫길이 나왔다. 서청은 왼쪽 길로 방향을 잡았다. 왼쪽 길로 접어들어서 다시 일각을 걷자 작은 오두막이 나타났다.

오두막은 입구를 제외한 사방에 울타리처럼 화초, 작은 나무, 바윗덩이가 조화롭게 심어져 있었고, 입구 앞쪽에는 작은 뜰이 마련되어 있었는데, 키가 작은 백발의 노인이 그 뜰에 누워서 하늘을 올려다보고 있었다. 오두막에서부터 오두막을 둘러싸고 있는 자연 울타리, 그리고 뜰에 누워 있는 백발의 노인까지 서로 너무나 잘 어울렸고, 마치 한 폭의 산수화 같았다.

서청은 백발노인에게서 일 장 정도 떨어진 거리까지 간 다음 멈추어 섰다. 백발노인은 서청이 지척까지 다가왔음에도 눈치채지 못한 듯 멍하니 하늘을 올려다볼 뿐이었다. 서청은 백발노인의 명상을 방해하지 않으려고 두 손을 배에 모은 채 시립해 있었다.

잠시 시간이 흐른 다음 백발노인이 몸을 일으켰다. 서청은 백발노인을 향해 머리를 깊숙이 숙였다.

"노사님의 명상을 방해했습니다."

백발노인은 천천히 걸음을 옮겨 서청과 아이들의 앞에 멈추어 섰다. 백발노인은 열 명의 아이를 둘러보고는 인자하게 미소 지었다.

"나는 노사 소천이다. 너희들의 스승이고 아버지이다. 반갑다. 나의 오두막에 온 것을 진심으로 환영한다. 너희는 어안이 벙벙할 것이다. 여기가 어딘지, 내가 누군지, 자신들은 무얼 해야 하는지. 아는 것보다 모르는 것투성이일 것이다. 실로 답답할 것이다."

아이들은 소천 노사의 말에 귀를 기울였다.

소천 노사의 말이 이어졌다.

"너희들은 무공이라는 말을 들어본 적이 있느냐?"

독고성은 어렸을 적 뒷골목 싸움터에서 본 깡마른 남자가 보여준 사람의 것이라고는 믿을 수 없는 동작들을 떠올렸다.

대부분의 아이들이 모르겠다는 얼굴이자 소천 노사가 말을 이었다.

"거창하게 말하면 무공이란 곧 이 세상이지. 차갑기도 하고 따뜻하기도 하고, 빠르기도 하고 느리기도 하고, 힘차기도 하고 맥없기도 하고."

소천 노사는 손가락으로 오두막을 둘러싸고 있는 수석과 화초 중에서 한 그루의 나무를 가리켰다. 정확히 말하면 나무에 앉아 있는 작은 새를 가리켰다.

"나무에 앉아 있는 새가 보이느냐?"

아이들은 소천 노사의 손가락이 가리키는 나무 위의 새를 보고 머리를 끄덕였다.

"내가 새를 잡아보마."

소천 노사는 몸을 날려 새가 앉아 있는 나무 앞까지 도달했다. 소천 노사는 단 한 걸음으로 족히 이 장은 되는 거리를 무효화시킨 것이다. 크게 도약했다가 땅에 떨어졌으니 응당 소리가 나고 흙먼지가 날려야 했지만, 이상하게도 그런 현상은 일어나지 않았다. 마치 걸음을 옮겼을 때처럼 자연은 소천 노사의 행동에 대해서 아무런 반응을 보이지 않았다.

소천 노사는 슬그머니 손을 뻗었다. 나무는 작았지만 소천 노사의 키는 그보다 더 작았기에 나무 꼭대기에 앉아 있는 새에게 소천 노사의 손이 닿지 않았다. 소천 노사의 손과 새의 거리는 약 반 자 정도였다.

화안명은 소천 노사가 깨금발을 해도 모자랄 거라고 생각했다.

이상한 일이 일어난 건 바로 그때였다. 나무 꼭대기에 앉아 있던 새는 마치 자석에 끌려가는 쇠붙이처럼 소천 노사의 손 안으로 빨려 들어갔다. 소천 노사는 슬쩍 손을 오므려서 새를 잡았다.

소천 노사는 천천히 걸음을 옮겨서 다시 아이들의 앞으로 돌아왔다.

소천 노사는 쥐어진 손을 벌렸다. 손바닥 위에 새가 놓여져 있었다. 새는 소천 노사의 손을 벗어나려고 날갯짓을 했지만 불행히도 하늘로 날아오르지 못했다. 소천 노사의 내공이 새가 날아가지 못하도록 끌어당기고 있었기 때문이다.

동관식은 눈으로 보았지만 믿어지지가 않았다. 동관식은 소천 노사가 새에게 무슨 수작을 부린 거라고 생각했다. 실을 달아놓은 거라든지 아교를 붙여놓은 거라든지 하는.

독고성은 진심으로 감탄했다. 소천 노사가 보여준 재주가 뒷골목의 주먹패와는 다름을 직감적으로 느꼈던 것이다.

화안명은 담담했다. 그저 소천 노사의 하는 모양이 신기하고 재미있을 따름이었다.

소천 노사가 말했다.

"쉽게 말하면 무공이란 바로 이런 거다. 원래는 할 수 없는 일을 할 수 있게 해주는 것이다."

소천 노사가 어떤 속임수를 썼는지에 대해서 고민하던 동관식은 새의 날개가 부러졌다고 결론을 내렸다. 동관식은 겁없이 말했다.

"그런 걸 누가 못합니까? 저도 할 수 있습니다."

소천 노사는 재미있다는 얼굴로 동관식을 보았다.

소천 노사가 말했다.

"너도 할 수 있다면 어디 한번 해보아라."

동관식은 앞으로 나와서 손을 떡하니 펼쳤다. 새를 달라는 뜻이었다.

소천 노사는 동관식의 손바닥 위에 새를 내려놓았다. 물론 내공은 거두어들인 다음이었다.

"꽉 잡아야 할 거다."

"걱정 마십시오."

소천 노사의 손이 새에서 떨어지자 동관식의 손바닥 위에 놓여진 새는 파다닥 날아올라서 하늘 높이 날아가 버렸다.

소천 노사가 말했다.

"그러기에 내가 뭐라고 했느냐? 꽉 잡고 있으라고 하지 않았느냐."

동관식은 멍하니 구름 사이로 사라지는 새를 올려다보았다.

소천 노사가 말했다.

"뚱뚱한 녀석 말고도 내가 속임수를 썼다고 생각하는 녀석이 있느냐?"

물론 있을 리 없었다. 모두들 믿을 수 없다는 얼굴이기는 했지만.

소천 노사가 말했다.

"무공이 펼쳐진 광경을 처음 보는 거라서 잘 믿어지지 않을 것이다. 뚱뚱한 녀석이 솔직한 거고."

동관식은 아이들 앞에서 창피를 당한 후이기에 자존심이 상한 상태에서 소천 노사가 자신을 뚱뚱하다고 놀리자 울컥 화가 났다.

"나는 뚱뚱하지 않습니다."

소천 노사는 미소 지으며 말했다.

"녀석, 제법 기개가 있구나. 자존심이야말로 강해지는 데에 꼭 필요한 요소지. 녀석, 이름이 뭐냐?"

"동관식입니다."

"알겠다. 앞으로는 동관식이라고 부르도록 하마."

소천 노사의 말이 이어졌다.

"너희들은 비천한 고아다. 어제도 빌어먹었고, 오늘도 빌어먹었으며, 아마 내일도 빌어먹게 될 것이다. 이곳으로 오지 않았으면 말이다. 너희가 이곳으로 온 건 불행일 수도 있고 행운일 수도 있다. 하지만 분명한 사실은 너희가 좋은 기회를 얻었다는 것이다. 너희는 앞으로 무공을 배우게 된다. 강해져서 살아남고, 강해지지 못해서 도태되는 것은 모두 너희의 노력에 달렸다. 무공에 대성하려면 재능이 뒷받침되어야 한다. 이는 부정하지 못하는 진실이다. 하지만 끊임없이 노력한다면 도태되지 않을 정도의 성취는 이룰 수 있다. 나는 너희의 스승이며 아버지인 노사 소천이다. 이곳은 앞으로 칠 년 동안 너희의 집이 될 나의 오두막이다. 너희는 무공을 배우게 될 것이며, 나의 기준에 도달하지 못하면 도태될 것이다. 도태된다면 죽음보다 못한 삶을 살게 될 것이다. 기회는 평등하다. 하지만 결과는 평등하지 않을 것이다."

독고성은 가슴이 두근두근 뛰었다. 꿈에도 그리던 무공을 배우게 된 것이다. 정말 천운이었다. 독고성은 자신이 도태된다는 생각은 전혀 하지 않았다.

동관식은 조금 겁이 났다. 힘이라면 자신이 있었지만 손으로 새를 잡는 것에는 도통 자신이 생기지 않았다. 죽음보다 못한 삶이라면 먹을 것도 주지 않고 매일 때리기만 하는 그런 생활을 말하는 게 틀림없었다.

화안명은 무덤덤했다. 자신이 도태된다면, 그건 소천 노사가 말한 대로 재능이 부족해서이니까. 어쩔 수 없는 일이었다. 안 되는 건 안 되는 거였고, 지금까지 자신이 잘하는 어떤 것도 발견하지 못한 화안명이었다.

소천 노사는 아직 잠이 덜 깨서 하품을 하는 아이들의 모습을 보고 미소 지었다.

"무공을 익히는 사람에게 있어 아침은 가장 중요한 순간이다. 아침에 일어나서 하루를 지내고 밤이 되면 사람의 몸에는 나쁜 기운이 쌓이게 된다. 그 나쁜 기운은 잠을 통해 대자연과 하나가 되어서 아침을 맞이하면 십 중 구는 사라지게 된다. 같은 의미로 무공을 익히는 사람에게 있어 너희와 같은 아이 때가 가장 중요한 순간이다. 강해지고 싶다면 아침을 소중히 여겨라. 강해지고 싶다면 지금을 소중히 여겨라.”

소천 노사는 가부좌를 틀고 앉았다. 양 발바닥이 모두 하늘을 향하고 두 손을 가지런히 배꼽 아래 하단전 앞에 모은 자세였다.

소천 노사는 아이들에게 자신과 같은 모양으로 앉게 했다. 이전에 가부좌를 틀고 앉아본 아이는 없었다. 생소한 자세에 다리가 저리거나 무릎이 뻣뻣해져서 꿈지럭거리는 아이에게 서청은 손에 든 목검으로 어깨를 후려쳤다. 악! 하고 비명이 나올 정도로, 어깨가 퉁퉁 부을 정도로 아이에게는 가혹하다 싶을 만큼의 손속이었다.

아이들은 해가 뜰 때까지 반 시진가량 가만히 앉아 있어야 했다.

해가 뜨자 서청이 준비해 온 만두를 아침으로 주었다. 아침을 먹고 점심을 먹을 때까지 아이들에게 주어진 일은 없었다. 자고 싶은 아이는 잠을 잤고, 수다를 떨고 싶은 아이는 수다를 떨었다. 점심을 먹고 해질녘이 될 때까지도 마찬가지였다.

해질녘이 되자 소천 노사는 아이들에게 다시 가부좌를 틀고 앉게 했다.

해가 지면 아이들은 저녁을 먹었고, 저녁을 먹고 나서는 강제적으로 잠을 자야 했다.

열흘이 지났다.

아이들의 생활은 변함이 없었다. 달라진 점이라면 아침에 일어나서 조는 아이가 없어졌다는 것과 가부좌를 틀고 앉아서 몸을 움직이는 아이가 없어졌다는 것 정도였다. 가부좌를 틀고 앉아 있을 때 몸을 움직이면 서청이 무섭게 때린다는 것을 몸으로 알았기 때문이다.

열흘째 되는 날, 그날도 소천 노사는 아이들에게 가부좌를 틀고 앉게 했다. 아이들이 가부좌를 틀고 앉자 소천 노사도 아이들을 보며 가부좌를 틀고 앉았다.

"자연이 대우주라면 인간은 소우주다. 자연의 힘이 측량할 수 없을 정도로 거대하다면, 인간의 힘은 측량하기 부끄러울 정도로 미미하다. 그렇기에 인간은 자연을 우러러 보아야 한다. 겸손해야 하며 감사해야 한다. 인간을 소우주라 함은 대자연의 힘을 빌려 쓸 수 있기 때문이다. 대자연의 힘을 우리처럼 무공을 익히는 사람은 기라 하고, 그 기를 변형한 힘을 내공이라고 한다. 기는 인간뿐 아니라 살아 있는 것이라면 그게 동물이든 식물이든 모두 가지고 있다. 단지 우리 무공을 익히는 사람은 태어날 때부터 가지고 있는 선천지기만으로는 부족하기에 대자연에 머물고 있는 기를 잠시 빌려서 하단전에 모아둔다. 인간의 힘이라는 것은 보잘것없기 때문에 대자연의 힘을 빌려 보다 강한 무공을 사용하려는 것이지."

독고성은 침을 꿀꺽 삼켰다. 이제야 기다리던 무공에 대한 이야기가 나온 것이다.

소천 노사의 말이 이어졌다.

"지금 나와 너희들이 앉아 있는 자세를 가부좌라고 한다. 내공을 수련할 때는 항상 이 자세로 앉아야 한다. 대자연의 기를 몸 안으로 받아들이는 데에 가장 용이하기 때문이다. 지금은 불편해도 하루에 한 시진씩 일 년만 이 자세로 앉아 있으면 가부좌가 세상에서 가장 편하게 느껴질 것이다. 그렇게 느껴져야만 하고. 눈을 감아보아라."

말을 하며 소천 노사는 눈을 감았다. 아이들도 따라서 눈을 감았다.

"숨을 길게 들이쉬었다가 길게 내쉬어보아라. 천천히 느리게 호흡해서 들이쉬는 숨과 내쉬는 숨의 경계를 두지 말아야 한다."

화안명은 어렸을 적 장강에서 수영을 했던 게 생각났다. 수영을 할 때는 호흡을 멈추었다가 다시 호흡하는 것이 중요했다. 지금 소천 노사가 하는 말도 수영할 때 호흡하는 것과 비슷하다고 생각했다. 화안명은 어렸을 적 또래 아이들 중에서 수영을 곧잘 했다. 그래서 소천 노사의 말에 흥미를 느꼈다.

"자신의 숨소리가 느껴지느냐? 자신의 숨소리에 귀를 열어두어라. 그것이 무공의 첫걸음이다."

이 말을 마지막으로 소천 노사의 가르침은 끝이 났다.

아이들은 해가 뜰 때까지 호흡을 했고, 해가 뜨자 서청이 준 아침을 먹었다. 해질녘의 수련 때도 소천 노사의 가르침은 없었다. 그전 일주일과 마찬가지로 가부좌를 틀고 앉아 있으라고만 할 뿐 아무런 가르침도, 아무런 제재도 없었다.

다시 열흘이 지났다.

이른 아침, 독고성은 서청의 뒤를 따라 소천 노사의 오두막으로 가면서 오늘은 소천 노사의 다른 가르침이 있을 거라고 생각했다.

독고성의 생각대로 소천은 아이들이 가부좌를 틀고 앉자 입을 열었다.

"세상 만물 중에서 사람 몸에 있는 하단전이 대자연과 모든 면에서 가장 비슷하다. 기는 사람 몸에 들어오면 자신이 원래 있었던 곳인 대자연과 닮은 하단전으로 모이려는 습성이 있다. 기의 그런 습성을 이용한 것이 축기, 곧 운기조식이다. 기를 몸 안에 받아들이는 방법은 호흡을 통해서다. 들이쉬는 숨과 내쉬는 숨이 구분 가지 않을 정도로 천천히 길게 호흡을 하면 자신의 숨소리가 느껴질 것이다. 그 숨소리에 집중해 보아라. 숨소리가 마치 심장이 뛰듯 고동치는 것을 느껴라."

소천 노사가 시킨 대로 두 번, 세 번 숨을 들이마셨다가 내쉬자 화안명은 자신의 숨소리를 어렵지 않게 느낄 수 있었다.

"따뜻한 기운이 입을 통해서 아랫배의 하단전으로 움직이는 것을 느껴라. 자신의 숨소리를 하단전에서 느껴보아라."

쉬운 듯했지만 알아들을 수 없는 말이었다.

동관식은 소천 노사가 하는 말을 도무지 알아들을 수 없었다. 호흡은 무엇이고, 숨소리는 무엇이란 말인가? 거기까지는 십분 양보해서 이해한 다 쳐도 따뜻한 기운은 무엇인가? 안 그래도 여름이라서 따뜻하다 못해 더운 이 마당에.

독고성은 알 듯 모를 듯했다. 그리고 될 듯 되지 않았다.

"항상 호흡을 할 때는 자신의 숨소리에 집중해야 한다. 그렇지 않으면 단지 앉아 있는 것과 다름이 없을 것이다."

열흘 전과 마찬가지로 소천 노사의 입은 한 번 닫히자 다시는 열리지 않았다.

시간은 흐르는 물처럼 흘러갔다. 아이들이 이곳에 온 지 어느덧 한 달이 지났다. 충분한 식사와 충분한 수면을 취했기에 아이들은 눈에 띄게 건강해졌다. 이제는 보통의 아이들과 비교해도 뒤처지지 않는 체력을 가지게 되었다.

독고성은 서청의 뒤를 따라 소천 노사의 오두막으로 걸어가면서 오늘은 소천 노사가 어떤 가르침을 줄까 생각했다. 열흘 전의 가르침을 완전히 자기 것으로 만들지 못했기에 오늘의 가르침이 풀지 못한 깨달음의 실마리가 되어주길 내심 기대했다.

독고성의 기대와는 달리 소천 노사는 아무 말 없이 아이들에게 반 시진 동안 운기조식을 시켰다. 운기조식이 끝나자 굳게 닫혔던 소천 노사의 입이 열렸지만, 이 역시 독고성의 기대를 벗어난 내용이었다. 소천 노사가 언제 가르침을 줄까 긴장하며 운기조식하는 반 시진을 집중하지 못하고 흘려보낸 독고성에게는 청천벽력 같은 이야기였다.

"나와 너희들이 만난 지 한 달이 지났다. 한 달 동안 나는 너희들에게 두 가지를 주었다. 앞으로 있을 수련을 견뎌낼 체력과 훗날 무공을 상승의 경지로 이끌어줄 운기조식법이 그것이다. 내가 준 것을 얼마나 받아들였는지, 자기 것으로 만들었는지는 각자의 재능이다. 그리고 얼마나 발전시켜 나갈지도 각자의 재능이다. 이제 너희들은 너희들의 선임과 함께 수련을 받게 될 것이다. 이제 너희들은 고아가 아니라 1년 차 수련자다. 앞으로는 스스로의 행동에 책임을 져야 한다. 죄를 지으면 벌을 받고, 상을 받을 만한 행동을 하면 상을 받을 것이다. 칠 년의 수련을 이겨 낸다면 한 자루의 검에 혼을 싣고 누구도 두려워하지 않는 당당한 한 사람의 무인이 될 것이다.”

서청은 아이들을 데리고 소천 노사의 오두막을 벗어났다.

독고성은 서청의 넓은 등을 보며 고민했다. 일각을 걸어가서 세 갈랫길에 도착하자 서청은 걸음을 멈췄다. 누구를 기다리는 모양이었다.

독고성은 지금이 마지막 기회라고 생각했다. 배에 힘을 주고 서청을 불렀다.

“서청 소사님!”

독고성의 목소리는 배에 힘을 준 게 창피할 만큼 작았다. 한 번이 어렵지 두 번은 쉬웠다.

“서청 소사님!”

서청이 몸을 돌리는 동작이 독고성의 눈에는 짧게 끊어져서 길게 보였다.

“누가 나를 불렀습니까?”

독고성이 한 걸음 앞으로 나섰다.

“접니다.”

서청은 독고성을 지그시 보았다. 독고성은 서청의 시선을 피하지 않고 마주 보았다.

“물어볼 것이 있습니다.”

서청의 눈에 이채가 어렸다. 서청의 기억에는 1년 차 수련자가 자신에게 말을 건 것은 이번이 처음이었다. 좀 더 기억을 떠올려 보니 자신보다

오 년 후임인 비천이 대들 듯 따진 적은 있었다. 하지만 그때 비천은 2년 차 수련자였고, 자신은 소사가 아닌 7년 차 수련자였다.

독고성의 결의에 차서 굳게 다물어진 입매가 비천을 연상시켜서 서청은 자기도 모르게 슬며시 미소 지었다.

"물어볼 것이 있다고 하지 않았습니까?"

독고성은 작게 한숨을 내쉬었다. 서청의 말과 얼굴을 보니 자신의 모험이 성공한 듯싶었다.

"열흘 전, 소천 노사님께서 따뜻한 기운이 입을 통해서 하단전으로 움직이는 것을 느끼라 하셨습니다. 하지만 저는 아무리 노력을 해도 그것이 느껴지지 않습니다. 따뜻한 기운이란 게 도대체 무엇입니까? 제게 가르침을 주십시오."

말을 마친 독고성은 서청을 향해 대뜸 절을 했다. 자신의 간절함을 서청에게 표현한 것이다.

서청은 독고성을 일으켜 세웠다. 서청은 정색을 하고 말했다.

"남자는 무릎을 꿇어서는 안 됩니다. 남자가 무릎을 꿇는 순간, 자존심을 버리는 순간 남자는 남자가 아니게 됩니다. 명심하십시오."

서청의 말에 독고성은 가슴이 두근거렸다. 예전부터 꼭 듣고 싶었던 말을 비로소 들은 것 같았다. 서청의 말은 독고성의 가슴속에 들어와서 빛났다.

"소천 노사님께서 말씀하신 따뜻한 기운이란 기를 말합니다. 따뜻한 기운이 입을 통해서 하단전으로 움직이는 것을 느끼라 함은 기의 움직임을 느끼고 하단전의 존재를 느끼라는 뜻입니다. 기의 움직임을 느끼고 기가 하단전에 머무는 것을 인식하면 축기가 이루어집니다. 기를 느끼지 못하는 것은 조급하기 때문입니다. 기를 너무 느끼려고 하기 때문입니다. 기란 바람과 같습니다. 기는 더운 날 나무에 기대어 눈을 감고 시원한 바람을 느끼는 것처럼 의식하지 않아야 오히려 더 잘 느껴집니다. 운기조식에 있어 첫째 덕목은 자연스러움입니다."

독고성은 서청의 말에 깨달은 바가 있었다. 독고성의 얼굴이 활짝 펴지자 서청은 슬며시 미소 지으며 몸을 돌렸다.

멀리서 조그만 점 두 개가 다가왔다. 조그만 점은 금세 커지다 이내 사람의 모습을 갖추었다. 7년 차 수련자 진념과 후성이었다. 두 사람은 서청이 기다리고 있음을 발견하고는 경공술을 이용해서 달려왔다.

두 사람이 서청에게 머리를 숙였다.

진념이 말했다.

"서청 소사님, 늦었습니다."

후성이 말했다.

"죄송합니다."

서청이 말했다.

"나도 조금 전에 왔습니다. 늦잠을 잔 모양이군요."

후성이 말했다.

"밤늦도록 검을 수련하다 늦게 일어났습니다."

서청이 머리를 끄덕였다.

"한창 검에 매진할 때입니다. 나도 7년 차 수련자 때는 잠을 거의 자지 않았습니다."

진념은 아이들을 둘러보며 말했다.

"건강해 보입니다."

그러다가 하림을 발견하고는 눈이 번쩍 뜨였다. 한 달 동안 살이 오른 하림은 너무나 예뻤다. 성장기에 접어든 듯 가슴은 조금 부풀었고, 몸은 희미하게 곡선을 그리고 있었다. 소녀에서 여인으로 변해가는 하림은 묘한 매력을 풍겼다.

진념의 시선이 하림에게 고정된 것을 보고 서청이 말했다.

"시선을 멈출 만합니다. 그만한 매력이 있는 아이입니다. 다 자라지도 않았을 때 짓밟지만 않는다면 경국지색으로 성장할 겁니다."

후성은 서청의 말에 호기심이 생겨 하림을 유심히 보았지만 이내 흥미를 잃고 대수롭지 않게 말했다.

"어차피 여자란 수련에 불필요한 존재입니다. 게다가 아직 어린아이이지 않습니까? 아이는 변합니다. 모든 건 다 커봐야 아는 법입니다. 무공이든 얼굴이든."

대신 후성은 또래 아이들보다 한 뼘은 더 커 보이는 동관식에게 흥미를 보였다.

"도광이 생각나게 하는 아이군요."

서청은 동관식을 보며 말했다.

"힘은 타고난 아이입니다. 패도법을 익힌다면 대성할지도 모릅니다."

후성은 건성으로 머리를 끄덕였다. 비천의 영향으로 패왕도법이라고까지 불리는 패도법을 익힌 수련자는 많았지만 어느 누구도 대성하지 못했다. 수련자들 사이에서는 공공연히 비천이 특별해서 패도법으로 상승의 경지에 이르렀지, 패도법이 특별해서 비천이 상승의 경지에 이른 것은 아니라는 말이 나돌았다.

하림과 동관식을 제외하고 눈에 띄는 아이는 없었다.

두 사람은 아이들을 확인하는 절차를 마치자 서청에게 인사를 한 후 아이들을 데리고 갈랫길의 오른편 길로 걸어갔다. 그 길의 끝에는 수련자의 오두막이 있었다.

수련자의 처소는 총 일곱 채의 작은 오두막으로 이루어져 있었다. 각

년 차마다 하나의 오두막을 사용했는데, 1년 차부터 4년 차까지의 오두막이 안쪽에 사각형을 이루고 있었고, 5년 차부터 7년 차까지의 오두막이 안쪽의 사각형을 포함해서 바깥쪽에 삼각형을 이루고 있었다. 일곱 채의 오두막 앞쪽에는 넓은 공터가 있었는데, 수련자들은 이를 연무장이라 불렀다. 일곱 채의 오두막 뒤쪽으로는 작은 언덕이 둘러싸듯이 자리해 있었다. 언덕에서 시작된 물줄기는 일곱 채의 오두막 정 중앙을 가로질러서 연무장을 감싸 안 듯 흘렀다. 물줄기는 폭이 좁아서 개울이라 하기에도 부족함이 있었지만 수련에 지친 몸을 씻을 정도는 되었다. 특이한 점은 오두막 주위에 흔하디흔한 숲이 없다는 것이었다. 나무를 보려면 천상 오두막 뒤편의 언덕에 가야만 했다.

연무장에는 서른 명 안팎의 소년, 소녀들이 질서정연하게 두 줄로 정렬해 있었다. 후성과 진념은 아이들을 데리고 소년과 소녀들이 만들어놓은 길을 통과해서 일곱 채의 오두막 앞에 마련된 대 위에 올라섰다. 소년과 소녀들은 진념과 후성을 바라보며 두 줄 횡으로 늘어섰다.

후성이 대 밑에서 미적거리는 아이들에게 말했다.

"올라오너라."

아이들이 대 위로 올라오자 후성이 말했다.

"1년 차 수련자가 들어왔다. 새로운 일 년이 시작되었다."

진념이 말했다.

"부족한 점이 많을 거다. 마음에 안 드는 점도 많을 거고. 잘 적응하도록, 한 명의 낙오도 없도록 모두들 물심양면으로 많은 도움을 주어야 할 것이다."

2년 차 수련자 송진이 입을 삐죽거렸다.

"물심양면으로 도움을 준다는 건 먼지 나도록 두들겨 주라는 건가?"

작년 일이 생각나서 혼자 중얼거리는데 돌연 진념이 자신을 보자 송진은 가슴이 덜컥 내려앉았다.

"송진이 제일 좋아하는구나."

송진은 이마와 등에서 땀이 났다. 송진은 어색하게 웃을 뿐 대답할 말을 찾지 못했다. 잘못 대답했다가는 좋은 날 먼지 나게 맞을 것이기 때문이다.

"올챙이 적 생각 못하는 건 좋지 않다. 그렇다고 개구리가 자신을 올챙이라고 생각하는 것도 좋지 않지만."

송진은 머리 숙여 대답했다.

"명심하겠습니다."

대답은 공손하게 했지만 속으로 투덜거리는 건 잊지 않았다.

'그래서 어쩌라구? 때리라고, 아님 말라고?'

후성이 말했다.

"도광, 너도 올라와라."

한눈에 봐도 수련자들 중에서 가장 덩치가 큰 수련자가 대 위로 올라왔다. 보통 성인 남자보다 한 뼘 이상 큰 키에 마른 성인 남자 두 명을 붙여놓은 듯한 어깨 넓이. 허벅지는 처녀의 허리보다 굵었고, 팔뚝에는 주먹만한 알통이 붙어 있었다. 자주 보면 정이 갈지도 모르지만 처음 보면 누구라도 겁먹을 수밖에 없는 얼굴을 가진 6년 차 수련자 도광이었다.

후성은 옆에 선 도광의 어깨에 손을 올려놓았다.

"나는 도광에게 대장 자리를 넘겨주려고 한다. 이의있는 사람?"

연무장은 바늘 하나 떨어져도 소리가 날 만큼 조용해졌다. 몸을 꿈지럭거리는 수련자도 없었다.

도광은 천천히 수련자들을 둘러보았다.

"내가 대장이 되어도 좋은가?"

역시 조용했다.

진념이 말했다.

"있을 리 없지. 숨 쉬기가 귀찮아진 놈이라면 몰라도. 인상 쓰고 있는 네 녀석 앞에서는 나라도 싸우자고는 못하겠다."

누가 킥, 하고 웃었다. 웃음을 참지 못한 작은 웃음소리였지만 주위가 너무 조용해서 연무장에 있는 수련자들은 모두 그 웃음소리를 들을 수 있었다.

진념은 웃음소리를 낸 사람을 어렵지 않게 찾아냈다. 여자 수련자는 몇 명 없었고, 이런 상황에서 웃음소리를 낼 만큼 대담한 사람은 한 명뿐이었다.

"초미, 또 너냐?"

4년 차 수련자 초미가 배시시 웃었다.

"진념 사형의 말이 너무 재미있어서요."

초미는 도광의 눈치를 힐끗 보다가 도광이 얼굴을 잔뜩 찌푸리고 있자 얼른 말을 덧붙였다.

"도광 사형, 죄송해요. 기분 나빴다면 사과할게요."

초미의 사과에도 도광의 얼굴이 풀어지지 않자 5년 차 수련자 황유가 나섰다.

"오늘은 좋은 날입니다. 1년 차 아이들이 왔고, 도광 사형이 새로운 대장이 되었습니다. 그리고 무엇보다 술을 마시고 고기를 먹을 수 있는 날입니다. 이런 좋은 날 얼굴을 붉히는 건 바보나 하는 일입니다."

황유의 말에 분위기가 한결 밝아졌다. 굳었던 얼굴에 미소가 그려졌고, 옆 사람과 작게 소곤소곤 떠들었다.

이를 보고 후성이 말했다.

"길게 떠드는 건 너희도 나도 질색이다. 술과 고기를 내어와라. 이제 환영식을 시작한다."

환영식이 언제 처음 시작되었는지는 모른다. 술과 고기가 어떻게 수련자들에게 주어지게 되었는지도 모른다. 다만 7년 차 수련자인 후성과 진념이 1년 차 수련자였을 때도 있었으니 족히 십 년은 되었을 거라는 추측은 가능하다. 비천을 존경하고 더 나아가서 숭배하는 몇몇 수련자들은 비천이 5년 차 수련자의 몸으로 수련자 오두막의 대장이 되었던 십삼 년 전을 환영식의 시작점이라고 주장했지만, 이는 확인되지 않은 소문일 뿐이다. 분명한 것은 2년 차 수련자부터 7년 차 수련자까지, 남자이든 여자이든, 뚱뚱한 사람이건 마른 사람이건 간에 모두 환영식을 설레는 마음으로 기다린다는 사실이었다.

수련자들은 일사천리로 움직였다. 장작이 준비되었고, 돼지가 내어져 왔다. 모닥불이 지펴졌고, 그 위에 돼지가 올려졌다. 마지막으로 스무 동이의 술이 연무장 가운데에 놓여지면서 환영식 준비가 끝났다.

다들 바쁘게 움직였지만 1년 차 수련자들만 꿰다 놓은 보릿자루처럼 연무장 한쪽에 덩그러니 놓여졌다. 이내 고기 익는 냄새가 났고, 그 냄새에 1년 차 수련자들은 침을 삼켰다. 그리고 보니 오늘은 아침도 먹지 않았다.

한 수련자가 단도로 불 위의 돼지를 벗겨내듯 썬 다음 그 고기를 먹기 좋게 잘라서 접시에 담았다. 접시 위의 고기를 손으로 집어 입으로 가져가는 수련자가 보였고, 옆에서 이 모습을 보고 뒤통수를 때리는 수련자도 보였다. 뒤통수를 때린 수련자나 뒤통수를 맞은 수련자나 모두 얼굴에 웃음이 그려져 있었다.

이를 보고 동관식이 투덜거렸다.

"누구는 입이고 누구는 주둥인가?"

옆에서 화안명이 피식 웃었다. 언젠가 들은 적이 있는 말이었기 때문이다.

그 기억은 화안명만 있는 게 아니었던 모양이다. 독고성이 동관식의 뒤통수를 툭 쳤다.

"말만 해서는 아무것도 안 돼."

동관식이 독고성을 돌아보았다.

"어쩔 셈이야?"

"어쩌긴, 방법은 하나잖아."

동관식은 독고성과 수련자들을 번갈아 보았다. 독고성이 아무리 싸움을 잘한다고 해도 그건 어디까지나 또래에서였다. 열한 살과 열다섯 살은 키도 덩치도 차이가 많았다. 특히 도광이라는 녀석은 자신보다도 한 뼘 이상 컸다.

독고성이 모닥불을 향해 성큼 한 걸음 내디뎠다.

'뭘 먹었기에 배짱이 저렇게 좋지? 저 녀석은 맞아도 안 아픈가?'

동관식은 속으로 투덜거리며 독고성의 뒤를 따랐다. 누군가가 뒤에서 동관식의 옷을 잡아당겼다. 동관식은 돌아보지 않고도 누군지 알았다.

"동 오라버니, 안 돼요. 싸우지 말아요."

양희였다.

동관식은 입술을 삐죽여서 독고성을 가리켰다.

동관식의 몸짓이 뜻하는 바는 간단했고, 양희도 그것을 알아들었지만 선뜻 독고성에게 말을 걸지 못했다. 독고성이 싫어서이거나 무서워서이거나, 또는 둘 다 아닐 수도 있었다. 확실한 건 독고성에게 말을 거는 게 양희는 내키지 않았다.

"안명."

양희의 목소리는 작았지만 꽤나 간절했다.

양희의 말을 못 들었는지 화안명은 모닥불 가를 보며 다른 말을 말했다.

"갈 필요 없겠는데?"

독고성은 걸음을 멈추며 말했다.

"그렇군."

양희는 정면을 보았다. 다섯 명의 수련자가 이쪽으로 걸어오고 있었다.

선두에 선 사람은 5년 차 수련자 황유였고, 황유와 나란히 걷고 있는 사람은 4년 차 수련자 초미였다. 두 사람의 한 발짝 뒤로 세 사람이 따라오고 있었다. 그중 한 사람의 손에 고기가 담긴 접시가 들려 있었다.

다섯 수련자를 맞이하는 1년 차 수련자들의 진용도 비슷했다. 독고성이 앞에 섰고, 독고성의 좌우로 동관식과 화안명이 섰다. 세 사람 뒤로 나머지 일곱 아이가 섰다.

황유는 재미있다는 듯이 아이들을 보았다. 황유의 기억으로는 이렇듯 빨리 수장이 정해진 적이 없었다.

"나는 5년 차 수련자의 수장 황유다. 수련자의 오두막에 온 걸 환영한다."

독고성이 말했다.

"독고성이다. 환영해 주니 고맙군."

황유는 피식 웃었다.

황유의 뒤쪽에서 거친 소리가 나왔다.

"건방진 놈의 새끼, 이분이 누군지 알고!"

독고성은 말을 한 사람을 보았다. 그는 두상이 말처럼 길었고 눈이 뱀처럼 찢어졌다. 독고성은 그의 손에 고기가 담긴 쟁반이 들려 있는 것을 보고 황유에게로 시선을 되돌렸다.

황유는 손을 들어 이어지려는 말을 막았다.

"사성, 그만 해라."

3년 차 수련자 사성은 머리를 깊숙이 숙이며 대답했다.

"알겠습니다, 황유 사형."

황유는 독고성을 잠시 보았다. 독고성도 지지 않고 황유를 마주 보았다. 황유는 다시 피식 웃었다.

"씩씩한 아이로군."

황유가 손짓을 하자 사성이 독고성에게 고기를 담긴 쟁반을 건넸다. 독고성은 쟁반을 받지 않고 황유가 한 대로 손짓을 했다. 눈치가 빠른 동관식이 쟁반을 받았다.

이 모양을 보고 초미가 참지 못하고 깔깔 웃었다.

초미가 웃자 사성은 놀림감이 된 것 같아서 부끄러웠다. 부끄러움은 이내 분노로 변했다. 사성은 이를 악물고 으르렁거리듯이 말했다.

"두고 보자, 죽일 놈의 새끼."

쟁반을 받으며 동관식은 덜컥 겁이 났다. 더불어 후회되었다.

'괜히 나선 것 아냐? 이놈도 한가락 할 것 같은데.'

초미는 독고성에게 다가가서 그의 머리를 쓰다듬었다. 마치 엄마가 아들을 칭찬해 주는 듯한 모양이었다.

"재밌는 아이네."

"내 머리에서 손 치워. 그리고 난 아이가 아니야."

"이런이런, 화났나 보네. 자세히 보니 꽤 잘생겼잖아? 난 4년 차 수련자 초미야. 앞으로 잘해보자."

황유는 얼굴을 찡그렸다.

"많이 먹어둬라. 꼭꼭 씹어서 잘 소화시켜 둬. 토하면 아까우니까."

황유가 등을 돌려 모닥불 가로 걸어가자 나머지 네 명의 수련자도 황유의 뒤를 따랐다. 걸어가다가 사성은 등을 돌려서 아이들을 보았다. 사성의 입가에 기분 나쁜 미소가 지어져 있었다.

　대장 자리에 오른 것을 축하해 주는 수련자들이 권하는 술을 한 잔도 빠짐없이 마신 도광은 얼굴이 붉게 달아올라서 후성과 진념을 찾았다. 다른 수련자들과 떨어져서 홀로 술을 기울이고 있는 후성이 눈에 들어왔다. 후성의 분위기가 어두워서인지 붙임성 좋은 황유조차 후성에게 다가가지 못하고 있었다.

　도광은 말없이 후성의 옆에 앉아서 술잔을 내밀었다.

　술잔을 내미는 사람이 도광임을 확인한 후성은 술잔을 받았다. 넘칠 듯 가득 술을 따라주고는 도광이 물었다.

　"진념 사형은 어디 있습니까?"

　술을 마시고는 후성이 답했다.

　"먼저 들어갔다."

　"술을 많이 마셨습니까?"

　"아니. 두어 잔 마셨나?"

　"별일입니다. 술 좋아하는 진념 사형이 술을 마다하고."

　후성이 도광에게 술을 따라주었다.

　"옛날 생각 나는군. 3년 차였나, 4년 차였나? 나, 너, 진념, 이렇게 셋이서 서청 소사님 오두막으로 술을 훔치러 갔었지. 진념 녀석이 술이 너무 마시고 싶다고 떼를 써서."

　도광은 술을 마셨다.

　"다행히 들키지 않고 코가 삐뚤어지도록 정말 양껏 마셨지."

　"셋은 아니었습니다."

　"하긴, 네다섯? 어쩌면 예닐곱이었을지도. 남은 건 셋뿐이지만. 몰랐을 리 없는데. 서청 소사님은 무뚝뚝해 보여도 정이 많아. 그래서 소사겠지만."

도강이 후성에게 술을 따라주었다.

"기분이 어떻습니까?"

후성은 술잔을 내려다보며 쓴웃음을 지었다.

"나도 작년에 이렇게 물어보았었지. 대답은 글쎄였었나?"

후성은 도광을 보았다.

"겁이 난다고 말하면 비웃을 거냐?"

"……."

"……."

"칭찬해 드릴 수는 없겠지요."

후성은 술을 단숨에 들이키고는 몸을 일으켰다.

"조금만 마셔야지 했는데 너무 많이 마신 것 같다."

등을 돌리는 후성에게 도광은 따라 일어서며 말했다.

"후성 사형, 작년에 어떤 말을 해주었습니까?"

후성은 등을 돌린 채 말했다.

"기억나지 않는다. 역시 술을 많이 마신 것 같다."

"베어야 한다면, 벨 수밖에 없다면 망설이지 마십시오."

후성은 손을 들어 보이고는 걸어갔다.

후성의 모습이 보이지 않을 때까지 지켜보던 도광은 작게 한숨을 내쉬었다.

"석 달 후 웃는 얼굴로 보았으면 좋겠습니다. 웃는 얼굴이 아니라 해도 다시 보았으면 좋겠습니다."

환영식은 해가 서녘으로 조금 기울었을 때쯤 끝났다.

아이들은 정말 배가 터지도록 고기를 먹었다. 태어나서 이렇듯 많은 고기를 먹은 것은 처음이었다. 더 이상 못 먹겠다는 말이 나올 때까지 수련자들이 아이들에게 고기를 가져다주었기 때문이다. 술은 주어지지 않았지만 술을 마셔본 아이가 없었기에 아쉬움은 없었다.

수련자들의 안내를 받아 1년 차 수련자의 오두막에 도착한 아이들은 쉬라는 말과 함께 사라진 수련자들의 뒷모습을 보며 지금 꿈을 꾸고 있는 건 아닐까 생각했다. 꿈이라면 깨지 않았으면 좋겠다고 생각했다.

배가 부르면 잠이 오기 마련이다. 아이들은 아직 해가 지지도 않았음에도 오두막 안에 적당히 흩어져서 잠을 잤다.

독고성은 자의가 아닌 타의에 의해서 잠에서 깨어났다. 어느새 밤이 되었는지 주위는 어두웠다. 눈앞으로 환한 빛이 다가왔다. 누군가 횃불을 눈앞에 가져다 댄 것이다.

"찾았다, 이놈의 새끼."

독고성은 머리를 들어 올려다보았다. 말머리에 뱀눈. 한 번 보면 쉽게 잊을 수 없는, 분명 기억에 있는 얼굴이었다. 독고성은 몇 시진 전에 사성이 돌아보며 웃던 모습을 떠올렸다.

'이럴 속셈이었군.'

독고성은 일어서서 두 주먹을 쥐자 주위를 둘러볼 여유가 생겼다. 대여섯 개의 횃불 아래 스무 명 남짓의 사람들이 아이들을 둘러싸듯 서 있었다. 수련자들이었다.

독고성은 사성에게 시선을 고정시켰다. 사성이 무리의 선두에 나와 있었기 때문이다.

"너, 뭐 하는 짓이야?"

"너? 뭐 하는 짓? 이 빌어먹을 놈의 새끼!"

사성은 다짜고짜 독고성의 얼굴을 향해 주먹을 휘둘렀다. 예상하고 있었기에 독고성은 몸을 틀어 주먹을 피했다.

"한 판 붙자는 말이지?"

독고성은 자신있었다. 사성이 자신보다 서너 살이 많다 해도 동관식보다 덩치가 작았다. 어른이 아니라면 또래와 싸워서 진 적이 없었다.

독고성은 사성의 품으로 파고들어 사성의 턱을 향해 주먹을 날렸다. 사성은 피하지 않았다. 독고성의 주먹을 턱으로 받아낸 뒤 주먹으로 독고성의 얼굴을 때렸다. 먼저 독고성의 주먹이 사성의 턱에 닿았고, 다음으로 사성의 주먹이 독고성의 얼굴에 닿았다.

똑같이 한 대씩 주고받았지만 받은 충격은 달랐다.

독고성의 몸이 끈 떨어진 연처럼 공중을 날아서 땅에 처박혔다. 얼마나 세게 땅에 부딪쳤는지 머리가 웅웅 하고 울렸다. 이에 비해 사성은 손으로 얻어맞은 턱을 한 번 쓰다듬고는 끝이었다. 독고성의 주먹이 아무런 충격을 주지 못한 듯했다.

독고성은 이를 악물고 일어났다. 기다렸다는 듯이 사성의 발이 독고성의 가슴을 걷어찼다. 독고성은 붕 날아가 수장 밖으로 날아가 나무 벽에 부딪쳤다. 화살 맞은 새처럼 독고성의 몸은 힘을 잃고 땅을 향해 수직으로 떨어지더니 몸을 몇 번 꿈틀거리다가 이내 축 늘어졌다.

독고성과 사성이 싸우는 소리에 나머지 아이들도 깨어났다.

두 사람이 싸우는 모양을 보고 동관식은 침을 꿀꺽 삼켰다. 아이들에게서는 상상도 할 수 없는 어마어마한 힘이었다. 저런 무지막지한 녀석과 싸울 생각을 하자 동관식은 등에서 땀이 흘렀다.

이때였다. 옆에서 '야~아~아!' 하는 고함 소리가 들렸다. 깜짝 놀라서 보니 화안명이 소리를 지르며 사성에게 달려드는 게 아닌가? 동관식은 놀라서 입이 딱 벌어졌다. 화안명에게 저런 용기가 있었나 싶었다.

고함 소리에 사성이 돌아보니 웬 키 작은 아이가 자신에게 달려오고 있었다. 사성은 피식 웃고 말았다. 사성은 팔짱을 끼고 화안명이 오기를 기다렸다. 화안명은 사성의 얼굴을 노리고 냅다 주먹을 휘둘렀다.

"내 친구를 괴롭히지 마!"

역시 사성은 피하지 않았다. 사성이 피하지 않았기에 화안명은 그를 때릴 수 있었다. 하지만 고통스러워하는 쪽은 오히려 화안명이었다. 바윗덩이처럼 단단한 사성의 얼굴에 튕겨진 주먹이 깨질 듯이 아팠기 때문이다. 그러나 화안명은 다시 힘껏 주먹을 휘둘렀다. 그러다 화안명은 훌쩍훌쩍 울기 시작했다.

사성은 이상한 물건 보듯이 화안명을 내려다보았다. 사성은 손으로 화안명을 살짝 밀었다. 그 약간의 힘도 이기지 못하고 화안명은 뒤로 벌렁 넘어갔다.

사성은 동관식을 보았다. 동관식의 덩치가 워낙 커서 눈에 띄었기 때문이다.

사성이 다가오자 동관식은 뒷걸음질쳤다. 사성은 동관식을 쫓아가며 걸리는 대로 손과 발로 아이들을 때리고 걷어찼다. 그러다가 양희가 사성의 눈에 들어왔다. 사성은 양희의 머리채를 틀어쥐었다. 그리고는 거칠게 끌어당겨서 얼굴을 보았다.

"꺄악! 동 오라버니!"

이를 보고 동관식은 속으로 투덜거렸다.

'바보 같은 계집애. 눈치 보고 피했어야지, 넋 놓고 보고만 있으면 어쩌자는 거야!'

뒤로 도망다니던 동관식이 되레 사성을 향해 달려들었다. 단숨에 사성의 허리를 끌어안고는 앞쪽으로 힘주어 밀었다. 그러나 사성은 뿌리내린 듯 꼼짝도 안 했다. 마치 아름드리 고목을 안고 씨름하는 느낌이었다.

동관식이 올려다보니 사성이 자신을 내려다보며 씩 웃고 있었다. 한 손에는 여전히 양희의 머리채를 잡은 채였다.

"이 계집애가 네놈의 새끼 정인이라도 되는가 보지?"

"그런 거 아니야!"

사성은 양희를 밀쳐서 땅에 넘어뜨리고는 두 손으로 동관식을 마주 안았다. 사성이 힘을 주자 동관식은 허리가 꺾이는 것만 같았다. 척추에서 우두둑 하는 소리가 들리는 것도 같았다. 사성은 동관식을 들어올리더니 거꾸로 돌려서 땅에 메다꽂았다. 땅에 처박힌 동관식은 정신이 아득해졌다.

사성은 쓰러진 동관식을 발로 한 번 걸어찼다. 동관식의 몸이 공중에 한 치가량 들어올려졌다가 떨어졌다. 충격이 폐에까지 전해져 와서 동관식은 컥컥, 헛기침을 했다.

"건방진 놈의 새끼! 아직 머리에 피도 안 마른 놈의 새끼가!"

사성은 아직 서 있는 아이들을 쫓아가서 손과 발로 때리고 차서 땅에 눕혔다. 누구도 사성의 손과 발을 한 번도 견뎌내지 못했다. 그러다가 하림이 사성의 눈에 들어왔다. 사성은 양희에게 했던 것처럼 하림의 머리채를 틀어잡아서 얼굴 앞으로 끌어당겼다. 하림의 꽃과 같이 예쁜 얼굴을 보고 사성은 얼굴에 묘한 미소를 지었다. 환영식 때 본 예쁜 아이가 이 아이인 듯했다. 사성은 하림의 머리채를 잡은 손을 놓아주었다.

"계집애야, 이름이 뭐냐?"

"하림… 하림이에요."

사성은 손가락으로 하림의 가슴을 꾹 눌렀다.

"너, 앞으로 내 거다. 알겠어?"

"……."

사성의 행동에 뒤쪽에 서 있던 황유는 얼굴을 찌푸렸다. 못마땅했지만 나무라지는 않았다.

나선 것은 초미였다. 초미는 사성 뒤로 성큼성큼 가더니 사성의 뒤통수를 후려쳤다. 초미의 손이 매웠는지 사성은 얼굴을 일그러뜨리고 뒤를 돌아보았다.

"너 지금 뭐 하는 거야?"

사성은 쳇, 하고 혓소리를 냈다.

"내 앞에서 한 번만 더 이래봐. 가만 안 둘 거야. 알았어?"

"……."

"대답 안 하지?"

"…알겠습니다."

사성은 속으로 투덜거렸다.

'빌어먹을 놈의 계집애. 황유 사형만 아니었어도……'

초미는 겁먹은 얼굴을 한 하림의 머리를 쓰다듬어 주었다.

황유는 자신이 나설 때가 되었음을 알고 큰 목소리로 말했다.

"그만!"

하림의 머리를 쓰다듬던 초미와 툴툴거리던 사성을 포함해서 주위에 있던 모든 사람의 이목이 황유에게 모아졌다.

이런 광경이 황유는 꽤나 만족스러웠다. 그래서 그는 숨을 한 번 쉰 다음 입을 열었다.

"너희는 당황스러울 것이다. 지금 무슨 일이 일어나고 있는지 알 수 없을 것이다. 자신이 왜 맞아야 하며, 때리는 사람은 누구이고, 둘러싸고 있는 사람은 누구인지. 대답은 간단하다. 수련자 오두막의 전통이다. 너희는 오늘 환영식을 했다. 지금 우리가 너희에게 해주는 것이 너희를 위해 준비된 두 가지 중 하나인 대면식이다."

독고성은 사성에게 어디를 어떻게 얻어맞았는지 순간 정신을 잃고 말았다. 그러다가 황유가 고함치는 소리에 정신이 든 것이었다. 독고성은 사방에서 신음 소리가 나는 것이, 얻어맞은 사람이 자신뿐이 아님을 알았다. 본능적으로 일어서려 했지만 어그적거릴 뿐 일어서지를 못했다. 일어서려고 힘을 주자 숨이 꽉 막히면서 전신의 맥이 풀렸다.

이때 누군가가 자신의 어깨를 흔들었다. 화안명이었다.

"아성, 괜찮아? 소천 노사님께 배운 호흡법을 해봐. 그러면 몸을 움직일 수 있어."

독고성은 반신반의했지만 화안명이 시킨 것이기에 호흡법을 했다. 그러자 놀랍게도 몸에 힘이 돌아왔다. 그러고 보니 달리기를 하고 나서도 호흡법을 하고 나면 지쳤던 몸이 회복되곤 했다.

황유의 말이 계속됐다.

"억울해할 것도 섭섭해할 것도 없다. 수련자라면 누구나 겪어야 하는 일이며 서로 친해지기 위한 일이다. 축하한다. 너희는 이제 1년 차 수련자가 되었다."

독고성은 일어서서 말을 하는 황유를 노려보았다.

독고성은 사성보다 황유가 더 미웠다. 예전에도 이런 일은 많았다. 부하들을 시켜서 자신을 죽을 만큼 두들긴 다음, 뒤에 서서 같잖다는 듯이 내려다보거나 자기가 세상에서 제일 잘났다는 듯이 떠들어대는 놈들. 독고성은 숨을 쉬는 것이 힘들 만큼 두들겨 맞은 다음에도 그런 놈들을 노려보는 것은 잊지 않았다. 힘이 세지면, 강해지면 기필코 복수를 하겠다는 생각을 가슴에 새기면서.

"황유라고 했었나? 대장끼리 한판 붙어보지. 뒤에 숨어서 되도 않는 말만 늘어놓지 말고 말이야?"

사성이 주먹을 매만지며 독고성을 향해 걸어갔다.

"이놈의 새끼! 아직 혼이 덜 났구나. 이분이 누구신지 알고……."

동관식은 눈을 빼꼼히 뜨고 사태의 추이를 살피고 있다가 사성이 자신의 앞을 지나치자 눈을 꼭 감았다. 마치 아직도 정신을 차리지 못했다는 듯이.

독고성과 나란히 서 있던 화안명은 사성이 다가오자 덜컥 겁이 났다.

"아성, 괜찮겠어? 이길 수 있겠어?"

독고성은 눈으로 사성을 노려보며 입으로만 웃었다.

"아명, 내가 말했었지? 기세에서 밀리면 끝이야. 진다는 생각을 하는 순간 싸움은 끝나는 거야."

독고성의 말이 황유의 마음을 움직였다.

"사성, 멈춰라!"

막 치켜든 주먹을 휘두르려던 사성은 순순히 주먹을 내렸다.

사성이 돌아보자 황유가 말했다.

"이 녀석은 내가 상대한다."

"황유 사형이 직접 상대할 만큼 센 놈이 아닙니다."

"아니, 가치가 있다. 주먹은 아닐지 몰라도 이 녀석의 가슴은 그만한 가치가 있다."

황유는 한순간 독고성이 멋지다고 생각했다. 만약 자신이 사성을 시켜 독고성을 두들긴다면 독고성의 도전을 피한 모양이 될 것이고, 그러면 자신은 멋지지 않다고 생각했던 것이다.

황유는 독고성의 앞으로 걸어갔다. 황유의 생각이 확고한 듯 보이자 사성은 뒤로 물러났다.

황유와 독고성이 마주 서자 묘한 분위기가 만들어졌고, 그 분위기에 화안명도 뒤로 물러났다.

황유는 사성에 비해 키가 조금 컸지만 덩치는 오히려 작았다. 전체적으로 호리호리했고, 결정적으로 목이 사성보다 얇았다. 그래도 독고성보다 키가 한 뼘 이상 높았고, 덩치가 한 뼘 이상 넓었다.

‘턱이다. 턱에 한 방만 제대로 먹이면 이길 수 있다.’

황유는 독고성의 생각을 읽었는지 피식 웃었다.

“사성보다 내가……”

황유의 말은 이어지지 못했다. 황유가 입을 여는 순간 독고성이 달려들었기 때문이다.

독고성은 달려들며 오른쪽 상체를 뒤로 최대한 젖힌 다음 황유의 앞에 도달해서 젖혔던 오른쪽 상체를 팅기듯 펴며 황유의 턱을 노리고 오른 주먹을 휘둘렀다.

황유는 가만히 있었다. 독고성이 이렇듯 갑자기 덤벼올 줄 몰랐던 모양이다.

독고성은 내심 생각했다.

‘맞았다.’

독고성의 오른 주먹과 황유의 턱이 겹쳐지다가 엇갈렸다. 독고성은 오른 주먹에서 아무런 느낌이 전해져 오지 않자 헛손질했음을 알았다. 황유가 살짝 머리를 뒤로 빼는 간단한 동작으로 독고성의 오른 주먹을 스치듯이 흘려버린 것이다.

“…쉬워 보이나 보지?”

황유의 어깨가 흔들리는가 싶더니 주먹이 독고성의 얼굴 앞에서 나타났다. 독고성은 본능적으로 몸을 틀었다. 황유의 주먹이 독고성의 뺨을 스치고 지나갔다. 동시에 황유의 발이 독고성의 아랫배에 깊숙이 꽂혔다. 독고성은 머리 속이 새하얘지면서 무릎을 꿇고 주저앉았다.

“제법인걸.”

화안명이 놀라서 독고성에게 달려갔다.

“아성!”

황유는 손을 들어서 화안명을 제지했다.

"아직 끝나지 않았어. 그렇지?"

황유의 말대로였다. 처음 발이 아랫배에 꽂혔을 때에는 숨이 멎을 것처럼 아팠지만 그 고통은 길게 가지 않았다.

독고성은 비틀거리며 일어섰다. 독고성이 일어서자 화안명은 멈칫거렸다. 독고성에게 가기도, 그렇다고 뒤로 물러서기도 애매해진 화안명은 제자리에서 우물쭈물했다.

초미는 머리를 절레절레 저었다. 황유의 나쁜 버릇이 또 나온 것이다.

황유는 자신에게 도전해 오는 사람을 철저하게 공격해서 무너뜨렸다. 황유가 도광이나 사성처럼 특별히 강하지 않음에도 5년 차 수련자의 수장 자리를 확고히 지킬 수 있는 것은 이런 집요함 덕분이었다. 그런 면에서는 좋은 버릇이라고도 할 수 있었다.

독고성은 선뜻 달려들지 못했다. 사성이 힘과 맷집에서 상상 이상이었다면 황유는 속도에서 상상 이상이었다.

'한 방, 딱 한 방이면 된다.'

독고성이 머뭇거리는 모습을 보고 황유가 비아냥거렸다.

"벌써 겁먹은 개처럼 꼬리를 만 것이냐? 이거 실망인데?"

황유가 한 걸음 다가오자 독고성은 한 걸음 물러섰다. 다시 황유가 한 걸음 다가오자 독고성은 다시 한 걸음 물러섰다.

황유는 헛웃음을 터뜨리며 한 걸음 더 다가섰다. 황유는 응당 독고성이 한 걸음 더 물러설 거라고 생각했다. 그래서 한 걸음 다가서는 척하면서 두 걸음을 다가섰다. 독고성이 노린 점이 바로 이것이었다. 그 순간 독고성도 한 걸음 다가서자 황유와 독고성은 겹칠 만큼 가까워졌다.

독고성은 황유의 턱을 노리고 오른 주먹을 휘둘렀다. 아무리 황유의 몸이 빠르다고 해도 이번 공격은 피할 수 없었다. 불의의 일격에 턱을 맞은 황유는 비틀거리며 물러섰다. 독고성은 쫓아가면서 왼 주먹으로 다시 한 번 황유의 턱을 노리고 휘둘렀다. 황유는 허리를 뒤로 눕히며 발로 독고성의 배를 걷어찼다. 철판교라고 불리는 수법이었다. 그러자 독고성의 왼 주먹이 허공을 갈랐고, 배를 얻어맞은 독고성은 자리에 주저앉았다.

황유는 얻어맞은 턱을 한 번 매만지고 나서 분이 덜 풀리는지 독고성의 머리를 발로 걷어찼고, 독고성은 맥없이 뒤로 넘어갔다. 땅에 대 자로 누운 모양을 보니 받은 충격이 상당한 듯 보였다.

화안명은 이를 보고 황유와 독고성 사이로 달려들어 독고성의 몸 위로 자신의 몸을 던졌다. 독고성을 자신의 몸으로 감싼 것이었다. 독고성은 자신에게 처음으로 손을 내밀어준 사람이다. 그가 맞는 것은 자신이 맞는 것과 같았고, 그가 아픈 것은 자신이 아픈 것과 같았다.

"그만 하세요. 아성은 이제 싸우지 못해요."

황유는 화안명의 얼굴을 기억해 냈다. 사성이 독고성을 두들겼을 때 겁없이 뛰쳐나온 놈이었다.

"형제인가 보군. 네 형이냐?"

"아니에요. 우리는 친구예요."

"친구?"

황유는 헛웃음을 터뜨렸다. 웃음이 멈추자 황유는 화안명의 얼굴을 걷어찼다. 독고성이 밑에 있었기에 피할 수도 없었고, 피할 마음을 먹었다 해도 피할 능력이 없었다. 화안명은 힘없이 땅에 처박혔다. 입 안이 터져서 피가 턱을 타고 흘러내렸다.

황유는 독고성의 머리를 발로 밟았다.

"아직 싸울 수 있어. 그렇지?"

독고성의 입꼬리가 말아 올라갔다. 메마른 미소만큼이나 독고성의 목소리는 딱딱했다.

"물론이지. 이제 시작인걸."

황유는 헛웃음을 터뜨렸다.

"좋아, 아주 마음에 들어."

황유는 독고성의 몸을 닥치는 대로 걷어찼다. 얼굴, 가슴, 배 가리지 않았다. 황유의 발이 독고성의 몸에 닿을 때마다 독고성의 몸이 크게 들썩거렸다.

이를 보고 동관식은 주먹을 피가 나도록 움켜쥐었다. 가슴 안이 불이 난 것처럼 화끈거렸다. 목 안이 꽉 막혔고, 그래서 눈물이 날 것 같았다.

동관식은 웅얼거렸다.

"개자식."

자신이 한 말을 듣자 더 화가 났다. 동관식은 벌떡 일어났다.

"이 개자식아, 그만 하지 못해!"

조금 전처럼 웅얼거린 목소리가 아니었다. 덩치에 걸맞게 주위가 쩌렁쩌렁 울릴 만큼 큰 목소리였다.

눈에 보이는 게 없어진 동관식은 황유에게 달려들었다. 막무가내로 달려드는 동관식의 모습은 마치 성난 멧돼지와 같았다.

그런 동관식의 앞을 사성이 막아섰다. 사성은 달려오는 동관식의 얼굴을 주먹으로 후려쳤다. 한 대 얻어맞자 동관식은 정신이 번쩍 났다. 사성의 주먹이 정확히 동관식의 콧잔등을 때려 코피가 줄줄 흘렀다. 동관식은 코를 부여잡고 눈치를 살폈다.

사성의 상태도 그리 좋지 않았다. 덩치가 더해진 동관식의 달려드는 힘에 손목이 꺾여 버린 것이다. 퉁퉁 부은 모양을 보니 열흘은 족히 고생해야 할 듯싶었다.

엉망으로 일그러진 사성의 얼굴을 보며 동관식은 후회했다.

'미쳤지. 내가 미쳤던 게 분명해.'

자신에게 다가오는 사성에게 동관식은 비굴한 웃음을 지었다.

지금껏 망설이던 초미는 사성이 무서운 얼굴이 되어 동관식에게 다가가자 더 이상 나서지 않을 수 없었다. 황유와 사성, 둘다 반쯤 미친 것만 같았다. 얼굴에는 광기가 가득했고 눈에는 살기가 어려 있었다. 이러다 무슨 사단이 날 것만 같았다.

'진작에 나섰어야 했어. 독고성이라는 꼬마를 황유 사형과 싸우게 하는 게 아니었어.'

"사성, 그만 해라."

사성은 걸음을 멈추지 않았다.

"사성, 내 말이 들리지 않아? 그쯤 해두라고!"

사성은 머리도 돌리지 않고 말했다.

"초미 사저는 나서지 마쇼."

초미는 사성이 '하쇼'라는 말투를 사용할 때는 상당히 기분이 나쁠 때라는 것을 알고 있었다. 하지만 문제는 듣는 사람이 더 기분이 나쁘다는 사실이었다. 그래서 사성이 '하쇼'라는 말투를 사용하면 좋게 넘어갈 수가 없었다.

"이 자식이! 지금 뭐라고 했어?"

사성은 몸을 돌려 초미를 보았다.

"못 들었소? 나서지 말라고 했소!"

초미는 사성의 말투도 말투였지만 눈이 더 마음에 들지 않았다. 깔보든 듯한, 내려다보는 듯한 눈이었다.

"이 자식이, 오냐오냐했더니."

사성은 피식 웃었다. 마치 내가 이런다고 네가 어쩔 수 있겠냐라고 말하는 듯했다.

황유가 나섰다.

"사성, 초미, 둘 다 그만 해라."

초미가 말했다.

"그만 하라고요? 이런 취급받고도 그만 하라고요?"

"초미, 너도 잘한 것 없어."

초미는 발끈해서 소리쳤다.

"황유 사형!"

황유는 눈살을 찌푸렸다.

"사성, 초미에게 사과해라."

사성은 입을 한 번 다시고는 마지못해 말했다.

"초미 사저, 내가 잘못했소."

초미는 입술을 앙다물고 사성을 노려보았다. 초미의 눈에 눈물이 어렸다. 분했다. 분하고 또 분했다. 황유가 미운 것도, 사성이 미운 것도 아니었다. 자신이 여자라는 사실이 눈물이 날 만큼 미웠다.

"황유 사형, 이건 대면식일 뿐이에요."

말을 마친 초미는 손등으로 눈가를 거칠게 닦아내고는 몸을 돌려 걸어갔다.

등 뒤에서 황유가 불렀지만 초미는 돌아보지 않았다.

초미가 그렇게 가버리자 주위로 묘한 침묵이 흘렀다.

동관식은 눈치를 살피다가 땅에 주저앉았다. 그래야 조금이라도 덜 맞을 것 같았다. 그런 동관식에게 양희가 조심스럽게 다가가서 작게 말했다.

"동 오라버니, 괜찮아요?"

"괜찮을 리 없잖아? 코가 주저앉은 것 같아."

코를 가린 손 사이로 아직도 피가 뚝뚝 떨어졌다.

이를 보고 양희는 어찌할 줄 몰라 했다. 동관식의 코를 잡으려다가 코를 만지면 더 아플 거라는 생각에 도중에 멈췄다. 일단 피를 막아야겠다는 생각에 소매 끝을 찢으려 했지만 열 살배기 여자 아이의 힘으로는 옷을 찢어낼 수 없었다. 그래도 가만히 있을 수는 없어 손을 허공에서 몇 번 꼼지락거렸다.

“어쩌지? 많이 아프죠?”

초미가 가버리자 황유는 몸이 싸늘하게 식었다. 지금 벌어지고 있는 일들이 문득 귀찮아졌다.

“사성, 돌아간다.”

사성 또한 초미가 이렇게 행동할 줄 몰랐기에 당황스럽기는 마찬가지였다. 진념에게 꾸지람을 들어도 헤헤거리던 초미가 아니었던가?

‘아무튼 가슴 달린 것들이 하는 일이란 종잡을 수 없다니까.’

사성은 머리를 깊숙이 숙이며 말했다.

“알겠습니다, 황유 사형.”

사성은 주위를 둘러보며 외쳤다.

“모두 돌아간다. 대면식은 끝났다.”

화안명은 다리를 끌며 일어섰다. 그의 눈에 정신을 잃고 쓰러져 있는 독고성과 주저앉아서 피를 흘리고 있는 동관식이 들어왔다.

“우리가 왜 맞아야 했던 것입니까?”

말을 하는 화안명의 입에서 피가 토해져 나왔다.

황유는 화안명을 돌아보았다.

“대면식이었기 때문이다. 너희가 1년 차 수련자이기 때문이지.”

황유는 말을 할 때는 반신반의했지만 말을 마치고 나자 제법 그럴듯한 말이라고 생각했다.

“단지… 단지 그 이유뿐입니까? 우리가 1년 차 수련자이기에 개처럼 엎드려서 주먹과 발을 몸으로 받아내야 했던 것입니까?”

황유는 담담히 말했다.

"그렇다."

수련자들은 썰물 빠지듯이 사라졌고, 1년 차 수련자의 오두막에는 아이들만 남았다. 아이들은 그 누구도 입을 열지 않았다. 장승처럼 우뚝 서서 수련자들이 사라진 방향을 노려보고 있는 화안명 때문이었다.

하림이 화안명에게 다가가서 화안명의 어깨에 손을 올려놓았다.

"됐어. 이제 그만 해. 모두 갔어."

하림의 말이 끝나자 기다렸다는 듯이 동관식이 엄살을 부렸다.

"아이고, 코야! 내 잘생긴 얼굴, 이제 어쩌나?"

양희는 걱정이 가득 담긴 목소리로 말했다.

"동 오라버니, 많이 아프죠?"

대면식이 언제 처음 시작되었는지는 모른다. 삶과 폭력, 아이와 폭력은 떼어놓을 수 없는 관계인만큼 수련자 오두막이 생겨나면서 같이 시작되었는지도 모른다. 다만 비천이 5년 차 수련자의 몸으로 수련자 오두막의 대장이 되고 나서도 대면식은 없어지지 않았으니, 비천도 대면식의 필요성을 인정했다는 추측은 가능하다. 힘없는 아이들을 두들기면서 얻는 재미도 분명 대면식의 존재 이유 중 하나였지만, 더 큰 존재 이유는 아이들에게 자신들의 위치를 각인시켜 주는 데에 있었다. 수련자의 오두막이라는 조직에서 자신의 위치를 확인하고 인정하는 것으로 아이들은 1년 차 수련자가 되는 것이다. 비천을 존경하고 더 나아가서 숭배하는 몇몇 수련자들은 비천이 두 번째 이유에 주목했을 거라고 주장하지만, 이는 확인되지 않은 소문일 뿐이다. 분명한 것은 1년 차 수련자에게 있어 대면식은 당시에는 다시는 경험하기 싫은 끔찍한 악몽이지만, 지나고 나면 동기들끼리 웃으며 말할 수 있는 유쾌한 추억이라는 사실이다.

해가 뜨기 바로 전 어스름히 햇살을 막아주고 있는 새벽녘, 아이들을 깨우러 온 건 2년 차 수련자 송진이었다. 송진은 끙끙거리는 독고성을 보며 혀를 찼다.

"이놈들아, 때리면 적당히 맞아줄 것이지 왜 대들어?"

독고성이 억지로 일어나서 노려보자 송진은 코웃음쳤다.

"어쭈, 요놈 봐라? 눈알에 힘주네? 꼬라지 보니까 한가락 했었나 본데, 그 성질 못 죽이면 앞으로 고생할 거다."

송진은 독고성을 지나쳐 오두막 구석에 놓여진 작은 문갑을 향해 걸어갔다. 문갑에서 종지 하나를 꺼내더니 독고성에게 던졌다.

"덧나지 않게 발라둬. 좀 있다 또 맞아야 할 테니."

송진은 어제의 소란 통에 아직 잠이 덜 깨서 잠자리에서 못 일어나는 한 아이의 엉덩이를 가볍게 걷어찼다.

"이놈아, 그쯤 해두고 일어나! 늦으면 나까지 얻어맞는단 말이다!"

송진은 아이들을 1년 차 수련자의 오두막 앞에 모아놓고 허리에 손을 떡하니 걸친 채 말했다.

"나는 2년 차 수련자 송진이다. 이래 봬도 수장이니까 알아서 모셔라. 어떻게 해야 할지 모르는 일이나, 왜 이렇게 해야 하는지 궁금한 일이 있으면 나한테 물어보고. 반갑다. 앞으로 잘 지내보자."

독고성이 말했다.

"수장이 뭐지?"

수장이 얼마나 대단한 존재이기에 자랑하듯이 말하느냐는 투였다.

송진은 재미있다는 듯이 독고성을 보았다.

"네놈이 여기서 제일 세지?"

독고성은 당연하다는 듯이 머리를 끄덕였다.

송진은 그럴 줄 알았다는 얼굴이었다.

"나는 2년 차 수련자 중에서 제일 세. 그게 수장이야. 이름이 독고성이었던가?"

"맞아."

"맞습니다 해야지, 이놈아."

독고성은 빤히 송진을 보았다. 마치 '내가 왜 그래야 하는데?' 라고 말하는 듯했다.

"이거, 한판 붙자는 뜻이지? 내가 잘못 알아들은 거 아니지?"

송진은 성큼성큼 독고성의 앞으로 다가가 바로 앞에서 독고성의 얼굴을 내려다보았다. 독고성은 지지 않고 송진을 올려다보았다.

송진은 퉁퉁 부은 독고성의 얼굴을 보고는 실소했다.

"이거, 때릴 곳도 없잖아? 너, 맞는 게 그렇게 좋으냐?"

독고성은 다짜고짜 송진의 머리를 노리고 주먹을 휘둘렀다. 송진은 슬쩍 머리를 움직여서 독고성의 주먹을 피하고 오른 주먹으로 독고성의 배를 때렸다. 복부의 충격에 독고성의 상체가 앞으로 숙여지자 송진은 왼 주먹으로 독고성의 얼굴을 올려쳤다. 독고성은 뒤로 넘어가 땅에 뒹굴었다.

독고성은 오뚜기처럼 바로 일어섰다.

송진은 두 손을 먼지 털 듯 탁탁 쳤다.

"이놈아, 밖에서는 너 이길 놈이 없었겠지만 여기서는 아니야. 네가 휘두르는 주먹 따위는 눈에 다 보인다고. 맞아도 아프지도 않고."

독고성은 송진의 말을 인정하기 싫었지만 인정할 수밖에 없었다. 독고성은 어제 싸웠던 3년 차 수련자 사성과 5년 차 수련자 황유를 떠올렸다. 믿을 수 없게 빠르고, 믿을 수 없게 힘이 셌다.

하지만 독고성은 두 주먹을 꼭 쥐었다. 독고성이 당장이라도 달려들 듯이 보이자 송진은 머리를 절레절레 저었다.

"어제도 그러더니. 그만 하자, 이놈아. 이기지 못한다는 거 알잖아?"

"이길 수 있어."

"이기면? 그 다음은? 뒷감당 돼?"

"……."

"자신보다 센 놈 앞에서 물러서지 않는 건 멋진 게 아니야. 미친 거지. 멋진 건 물러서지 말아야 할 때 물러서지 않는 거야, 이놈아. 어제오늘처럼 미친개마냥 날뛰면… 죽는다. 사람이 죽는다는 거, 생각보다 쉬워."

독고성은 입술을 질겅질겅 씹었다. 무언가 고민을 할 때 나오는 버릇이었다.

"그럼 어떻게 해야 하지?"

"간단해. 강해지면 된다. 열 명이든 백 명이든 다 이길 수 있을 만큼 강해지면 돼. 그리고……."

송진은 독고성의 머리를 손바닥으로 툭 때린 다음 말을 이었다.

"지금은 존댓말부터 배워라."

송진은 아이들을 데리고 연무장으로 향했다.

연무장은 일곱 채의 오두막 정중앙에 위치했다. 수련자 오두막의 어느 곳을 가더라도 연무장을 통해야 했으며, 연무장에서 닿지 않는 길은 없었다. 뒤쪽 언덕을 제외하고는 가장 지대가 높았는데, 그 이유를 송진은 수련자들을 감시하기 위해서라고 했다. 덧붙여 말하기를, 겉으로 내세운 이유는 '무' 가 으뜸이기에 '무' 를 수련하는 연무장이 높은 곳에 있는 거라고 했다.

"힘들었을 거다. 평지에 하나의 산을 쌓은 셈이니."

말을 하면서 송진은 발로 발 앞의 흙을 툭 찼다.

"지금은 보다시피 원래부터 이렇게 생겨먹은 것처럼 자연스럽지만."

연무장으로 오르는 언덕배기의 중간에서 한 사람이 툭 튀어나왔다. 3년 차 수련자의 수장 사성이었다.

사성은 송진에게 달려들 듯 다가갔다. 송진은 공손히 머리를 숙였다.

"사성 사형을 뵙습니다."

"어떻게 된 거야? 왜 이렇게 늦었어?"

"늦잠을 잤습니다."

사성은 대뜸 독고성을 보았다.

"누가? 또 저놈이지?"

송진은 손으로 뒷머리를 긁적였다.

"아닙니다. 제가 늦잠을 잤습니다. 죄송합니다."

사성은 잠시 송진을 보다가 주먹으로 송진의 얼굴을 때렸다. 송진은 피하지 않고 맞았다. 코를 맞아서 왼쪽 코에서 코피가 났다.

"날 엿먹일 생각이냐?"

송진은 여전히 웃는 얼굴로 말했다.

"그럴 리가 있습니까? 사성 사형, 저를 아직 모르십니까?"

사성은 코웃음을 쳤다. 송진의 코에서 흐른 피가 턱 밑을 거쳐 가슴으로 떨어졌다. 보기에 미안했는지, 아니면 마음이 조금 풀렸는지 사성은 소매 끝을 찢어서 송진의 왼쪽 코에 말아 넣었다.

"감사합니다."

"이걸로 끝났다고 생각하지 마. 만약 황유 사형에게 욕을 들으면 가만 두지 않을 거야."

송진의 얼굴이 떨떠름하게 변한 것은 어쩔 수 없는 일이었다. 떨떠름한 표정을 지은 건 순간이었고, 이내 송진은 웃는 얼굴이 되었다.

사성과 송진을 포함한 열두 명의 수련자가 연무장에 나타나자 소천 노사의 시선이 입구 쪽으로 옮겨졌다. 나머지 수련자들은 운기조식 중이었다. 사성이 자신을 향해 다가오자 소천 노사는 손짓을 해서 연무장의 빈 곳에 앉게 했다.

열두 명의 수련자는 가부좌를 틀고 앉아서 운기조식을 시작했다. 절반의 시간을 날려 버렸다는 것을 제외하고는 지난 한 달과 똑같은 시작이었기에 아이들은 내심 안심이 되었다. 아침밥을 먹고 다시 연무장으로 모일 때까지는 그랬다.

아침밥을 먹고 나서 점심밥을 먹을 때까지 수련자들은 소천 노사에게 외공을 배웠다. 외공이라고 해봤자 두 가지 도법이 전부였다. 백일창, 천일도, 만일검이라는 말에서 알 수 있듯이 도는 검보다 상승의 경지에 빨리 이를 수 있지만, 절정의 경지에 이르기는 검보다 어렵다. 그런 면에서 수련자와 도는 잘 어울렸다. 또 다른 이유는 소천 노사가 배우고 평생을 익힌 무공이 도법이었기 때문이다.

수련자들은 각자의 선택에 따라 두 가지 도법 중 하나를 배울 수 있었다. 비천이 익힌 것으로 유명한 패도법과 비천이 패도법을 대성하기 전에 많은 수련자들이 익혔던 쾌도법이 그것이었다. 오 년 전만 해도 수련자 열 명 중 아홉 명이 패도법을 선택했지만, 지금은 반대로 열 명 중 아홉 명이 쾌도법을 선택했다. 지난 십여 년간 패도법을 제대로 익혀낸 수련자가 단 한 명도 없었기 때문이다. 거기에서 비천을 빼낸다면 그 기간은 십여 년에서 삼십여 년으로 늘어났다. 손에 닿지 않는 사람이 더 고귀해 보인다고, 비천은 수련자들 사이에서 전설이 되어가고 있었다.

외공을 배우고, 도법을 고르는 것은 2년 차 수련자가 되어서 고민할 일이었다. 아이들은 연무장의 구석으로 불려와서 기마 자세를 한 채 수련자들이 목도를 휘두르는 것을 구경해야 했다. 단 일 분의 휴식도 없이 세 시간 동안 내리 기마 자세를 하고 있어야 했다. 고통을 참지 못하고 우는 아이나 다리가 풀려서 땅에 주저앉는 아이에게는 예외없이 서청 소사의 목검이 휘둘러졌다. 다시 기마 자세를 할 때까지 서청 소사의 목검은 멈추지 않았다.

해가 하늘의 정중앙으로 옮겨와서야 오전 수련은 끝났다. 제대로 걷는 아이는 한 명도 없었다. 다리를 끌며 걷는 아이는 양호한 편이었고, 엉금엉금 기는 아이도 있었다. 그 모습이 불쌍해 보여서 도와줄 법도 하건만 수련자들은 누구 하나 손을 내밀지 않았다.

점심밥을 먹고 시작된 오후 수련은 아이들에게 오전 수련은 장난이었다고 생각될 만큼 끔찍했다.

자유대련. 오후 수련에는 오전 수련 때와는 달리 소천 노사도 서청 소사도 나오지 않았다. 이는 다시 말해 말려줄 사람이 없다는 뜻이었다.

아이들에게 손때가 반질반질하게 묻은 목도가 한 자루씩 주어졌고, 아이들은 목도를 쥐고 바들바들 떨며 역시 목도를 든 다른 수련자와 마주서야 했다.

독고성과 마주 선 사람은 4년 차 수련자였다. 그 4년 차 수련자는 키가 작고 왜소해 두세 살 어린 독고성과 덩치가 비슷할 정도였다.

독고성은 목도를 쥔 손을 꼼지락거리며 목도에 익숙해지려 노력했다. 하지만 생전 처음 쥐어본 목도가 금방 익숙해질 리 없었다.

4년 차 수련자는 목도를 어깨 높이로 들어올리며 말했다.

"조심해. 도에는 눈이 없어."

독고성은 거들먹거리는 꼴이 마음에 들지 않아서 코웃음쳤다.

'생쥐같이 생긴 놈이 어디서 주워들은 말은 있어서.'

4년 차 수련자는 짧은 기합 소리를 내며 독고성의 가슴을 노리고 목도를 휘둘렀다. 독고성은 별 생각 없이 목도를 마주쳐 갔다. 무기 쓰는 법을 배운 적이 없기에 다른 방법도 없었다.

목도와 목도가 마주쳤다.

독고성은 손아귀가 찢어지는 듯한 통증을 느꼈다. 상체가 뒤로 젖혀질 만큼 강한 충격을 받았음에도 용케 목도만은 놓치지 않았다.

독고성이 충격에 멈칫거리는 사이, 4년 차 수련자는 망설임없이 독고성의 머리를 목도로 내려쳤다. 목도는 잔상을 그리며 독고성의 머리 위로 떨어졌다.

독고성은 본능적으로 머리를 틀었다. 목도는 독고성의 귀를 스치고 어깨 위로 떨어졌다. 독고성은 헉! 하고 바람 빠지는 소리를 냈다. 무릎이 저절로 꿇어졌고, 어깨에서 지독한 통증이 느껴졌다. 뭔가 어긋난 느낌이 나며 오른 어깨가 밑으로 늘어졌다. 어깨뼈가 부러진 것이다.

"제법인걸."

독고성은 고통에 앞서 공포를 느꼈다. 십여 명의 아이들에게 둘러싸여서 얻어맞을 때도 눈 하나 깜빡이지 않았던 독고성이었지만, 지금은 무서웠다. 눈앞의 작고 왜소한 4년 차 수련자가 무서웠다.

'날 죽일 생각이었어. 피하지 못했다면 죽었을 거야.'

문득, 아침에 송진이 했던 말이 떠올랐다.

"이놈아, 어제오늘처럼 미친개마냥 날뛰면… 죽는다. 사람이 죽는다는 거, 생각보다 쉬워."

독고성의 겁먹은 얼굴을 보고 4년 차 수련자는 목도를 내렸다.

"나와 목도를 마주 휘둘러 오다니, 배짱은 좋았어. 하지만 결국 그게 패인이야. 너는 나보다 힘이 약하다. 자신의 약함으로 상대의 강함과 부딪쳐서는 이기지 못해. 앞으로는 철저하게 상대의 약점을 노려라. 아니, 그보다 나와 상대의 강함과 약함을 구분하는 방법부터 몸에 익혀야겠군."

4년 차 수련자가 몸을 돌려서 걸어가는 것을 보고서야 독고성은 정신을 차릴 수 있었다. 공포가 사라지자 고통이 몰려왔다. 뼈가 부러지는 고통은 열 살배기 아이가 참아내기에는 너무 컸다. 독고성은 그만 정신을 잃고 말았다.

독고성이 정신을 차린 것은 지독한 통증 때문이었다. 송진은 독고성의 부러진 오른 어깨에 부목을 대고 천으로 감으며 투덜거렸다.

"하필 어깨를 부러뜨릴 게 뭐람. 어깨는 잘 붙지 않는데."

송진은 천을 다 감고는 부러진 어깨를 툭 쳤다.

"다 됐다."

부러진 뼈를 건드렸으니 지독하게 아팠을 텐데도 독고성은 신음 소리를 내지 않았다.

"그는… 그는 누구입니까?"

"이놈이 이제야 정신을 차렸군. 역시 사람은 맞아야 한다니까. 정석 사형이야. 4년 차 수련자에서 첫손 꼽히는 강자야. 수장은 아니지만."

"정석 사형이 왜 나를 죽이려 한 거죠?"

"죽이려 한 건 아닐 거다. 정석 사형이 너를 죽이려 했다면, 너는 진짜로 죽었어. 그는 좋은 사람은 아니지만 나쁜 사람도 아니야. 외골수여서 동기들 사이에서도 문제가 종종 있지. 아마 너한테 호기심이 생겨서 그런 게 아닐까?"

"호기심?"

"이놈아, 너는 모르겠지만 너, 꽤나 유명해. 어제 하루 난리법석을 떨어놔서 수련자들 중에 너 모르는 사람 없다. 네가 어떤 놈인가 궁금했겠지, 뭐."

독고성은 어이가 없었다.

"궁금하다고 사람 뼈를 부러뜨려 놓습니까? 아니, 내가 못 피했으면 어깨가 아니라 머리통이 부서졌을 겁니다."

"네 입에서 나올 말은 아닌 거 같은데? 궁금하면 때리고, 수틀리면 부러뜨리고, 악에 받치면 죽인다. 이게 수련자야. 쉽게 말해서 비리비리하고 마음 약한 놈들은 도태되고 너 같은 놈만 남은 게 수련자라고."

독고성은 멍한 얼굴이 되었다. 송진의 말에 충격을 받은 모양이었다.

"내가 말해놨으니 오늘은 쉬어."

연무장으로 돌아가는 송진의 뒷모습을 독고성은 망연히 바라보았다.

오후 수련은 해가 서쪽 하늘에 걸려서야 끝이 났다. 가슴, 팔, 다리 등 어디 할 것 없이 흠씬 두들겨 맞아서 꼼짝도 못하는 아이들에게 송진이 주먹밥을 가져다주었다.

"오늘은 처음이라서 내가 가져다준 거다. 내일도 이럴 거라고는 생각하지 마라."

걸을 힘은 없어도 먹을 힘은 있었는지 아이들은 배당된 두 덩이의 주먹밥을 게눈 감추듯 먹어치웠다. 모자란 듯 입을 다시는 아이들을 보며 송진은 머리를 저으며 중얼거렸다.

"뱃속에 거지새끼가 들어앉은 것도 아니고."

이때 누가 송진의 뒤통수를 때렸다.

"일 년 전에 네 녀석도 딱 저랬다."

송진이 돌아보니 정석이 서 있었다. 송진은 급히 허리를 숙여 인사했다.

"정석 사형을 뵙습니다."

말없이 정석은 대나무 통을 내밀었다. 송진은 엉겁결에 대나무 통을 받아 의아한 눈빛으로 올려다보자 정석이 짧게 말했다.

"저 녀석에게 발라줘라."

말을 마치고 정석은 몸을 돌려서 연무장을 내려갔다.

송진은 대나무 통을 열었다. 코끝을 찌르는 고약한 냄새가 났다. 대나무 통 안에 담겨 있는 검은 고약은 송진의 예상대로 접골약이었다. 금창약은 수련자에게도 주어졌지만 접골약과 내상약은 소천 노사와 서청 소사만 가지고 있었다. 손 안의 접골약은 정석이 서청 소사에게 꾸지람을 듣고 얻어왔을 것이다.

정석이 사라진 것을 확인한 송진은 입을 삐죽거렸다.

"그럴 걸 왜 부러뜨렸어? 나만 귀찮게 됐잖아."

송진은 독고성의 부러진 어깨에서 부목과 천을 떼어내고 접골약을 발라준 다음 다시 부목을 대고 천을 감았다.

"내가 뭐랬어? 정석 사형은 나쁜 사람이 아니라고 했지? 고마워해라, 이놈아. 나도 못 발라본 접골약이다."

옆에서 지켜보던 화안명은 송진의 말이 이해되지 않았다.

'이런 경우에 고마워해야 하는 걸까? 접골약은 쓰지 않는 게 더 좋은 거 아닐까?'

해가 서쪽 산에 걸리자 수련자들이 연무장으로 모였다. 수련자들이 하나둘 나타나자 아이들은 겁이 났다. 다행히 소천 노사와 서청 소사도 모습을 보였고, 두 사람을 발견한 수련자들은 가부좌를 틀고 앉아서 운기조식을 시작했다. 아이들도 따라서 가부좌를 틀고 앉았지만 아침처럼 집중이 되지 않았다. 이를 보고 서청 소사가 아이들 옆으로 다가왔다.

아이들 옆에 선 서청 소사는 작게 말했다.

"오늘 수련은 이걸로 끝이다. 운기조식에 힘써라."

서청 소사의 말을 듣고 그제야 아이들은 운기조식에 집중할 수 있었다.

해가 서쪽 산 뒤로 완전히 몸을 숨기자 수련은 끝이 났다. 1년 차 수련자의 오두막으로 돌아온 아이들은 되는 대로 누워서 곯아떨어졌다. 일각도 지나지 않아서 코 고는 소리가 오두막 안을 가득 채웠다.

독고성만이 부러진 어깨가 아파서 끙끙 신음 소리를 내며 잠이 들지 못했다.

"많이 아파?"

남자 아이의 목소리였다. 걱정이 가득 담긴 목소리의 주인은 화안명이었다.

"아니."

"많이 아픈 거 같은데?"

"괜찮아, 이 정도쯤."

"……."

"아명."

"응."

"아명."

"응, 말해."

"너한테만 하는 말인데… 나, 아까 무서웠다. 도망가고 싶었어. 창피하게 말이야."

화안명은 작년에 몰매를 맞고 팔이 부러졌던 일을 떠올렸다. 머리만은 막으려다가 대신 팔이 부러졌었다. 팔이 부러졌을 때 화안명이 질렀던 비명 소리가 너무나 크고 섬뜩해서 몰매를 놓던 아이들이 놀라서 도망갔다. 만약 팔이 부러지지 않았다면 화안명은 죽었을지도 모른다.

"누구나 그런 상황이면 도망가고 싶어. 도망가지 못해서 맞는 거지."

"아니, 이제는 그런 생각 안 해. 도망가지 않아. 아명, 나 강해질 거야."

"지금도 너는 강해."

"달라. 지금 가지고는 안 돼. 강해지자. 누구도 우리를 함부로 보지 못하도록 강해지자."

　화안명은 독고성의 말이 그다지 가슴에 와 닿지 않았다. 화안명은 이제까지 강했던 적이 없었고, 강하다는 것이 가지는 의미를 몰랐기에 강해지고 싶다 생각한 적이 없었다. 그저 친구 독고성이 하는 말이었기에 싫다고 하면 독고성이 마음 상해할 것 같았기에 '응, 그러자' 라고 대답했을 뿐이다.

　독고성도 잠이 들고 화안명도 잠이 들었다. 하루가 이렇게 끝나갔다. 수련자의 하루는 길었다.

◈ 第三章 ◈
봄, 여름, 가을, 겨울, 그리고 봄

2년차 봄.

"핫─!"

짧지만 강한 기합 소리였다.

기합 소리를 내는 것은 바보나 하는 짓이라고 생각했던 독고성이지만 송진에게 기합 소리는 힘을 모으는 하나의 방법이라는 말을 듣고 나서부터 몸의 힘을 짜낼 때는 지금처럼 기합 소리를 냈다.

송진의 눈에 긴장감이 스쳐 지나갔다. 지금 독고성의 일도는 만만하게 생각할 수준이 아니었다. 속도, 힘, 방향 모두 대단했다. 송진은 머뭇거리다가 시간을 흘려보냈다. 그렇다면 방법은 하나뿐이었다.

송진은 목도를 마주 휘둘러 갔다. 독고성의 목도와 송진의 목도가 부딪쳤다.

독고성은 팔이 찌르르 울리며 상체가 조금 뒤로 젖혀지자 오른발을 한 발짝 뒤로 빼어서 중심을 뒤에 두었다. 힘이 송진보다 부족했던 것이다.

독고성은 이대로 힘을 겨루면 자신이 진다는 사실을 이전의 경험에서 알았다. 독고성은 하체에 힘을 모으고 맞댄 목도를 천천히 뒤로 물렸다. 송진의 목도를 흘려버릴 속셈이었다.

순간 송진의 목도가 공중으로 조금 들렸다. 이를 보고 독고성은 아차 했다. 하지만 중심을 뒤에 두고 조금씩 물러서던 상황이었기에 목도를 앞으로 휘두를 수가 없었다.

독고성의 목도 위로 들어올려졌던 송진의 목도가 떨어졌다. 멈추어 있는 힘으로는 움직이는 힘을 이기지 못한다.

우두둑.

손목뼈가 어긋나는 소리에 독고성은 하체에 모았던 힘이 풀리며 엉덩방아를 찧었다.

작은 한숨을 내쉬는 송진의 뺨으로 또르르 한 방울 땀이 흘러내렸다.

'큰일 날 뻔했다. 잘못했으면 한 대 얻어맞을 뻔했다. 그랬다가는 목도 든 지 석 달밖에 안 된 놈한테 얻어맞았다고 두고두고 놀림감이 되었을 것이다.'

독고성은 주저앉은 채로 잔뜩 인상을 쓰며 빠진 손목을 끼워 맞췄다. 독고성은 아픈지 손목을 만지작거리며 투덜거렸다.

"빌어먹을, 이번에는 되나 했는데."

송진도 조금 지친 터라 독고성을 마주 보며 앉았다.

"어림없는 소리. 이놈아, 나를 이기려면 십 년은 걸릴 거다."

두 사람 사이로 바람이 지나갔다. 겨우내 얼었던 땅이 따뜻한 햇살에 녹으면서 나는 흙 내음과 그 땅 위에서 싹을 피운 꽃 내음이 담긴 봄바람이었다. 봄바람은 사람을 느긋하게 만드는 무언가가 있었다. 어쩌면 따뜻한 봄 햇살이 더해져서인지도 몰랐다.

"십 년은 무슨, 일 년이면 충분합니다."

말은 이렇게 했지만 독고성은 송진의 말이 옳을지도 모른다고 생각했다.

"일 년? 어림 반 푼어치 없는 소리. 오냐, 어디 한번 해봐라. 그러면 내가 너를 사형이라고 부른다."

말은 이렇게 했지만 송진은 독고성의 말이 옳을지도 모른다고 생각했다.

두 사람은 잠시 말이 없었다. 무언가 생각에 잠긴 눈치였다.

두 사람의 침묵을 깨뜨린 건 한 사람의 목소리였다.

"거기 두 놈, 뭐 하는 거야? 누구는 땀 흘려가며 목도를 휘두르는데, 누구는 퍼질러 앉아서 놀고 있어? 이런 빌어먹을 놈의 새끼들!"

사성이었다.

사성이 당장이라도 달려올 듯한 기세였기에 두 사람은 후다닥 일어섰다.

송진은 사람 좋아 보이는 웃음을 지으며 말했다.

"사성 사형, 죄송합니다. 독고성이 손목을 조금 다쳐서 봐주고 있었습니다. 바로 시작하겠습니다."

"오호라, 누군가 했더니 건방진 독고성 새끼였군! 그런데 발목이 아니라 팔목이었어? 이런 빌어먹을 놈의 새끼! 네놈의 새끼는 원숭이처럼 손으로 걸어다니나 보지?"

계속 이어지려는 사성의 말을 끊은 건 정석이었다.

"사성, 그쯤해 둬라. 알아들은 것 같으니."

사성은 코웃음쳤다.

"조용한 정석 사형이 웬일이오?"

사성의 말에 연무장의 분위기가 싸늘하게 식었다. 5년 차 수련자 정석과 4년 차 수련자 사성은 수련자 오두막의 실력자였고, 6년 차 수련자 황유가 오는 여름에 대장이 되면 이인자가 될 후보였다. 이 년 전 정석이 황유에게 등을 돌린 다음 황유의 손발 노릇을 한 사람이 사성이었다. 두 사람은 언젠가는 어떤 식으로든 한 번 싸워야 했고, 한 사람의 죽음으로 이어질 가능성이 많았다.

정석은 말없이 사성을 보았다.

사성은 위압감을 느꼈다. 사성은 정석이 자신보다 약하지 않다는 사실을 새삼 깨달았다. 사성이 코웃음치며 등을 돌렸다.

무례한 행동이었지만 정석은 문제 삼지 않았다. 묘한 대치는 이렇게 끝이 났다.

독고성은 중얼거리듯 말했다.

"빌어먹을 자식."

사성이 등을 돌린 다음이어서 사성은 독고서의 입 모양을 보지 못했다.

송진이 사성의 눈치를 살핀 다음 낮게 말했다.

"말 조심해, 독고성. 마음에 안 들어도 사형은 사형이다. 한 번 더 그러면 내가 가만두지 않겠어."

"알겠습니다."

송진은 독고성에게 말을 심하게 한 것 같아 미안했다.

"그나저나 겨룰 수 있겠어?"

송진의 마음을 읽었는지 독고성이 배시시 웃었다.

"한 번 정도라면 문제없습니다."

송진은 슬쩍 하늘을 보았다. 해가 서쪽으로 많이 기울어 있었다.

"좋아, 시작해 볼까?"

두 사람은 자세를 잡고 서로를 노려보았다. 잘게 부수어진 햇살이 두 사람의 머리 위로 쏟아졌다. 그래서일까? 대치하고 있는 두 사람은 제법 무인 같았다.

수련이 끝나고 아이들은 오두막으로 돌아왔다. 일 년 전과는 달리 바로 잠을 자는 아이는 없었다. 뜻이 맞는 아이들끼리 모여서 무언가를 했다. 수다를 떨거나 씨름을 하거나 화관을 만들거나. 일 년 사이 수련자 생활에 많이 적응한 모습이었다.

화안명은 습관적으로 독고성을 찾았다. 연무장에서 돌아오는 길에 어깨를 나란히 하고 걸었는데 어느 순간 보이지 않았다.

"어디 간 거지?"

화안명은 중얼거리며 오두막 근처를 두리번거렸다. 가까운 곳에서 하림과 양희가 들꽃을 따다 모아서 화관을 만드는 것이 보였다. 정확히 말하면 양희가 화관을 만드는 것을 하림이 구경하고 있었다.

화안명은 두 사람에게 다가가서 누구에게랄 것 없이 물었다.

"아성 못 봤어?"

하림이 머리를 들어 화안명을 빼꼼히 보았다.

"그걸 왜 나한테 물어요?"

양희는 손을 놀리며 말을 받았다.

"그러게. 독고성의 일은 네가 제일 잘 알잖아."

화안명은 양희의 옆에 앉았다.

"이쁜데? 누구 줄려고 만든 거야?"

양희는 화관을 등 뒤로 숨겼다.

"주기는 누굴 준다고 그래? 너는 아니니까 걱정 마."

화안명은 무안해져 엉거주춤 일어섰다.

"정말 아성 못 봤어?"

하림이 말했다.

"응, 이쪽으로는 오지 않았어요."

화안명의 뒷모습을 잠시 보던 하림이 작게 말했다.

"언니, 심했어요."

"뭐가?"

"그래도 언니 좋다는 사람인데…….'

양희는 눈을 동그랗게 떴다.

"그런 소리 동 오라버니 앞에서 하지 마."

"피, 다 아는걸 뭐. 모르는 사람 있나?"

"너…….'

하림은 애교있게 양희의 팔에 매달렸다.

"근데 언니는 명 오라버니가 왜 싫어요?'

"응? 그게… 그래, 멍청하잖아."

"멍청하다니? 너무한다."

"너… 설마……?'

하림은 혀를 살짝 내밀고는 말했다.

"언니, 나중에 후회하지 마요."

"걱정 마, 그럴 일은 없으니까. 그런데… 그런 애, 어디가 좋니?'

하림은 입술을 동그랗게 모았다. 무언가 깊이 생각할 때 짓는 표정이
었다.

"착하잖아요."

하림은 말과 함께 배시시 웃었다.

"착한 게 아니라 멍청한 거야."

"아니에요. 착한 거예요."

양희는 피식 웃었다.

“그래그래, 착하다고 해두지.”

양희는 숨겼던 화관을 앞으로 꺼내서 못다한 마무리를 지었다. 하림은 화관을 요리조리 돌려보며 감탄했다.

“너무 예쁘다!”

천진한 하림의 모습에 양희는 슬며시 미소 지었다. 그러다가 문득 떠오른 생각이 있었다.

“너, 화관 만드는 방법 가르쳐 달라고 한 게……?”

“헤헤, 만들어주면 좋아할까? 아까 보니 좋아할 거 같은데.”

오두막 근처 주변을 여기저기 찾아보았지만 독고성은 보이지 않았다. 어느 사이 해는 서산 뒤로 숨었다. 조금씩 내려앉는 어둠 속에서 멀리 한 사람이 앉아 있는 모습이 화안명의 눈에 들어왔다. 오두막에서 제법 떨어진 커다란 바위 뒤쪽에 숨듯이 앉아 있었기에 처음에는 발견하지 못했던 것이다.

그 사람을 향해 걸어가면서도 화안명은 머리를 갸웃거렸다. 화안명이 아는 독고성은 뒤에 숨어 있는 것을 좋아하지 않았다.

인기척을 느낀 그 사람이 돌아보았다.

“안명이구나.”

화안명이 아는 얼굴이었다. 이제는 일곱 명밖에 남지 않은 1년 차 수련자 이규였다.

“여기서 뭐 해?”

이규는 동관식과 같은 나이인 열세 살이었지만 화안명은 말을 높이지 않았다.

“그냥. 공기가 좋아서.”

화안명은 숨을 깊게 들이마셨다가 길게 내뱉었다. 가부좌를 틀지 않았

음에도 단전이 느껴졌고, 단전에 깨알만큼의 기가 더해지는 것이 느껴졌
다. 화안명은 머리를 갸웃했다.

"뭐가 좋다는 거야? 똑같구먼."

이규는 피식 웃었다.

"말이 그렇다는 거지. 계속 서 있을 거야?"

독고성은 어디 갔는지 보이지 않았고, 마땅히 할 일도 없었기에 화안
명은 이규의 옆에 앉았다.

평소 이규와 친하게 지내지 않았기에 화안명은 딱히 할 말도 없었다.

둘 사이로 침묵이 흘렀고, 그 침묵의 시간만큼 화안명이 느끼는 어색
함은 커져 갔다. 자신의 몸만큼 커진 어색함을 이기지 못하고 화안명이
일어서려는데 굳게 닫혔던 이규의 입이 열렸다.

"넌 어때?"

화안명은 반쯤 들었던 엉덩이를 다시 땅에 내려놓으며 이규를 보았다.
이규는 여전히 하늘을 올려다보고 있었다.

"지금 뭐라고 했어?"

"넌 어떠냐고. 재미있니?"

"응?"

"재미있어 보이더라. 항상 웃는 얼굴이고. 난 말야, 너무너무 재미가
없어. 처음부터 그랬던 거 같아. 나아지겠지 생각했는데 그게 아닌가 봐.
그대로야. 처음부터 지금까지."

이규는 화안명의 대답을 필요로 하는 것 같지 않았다. 답은 이미 정해
져 있는 듯했다. 그렇지 않았다면, 새로운 답을 구하고 싶었다면 이규는
하늘이 아니라 화안명을 보며 이야기했을 것이다.

"이런 거 싫어. 매일 얻어맞는 거, 지겨워. 지겨워 죽겠어."

화안명은 지난 세 번의 자살을 떠올렸다. 떠올리고 싶지 않은 기억이

었지만 저절로 떠올랐다.

이규의 눈에서 솟아난 눈물이 볼을 타고 주르륵 흘러내렸다. 놀라운 건 이규의 얼굴이 무표정하다는 사실이었다. 흐느낌도 없었다.

그 눈물을 보고 화안명은 무슨 말이라도 해주고 싶었지만 그 말이 무엇인지 끝내 찾아내지 못했다. 화안명은 엉거주춤 일어서서 이규를 향해서인지, 이규가 보고 있는 하늘을 향해서인지 모를 만큼 어정쩡하게 말했다.

"힘내."

화안명은 왜인지 힘이 빠져서 터벅터벅 걷고 있는데 누군가 다가와서 화안명의 어깨를 툭 쳤다. 화안명은 떠오르는 얼굴이 있어 크게 기뻐하며 뒤돌아보았다. 화안명의 생각대로라면 조금 멋쩍어하는 이규가 있어야 했는데, 눈앞에는 이규가 아닌 독고성이 있었다. 그토록 찾던 독고성이 나타났음에도 되레 화안명의 얼굴은 시무룩해졌다.

"어디 갔었어? 찾았잖아."

독고성은 씩 웃었다.

"뭐 좀 가지러 갔었어."

화안명은 독고성의 웃는 얼굴에서 그가 원하는 무언가를 얻었다는 것을 알 수 있었다.

독고성이 화안명의 팔을 끌며 말했다.

"따라와 봐."

독고성은 화안명을 데리고 숲으로 갔다. 고작 십여 그루의 나무가 듬성듬성 있어서 숲이라고 하기에는 어딘가 부족해 보였지만.

화안명은 불안한 듯 주위를 둘러보며 말했다.

"여기 오면 안 되는 거 아니야?"

“맞아. 하지만 어쩔 수 없어. 모두가 보는 앞에서 가지고 놀 수 없는 물건이니까.”

독고성은 나무 밑에 숨겨두었던 목도 두 자루를 꺼내서 화안명에게 보여주었다.

화안명은 목도를 보고 크게 놀랐다.

“이거, 어디서 났어?”

“조금 힘들었어. 꼬박 반 시진 동안 숨어 있어야 했다고.”

“빨리 도로 갖다 놔. 들키면 어떡하려고?”

독고성은 피식 웃었다.

“어떻게 구한 건데 돌려놓냐? 그리고 들킬 리 없어. 너와 나만 아는 거니까.”

독고성은 자신만만해했지만 화안명은 불안하기만 했다.

“아성.”

“응.”

독고성은 목도 한 자루를 화안명에게 던져 주었다.

“나를 좀 도와줘.”

“응?”

독고성은 목도를 허공에 한 번 휘둘러 보았다.

“송진 사형이 그러더라, 자기를 이기려면 십 년은 걸릴 거라고. 분하지만 맞는 말이야. 내가 목도를 휘두를 때 송진 사형도 목도를 휘두르니까. 같은 노력을 해서는 앞서 있는 사람을 따라잡을 수 없어.”

독고성은 강해지는 것에 대해 이야기하고 있었다. 화안명은 망설였지만 이렇게 말할 수밖에 없었다.

“내가 어떻게 도와주면 되는데?”

독고성은 활짝 웃었다.

"네가 그렇게 말할 줄 알았어. 쉬워. 나와 겨뤄주면 돼."

화안명은 얼굴을 찡그렸다.

"그게 쉬운 거야? 내가 너와 겨룰 수 있을 리 없잖아? 한 방이면 끝날 걸?"

독고성은 미리 생각해 놓은 것이 있는지 바로 말했다.

"내가 싸우는 방법을 가르쳐 줄게."

"그래도 안 돼. 싫어."

"좋아, 그럼 앞으로 한 달은 막기만 할게. 이제 됐지?"

"……."

"더 이상 안 된다는 말 말아."

"치, 언제나 마음대로라니까."

"아성, 고마워."

"그런 말 말래도. 나는 네가 그런 말 하는 게 제일 싫어."

독고성은 희미하게 미소 지었다.

"그럼 시작해 볼까?"

"안 돼. 벌써 해가 졌는걸."

"괜찮아. 달빛이 있잖아."

그래도 화안명이 주저하자 독고성이 한마디 덧붙였다.

"안 오면 내가 간다."

"알았어. 간다고, 가."

마지못해 화안명은 독고성의 가슴을 노리고 목도를 휘둘렀다. 화안명의 목도를 막으며 독고성이 말했다.

"좋아. 제법 멋진걸."

두 아이는 달빛을 불빛 삼아 비무를 했다. 이 비무는 이 년 동안 계속된다.

3년차 여름.

어제 하루종일 날이 흐리더니 아침부터 비가 주룩주룩 내렸다.
"아명, 뭐 해?"
쩌렁쩌렁 울리는 목소리가 동관식이었다.
화안명은 문가에 기대 서서 비가 내리는 모습을 보고 있었다.
언제부터인지 화안명은 비 오는 게 좋았다. 비가 내리는 모양을 보는
게 좋았고, 빗방울 속에 녹아 있는 바람 내음이 좋았다.
동관식은 큰걸음으로 화안명에게 다가갔다.
"또 게으름 피우고 있냐? 이거 입어. 너만 준비하면 돼."
평소라면 수련을 하지 않지만 오늘은 비가 와도 연무장에 나가야 했
다. 대면식이 있는 날이었기 때문이다.
화안명은 동관식이 건네준 우의를 보고 의아해서 물었다.
"이건 뭐야? 어디서 났어?"
"양희랑 하림이 만들었어. 작년에 고생한 거 생각나서 며칠 전부터 준
비했잖아. 너, 몰랐냐?"
그러고 보니 며칠 전부터 양희와 하림이 헌 옷가지를 가지고 끙끙대었
던 것 같기도 했다.
"이거 살풀이라도 하든가 해야지, 어떻게 대면식 날만 되면 비가 내리
냐?"
"저번하고 이번 두 번뿐인데 뭘 그래?"
"뭘 그러냐니? 너는 아깝지도 않냐? 고기도 못 먹고 이게 뭐야?"
뒤에서 누가 킥, 웃었다.
"동 오라버니는 먹는 거밖에 모른다니까."

동관식은 돌아보며 인상을 썼다.

"고기를 제일 많이 먹는 건 하림, 너잖아?"

"내가 아무리 많이 먹어도 동 오라버니만 하겠어요?"

말을 하고 나서 하림은 혀를 살짝 내밀었는데, 그 모습이 너무 예뻤다.

동관식은 자기도 모르게 가슴이 두근두근 뛰었다. 동관식은 하림을 똑바로 보지 못하고 시선을 돌렸다. 그리고는 작게 중얼거렸다.

"계집애가 몸은 말만해 가지고는."

하림은 화안명이 우의를 입지 않고 손에 들고 있자,

"명 오라버니, 마음에 들지 않아요?"

"응? 아니… 뭐……."

"이리 줘봐요. 내가 입혀줄게."

하림은 화안명의 손에서 우의를 받아 한 팔씩 우의를 입혀주었다. 마치 어머니가 어린 아들에게 하는 듯한 행동이었다.

"이거 내가 만든 거예요. 어때요?"

"응? 좋네."

"피, 그게 뭐야?"

이때까지 가만히 있던 독고성이 말했다.

"이제 가자. 늦었다가는 사성이 가만히 안 있을 테니."

말을 하고 나서 독고성은 성큼성큼 빗살 속으로 걸어 들어갔다. 왜인지 화가 난 듯한 모습이었다.

이를 보고 동관식은 피식 웃었다. 동관식은 독고성의 뒤를 따라가려는 화안명의 목을 굵은 팔뚝으로 휘감았다. 그리고는 양희와 하림에게 손짓을 했다.

"먼저 가. 우리는 뒤따라갈 테니까."

머리를 갸웃거리면서도 양희와 하림은 빗살 속으로 걸어갔다.

　양희와 하림이 제법 멀어지자 동관식이 장난스럽게 화안명의 목을 조르며 말했다.

　"아명, 확실히 해. 여자는 둘이고 남자는 셋이란 말이야."

　당연히 여자는 둘이고 남자는 셋이었다. 이규를 포함한 두 아이가 일 년 사이 도태되어서 이제는 화안명, 독고성, 동관식, 양희, 하림 이렇게 다섯 아이뿐이었다.

　화안명은 동관식이 당연한 말을 어렵게 한다고 생각했다. 화안명은 동관식의 팔을 뿌리쳤다. 이 년 전이라면 불가능했을 테지만 지금은 억누르는 것은 몰라도 뿌리치는 것은 쉬웠다.

　"나도 알아. 내가 무슨 바보인 줄 알아?"

　"알면 됐고. 혼자서 둘은 안 돼."

　말을 하고 나서 동관식은 빗살 속으로 걸어갔다.

　화안명은 선뜻 대답은 했지만, 가만히 생각해 보니 이해가 되지 않았다.

　'뭐가 둘은 안 된다는 거지?

　동관식은 이미 성큼성큼 걸어가서 한참 멀어져 있었다. 그러다 동관식이 뒤돌아서 화안명을 보며 소리쳤다.

　"아명, 빨리 와! 또 게으름 피우지 말고!"

　화안명과 동관식은 뛸 듯이 걸어가 앞서 간 세 아이를 따라잡았다.

　옷의 안쪽에 기름을 먹인 옷감을 덧대서 만든 우의는 발상은 좋았지만 효과는 없었다. 얼마간의 비는 막아낼 수 있었지만 한 번 우의 안으로 빗방울이 스며들기 시작하자 옷을 한 벌 더 껴입은 꼴이 되어서 없느니만 못했다.

　물에 빠진 생쥐 꼴인 된 양희와 하림을 보며 동관식이 낮게 키득거렸다. 빗물에 옷이 바짝 달라붙어서 몸매가 드러났기 때문이다.

"대면식에 비가 오는 것도 그렇게 나쁘지만은 않은 거 같아. 아니면 언제 이런 거 구경하겠어. 아명, 안 그래?"

연무장 안쪽으로 강한 바람이 불어왔다. 바람에 흩날린 빗방울이 사선으로 떨어졌다. 바람이 잠잠해지고 나서도 한참 동안 침묵이 이어졌다. 그만큼 7년 차 수련자 황유의 말은 의외였던 것이다.

어디서 구했는지 우산을 받쳐 든 6년 차 수련자 초미가 대 위로 올라섰다. 대 위로 올라서는 걸음걸이는 빠르지도 느리지도 않았다. 당당함의 표현이겠지만 사성에게는 도발로 보였다.

'왜 정석이 아니라 초미일까?'

이 물음은 사성뿐 아니라 연무장에 있는 모든 수련자들의 공통된 의문이었다.

대 위에서 연무장을 내려다보며 초미가 말했다.

"내가 대장이 되어도 좋습니까?"

사성은 갈팡질팡했다. 황유가 정석을 대장으로 지목하면 도전을 하리라고 마음먹고 나왔다. 그런데 황유가 정석이 아닌 초미를 대장으로 지목한 것이다. 이런 경우는 꿈에도 생각하지 않았다.

다시 한 번 초미가 말했다.

"내가 대장이 되어도 좋습니까?"

사성은 자신의 왼편에 서 있는 정석을 보았다. 정석은 언제나처럼 무표정했다. 도무지 속을 알 수 없었다. 사성은 시선을 돌려 대 위에 있는 황유를 보았다. 황유는 슬쩍 미소 짓고 있었다. 최근 이 년 동안 황유를 가장 가까이에서 모신 사성이었다. 뭔가 꿍꿍이가 있는 듯 보였다.

마지막으로 초미가 말했다.

"내가 대장이 되어도 좋습니까!"

사성은 입술을 질끈 깨물었지만 결국 나서지 못했다.

황유가 선언하듯이 말했다.

"이제 수련자 오두막의 대장은 내가 아니라 초미다."

늘 있었던 환호도 박수도 터져 나오지 않았다.

수련자들은 모두 알고 있었다. 초미가 정석이나 사성보다 약하다는 사실을. 어쩌면 바라고 있었는지도 몰랐다, 정석과 사성이 대장 자리를 놓고 목숨을 걸고 싸우는 장면을.

수련자들의 냉랭한 반응에도 초미는 담담했다. 무안해서라도 얼굴을 돌릴 법하건만, 초미는 대 아래의 수련자들을 한눈에 담아두려는지 정면을 응시하고 있었다. 얼굴색이나 표정도 처음과 변함없었다. 마치 예상하고 있었다는 듯 의연한 태도였다.

해가 졌다. 그에 비례해서 빗살은 가늘어졌다. 내리는지 안 내리는지 모를 정도로 얇은 빗방울이 간간이 떨어졌다.

횃불을 들고 1년 차 수련자의 오두막으로 걸어가며 동관식은 투덜거렸다.

"이럴 거면 조금 일찍 이러든지. 고기는 고기대로 못 먹고 힘은 힘대로 써야 하니……."

동관식 옆에서 걷던 화안명이 동관식을 나무랐다.

"그런 말 말아."

"쳇, 나도 알고 있다고."

사성을 필두로 한 이십여 명의 수련자들이 1년 차 수련자의 오두막 앞에 도착했다.

사성이 독고성을 보며 말했다.

"누가 할 테냐? 독고성, 네가 할 테냐?"

1년 차 수련자를 대면하는 일은 대대로 3년 차 수련자의 몫이었다.

독고성은 내키지 않았다. 이 년 전의 대면식에서 워낙 호되게 당한 탓이었다. 자신이 당한 만큼 되갚아주는 사람이 있는가 하면, 자신이 당했기에 오히려 그러지 않는 사람도 있었다. 독고성은 후자였다.

독고성의 마음을 헤아린 동관식이 앞으로 나섰다.

"사성 사형, 제가 하겠습니다."

사성은 마뜩찮은 눈으로 동관식을 보았다.

"동관식, 네가?"

"예, 꼭 한번 해보고 싶었습니다. 저는 덩치가 크니까 녀석들도 꼼짝 못할 겁니다."

동관식의 말이 그럴듯했는지 사성은 허락했다.

"뭐, 그것도 괜찮겠군. 좋아, 한번 믿어보지. 대신 제대로 해야 돼. 시원찮으면 대신 혼날 줄 알아."

동관식은 어색하게 미소 지었다. 어색한 미소는 하기 싫은 일을 할 때 나온다. 대답을 하기 싫어서 웃었는데 그 웃음마저 짓기 싫었던 모양이다.

동관식은 1년 차 수련자의 오두막 안으로 들어섰다. 달빛도 없어서 칠흑처럼 어두운 오두막 안에 주위의 어둠보다 조금 더 진한 열 덩어리의 어둠이 보였다.

동관식은 자신이 무엇을 해야 하는지 잘 알았다.

'이왕 할 거 제대로 하자. 그래야 서로 편하다.'

동관식은 가까이에 있는 한 1년 차 수련자의 배를 걷어찼다. 동관식에게 걷어차인 1년 차 수련자는 날아가서 벽에 부딪쳤다.

때를 같이해서 양희가 횃불을 들고 오두막 안으로 들어왔다.

비명 소리와 불빛에 자고 있던 1년 차 수련자들이 깨어났다.

한 1년 차 수련자가 소리쳤다.

"누, 누구냐?"

동관식은 주먹으로 대답을 대신했다. 소리쳤던 1년 차 수련자는 얼굴을 얻어맞고 뒤로 넘어갔다. 땅에 머리를 꽝! 소리가 나게 부딪친 1년 차 수련자는 바로 정신을 잃었다.

동관식은 닥치는 대로 주먹과 발을 휘둘렀다. 손과 발에 사정을 두지 않았기에 1년 차 수련자들은 태풍에 휘말린 초목처럼 쓰러졌다.

오두막 밖에서 야차처럼 날뛰는 동관식을 지켜보던 사성은 만족스러운 얼굴이 되었다.

"녀석, 덩치만 큰 줄 알았더니 실력도 제법인데?"

일각도 지나지 않아서 1년 차 수련자들 중 서 있는 사람은 아무도 없었다. 순식간에 벌어진 일이었다. 동관식은 우두커니 서서 어깨를 들썩이며 거친 숨을 몰아쉬었다.

손과 손이든, 검과 검이든, 자의든 타의든 싸우게 되면 흥분하기 마련이고, 흥분이 되면 본래의 힘 이상의 힘을 발휘한다. 한계 이상의 힘을 사용하면 당연히 빨리 지치고, 지친 사람을 상대하는 일만큼 쉬운 일은 없다. 그래서 평정심은 무인의 필수 덕목 중 하나이다.

그런 동관식을 양희가 뒤쪽에서 조용히 불렀다.

"동 오라버니."

"……."

"동 오라버니, 이제 끝났어요."

양희의 말대로였다. 대면식은 누워 있는 1년 차 수련자들을 상대로 사성의 일장연설이 이어진 다음에 끝이 났다. 비가 와서 환영식은 못했지만 대면식은 무사히 치러진 것이다. 사성의 바람대로, 혹은 다른 누구의 바람대로.

아이들은 3년 차 수련자의 오두막으로 돌아왔다.

밤이 깊었기에 다들 잠자리에 들었지만 동관식은 쉽게 잠을 이루지 못했다. 주먹에 묻은 1년 차 수련자의 피는 오는 길에 개울에서 씻어냈지만 아직도 무언가 끈적끈적하게 들러붙어 있는 것만 같았다.

동관식은 잠자리에서 일어나서 아침에 화안명이 했던 것처럼 문가에 기대 서서 하늘을 올려다보았다. 비는 어느새 내리지 않았다. 구름마저 걷혔는지 하늘에 드문드문 별이 보였다.

"동 오라버니."

동관식이 돌아보자 언제 왔는지 양희가 등 뒤에 서 있었다.

"무슨 생각을 그리하세요?"

양희의 얼굴에는 걱정이 가득했다. 양희의 얼굴에 드리워져 있는 걱정이 무엇인지, 누구를 위한 것인지 모를 동관식이 아니었다.

동관식은 어색하게 미소 지었다.

"오늘 고기를 못 먹었더니 잠이 안 오네?"

"거짓말 말아요."

"진짜야. 내가 얼마나 고기를 좋아하는지 알잖아?"

"나한테는 거짓말 말아요."

"……."

"다 아니까. 동 오라버니가 왜 그러는지 다 아니까."

동관식은 머리를 긁적였다. 긍정의 표현이었고, 패배의 표현이었다.

"오늘 내가 좀 심했지?"

양희는 잔잔하게 동관식을 보았다. 계속 말을 해보라는 듯한, 무슨 말이라도 들어주겠다는 듯한 얼굴이었다.

"내가 생각해도 내가 너무 심했어. 많이 아팠을 거야. 많이 다쳤을 거야. 그애들은 나를 어떻게 생각할까? 아성이 사성 보듯 나를 보겠지?"

말을 하면서 동관식은 울 듯한 얼굴이 되었다.

"어쩔 수 없었어요. 작년에 송진 사형도 그랬는걸요."

"아니야. 달라. 내가 더 심했어."

"아니에요. 내가 보기엔 송진 사형이 더 심했어요."

"아니야. 내가 더 심했어."

양희는 동관식의 입술이 일 자가 된 것을 보고 킥, 하고 웃었다.

"동 오라버니가 더 심했다고 해두죠. 하지만 별수있나요? 우리는 시키면 시키는 대로 할 수밖에 없잖아요."

"아니야. 나는 누가 시킨 게 아니야. 너도 봤잖아? 나는 내가 하고 싶어서 한 거야."

"동 오라버니가 그렇게 말해도 동 오라버니가 우리를 위해서 그랬다는 거 알아요. 아무도 몰라준다고 해도 나는 알아요."

말을 하고 나서 양희는 잔잔하게 미소 지었다. 동관식은 말없이 양희를 보았다.

하림이 활짝 웃는 게 아름다웠다면, 양희는 지금처럼 잔잔하게 미소 짓는 게 아름다웠다. 활짝 웃는 하림을 품에 안고 싶었다면, 잔잔하게 미소 짓는 양희는 지금처럼 바라보고 싶었다.

동관식이 불쑥 말했다. 뜬금없는 말이었다.

"양희 너는 착한 아이야."

"……."

"……."

양희는 아랫입술을 몇 번 깨물었다. 이윽고 결심을 했는지 어렵게 말을 꺼냈다.

"동 오라버니."

"응?"

"한 가지 물어볼 게 있어요."

"말해."

"하림에게 들은 건데요… 동 오라버니, 독고성과 어떤 약속을 한 적 있나요?"

동관식은 하림이 묻는 것이 무엇인지 단번에 알았다. 이 년 전 독고성과 싸웠을 때, 독고성이 화안명과 양희를 연결해 주자고 했었다. 그리고 자신은 그러자고 했다.

"했지."

"그 약속이 나와 관련된 건가요?"

"그래."

"화안명과도 관련된 건가요?"

"하림이 말해줬다면 맞을 거야. 그때 하림도 옆에 있었으니까."

양희는 머리를 몇 번 끄덕였다. 이해했다는 표현은 아니었고, 납득했다는 표현은 더욱 아니었다. 가만히 있으면 가슴이 터질 것 같아서 머리를 끄덕인 것이었다. 눈물이 날 것 같았다. 터져 나오려는 울음을 막으려고 윗니로 아랫입술을 통째로 깨물었다.

양희는 쏟아지려는 눈물을 목 안으로 삼킨 다음 말했다.

"내 마음, 모르시나요?"

끝내 막았던 눈물이 주르륵 볼 위로 흘러내렸다. 양희는 눈물에 잠긴 목소리로 말을 이었다.

"내가 동 오라버니를 좋아하는 거 모르셨어요? 쭉 동 오라버니만 바라보고 있었던 거 모르셨어요?"

양희는 엉엉 울었다. 눈물이 눈물을 불러온 것이다.

동관식은 아직 젖은 땅 위에 주저앉아서 울고 있는 양희를 말없이 보았다. 동관식은 양희의 울음이 멎을 때까지 기다렸다.

울음이 훌쩍임으로 바뀌자 동관식이 천천히 입을 열었다.

"알고 있었어, 네가 나를 좋아한다는 거."

잠시 잦아들었던 울음이 다시 커졌다.

동관식은 똑같은 어조로 말을 이었다.

"하지만 몰랐어, 내가 너를 좋아한다는 것을."

거짓말처럼 양희의 울음이 그쳤다. 대신 꺽꺽 하고 딸꾹질을 했다.

동관식은 양희의 뒤쪽으로 돌아가 쪼그려 앉아서 양희의 등을 두드려 주었다. 지금 동관식의 행동은 양희의 판단에 의하면 연인 사이에서나 가능한 것이었다. 그래서 양희는 헤헤 하고 웃었다.

양희의 딸꾹질이 멈추자 동관식은 양희를 일으켰다.

"들어가자. 자야지."

양희는 애교스럽게 대답했다. 콧소리도 조금 섞인 듯했다.

"응."

동관식은 오두막 안을 둘러보았다. 다행히 세 사람은 잠이 들어 있었다. 쌕쌕거리며 잠을 자고 있는 화안명의 얼굴을 내려다보며 동관식은 가슴이 답답해졌다. 동관식은 머리를 긁적거렸다.

"뭐, 어떻게 되겠지."

다음날, 동관식은 수련하는 내내 화안명의 눈치를 살폈다. 힐끗힐끗 보기도 했고 대놓고 보기도 했다.

화안명은 동관식이 할 말이 있는 것처럼 자신을 계속 보자 손으로 얼굴을 닦아내며 물었다.

"왜? 내 얼굴에 뭐 묻었어?"

동관식은 화들짝 놀랐다.

"응? 아, 아니. 아무것도 아니야."

동관식은 어색하게 웃으며 슬금슬금 뒷걸음질쳐서 화안명에게서 멀어졌다.

동관식의 행동이 평소와 너무 달랐기에 화안명은 어리둥절해했다.

"뭐지? 아침을 잘못 먹었나?"

화안명은 머리를 갸웃거리다가 이내 목도를 고쳐 잡고 쾌도법을 수련했다.

멀리서 그런 화안명을 지켜보며 동관식은 한숨을 내쉬었다.

이때 누군가 소리쳤다.

"동관식, 농땡이 피우지?"

말할 필요도 없이 사성이었다.

"아, 아닙니다."

동관식은 후다닥 목도를 들고 휘둘렀다. 패도법이었다.

"잘해! 대충대충 하지 말고!"

그걸로 끝이었다. 으레 이어질 이 새끼, 저 새끼 하는 욕은 없었다.

동관식은 등에 땀이 나도록 목도를 휘두르면서도 내심 의아함을 감추지 못했다.

'사성이 왜 저러지? 아침을 잘못 먹었나?'

오전 수련이 끝나고 아이들끼리 둘러앉아 점심을 먹으면서도 동관식은 안절부절못했다. 마치 볼일을 보고 뒤를 안 닦은 것처럼 찜찜했다.

그런 동관식의 마음을 아는지 모르는지 양희는 자기 몫의 주먹밥 두 덩이 중 한 덩이를 동관식에게 내밀었다.

"동 오라버니, 이것도 먹어."

소천 노사의 오두막에는 남자도 여자도 없었다. 오직 수련자만 있을 뿐이다. 양희도 동관식과 마찬가지로 한 시진 반 동안 쉬지 않고 목도를 휘둘렀으니 두 덩이 주먹밥이 모자랐으면 모자랐지 남을 리는 없었다.

오늘이 아니라 어제였다면 동관식은 얼씨구나 하고 주먹밥을 받았을 것이다. 동관식이 머뭇머뭇하자 하림이 주먹밥을 낚아챘다.

"동 오라버니는 배가 부른가 보네? 언니, 잘 먹을게."

누가 말릴 사이도 없이 하림은 주먹밥을 입에 우겨 넣었다.

양희는 어어, 했지만 이미 입에 들어간 주먹밥을 내놓으라고 할 수는 없는 노릇이었다.

동관식은 피식 웃었다. 그리고는 작게 중얼거렸다.

"계집애가 몸은 말만해 가지고는."

아이들의 시선이 모두 자신에게 몰리자 하림은 당황한 나머지 헤헤 하고 웃다가 주먹밥이 목에 걸리고 말았다.

"딸꾹, 딸꾹."

하림이 딸꾹질을 하자 동관식과 양희가 약속이라도 한 듯 동시에 웃었다.

"씨, 남은… 딸국… 괴로워… 딸국……."

독고성이 웃으며 하림의 등을 두들겨 주었다.

"그러게 왜 두 사람 사이에 끼어서 얌체 짓을 해. 먹고 싶음 나한테 달라고 하지."

하림은 독고성이 무서워서 겉으로 말 못하고 속으로 생각했다.

'말은 잘하지. 어디, 달라고 줄 사람인가?'

그사이에도 하림의 딸꾹질은 계속됐다.

독고성이 말했다.

"바보도 아니고, 따라할 사람이 없어서 아명을 따라하나?"

바보라는 말에 화안명이 벌떡 일어났다.

"뭐? 내가 바보라고? 아성, 말 다했어?"

양희가 지나가는 투로 말했다.

"화안명, 너 바보 맞잖아!"

"뭐? 내가 왜?"

질문은 양희에게 했는데 대답은 동관식이 했다.

"지나가는 말에 발끈하니까."

양희가 바로 맞장구를 쳤다.

"맞아."

화안명은 약이 올랐다.

"내가 바보면 동관식, 너는 멍청이냐?"

"멍청이?"

"그래, 멍청이. 많이 먹으니까 멍청이야, 너는."

동관식은 과장되게 머리를 저었다.

"많이 먹는 걸로 하면 하림이 최고지. 그럼 하림은 바보멍청이겠네?"

아이들은 너도나도 한마디씩 떠들었다. 처음에 이야기가 어떻게 시작되었는지는 신경도 쓰지 않았다. 무조건 상대가 바보이고 멍청이여야 했다.

수련이 끝나고 동관식은 몰래 서청 소사의 오두막으로 숨어들었다.

이런저런 생각을 해보았지만 아무래도 솔직히 말해야 할 것 같았다. 비밀을 만든다는 건, 그래서 벽을 쌓는 건 싫었던 것이다.

동관식은 자신의 결정에 후회없었다. 커다란 덩치 때문에 술을 보관해 둔다는 지하 창고에 들어가 보지도 못하고 서청 소사에게 잡혔음에도.

서청 소사가 무표정한 얼굴로 말했다.

"여기에 당신이 무슨 일입니까?"

주위로 어둠이 내려앉아 있었고, 가까이에서 풀벌레가 울었다. 서청의 낮고 억양없는 목소리는 주위의 풍경과 잘 어울렸다. 또한 듣는 동관식에게 무서움을 주기에 충분했다.

"그게……."

동관식은 변변찮은 대답 한마디 하지 못했다. 이렇게 쉽게 발각될 줄은 몰랐던 것이다.

'주머니 속 물건 꺼내듯이 쉽다더니… 젠장, 죄다 허풍이었어.'

"여기에 당신이 왜 있느냐고 물었습니다."

"술을… 가지러 왔습니다."

"술을 무엇 때문에 가지러 왔습니까?"

공식적으로 수련자는 술을 마실 수 없었다. 6년 차나 7년 차 수련자는 종종 서청 소사에게 술을 얻어 마셨지만 어디까지나 비공식적이었다.

"마시려고요."

서청 소사는 헛웃음을 터뜨렸다.

"술은 마실 수 없습니다. 몰랐습니까?"

동관식은 변명하듯 말을 늘어놓았다.

"안 된다는 건 압니다. 제가 잘못했다는 것도 알고요. 하지만……."

동관식의 목소리는 점점 작아졌다.

"하지만?"

"꼭 필요했어요. 친구에게 잘못한 일이 있거든요. 그냥 아무렇지도 않다는 듯이 말할 수는 없었어요. 그건 아무래도 아닌 것 같았어요."

"친구?"

"아명이요, 화안명."

서청 소사는 호기심이 일었다. 지금이야 당연한 듯 모두 동기, 사형, 사제 같은 말을 썼지만 예전에는 달랐다. 서청이 1년 차 수련자였을 때는 수련자는 수련자일 뿐이었다. 같은 수련자에게 동기, 사형, 사제라는 말을 처음 사용한 사람은 비천이었다. 그리고 지금 동관식은 화안명을 동기가 아닌 친구라고 불렀다.

"약속을 했어요, 아명과 양희가 잘되도록 도와주기로. 그런데 약속을 지킬 수 없게 되었어요. 제가 양희를 좋아하게 되었거든요. 몰랐는데… 그렇게 되었어요."

서청 소사는 상기된 동관식의 얼굴에서 자신의 십 년 전 모습을 떠올렸다. 자신도 동관식과 같았다. 처음에는 좋아하지 않았고, 다음에는 좋아하는지 몰랐다. 자신은 동관식과 달랐다. 좋아했고, 좋아하는지 알았음에도 좋아한다 말하지 못했다. 서청 소사는 한순간 동관식이 부럽다는 생각을 했다.

서청 소사는 자신이 먹을 요량으로 아껴두었던 십 년 된 여아홍 한 병을 동관식에게 내주었다.

달랑 한 병이었기에 동관식은 실망했다. 어떻게 된 게 술을 물 마시듯이 마셔 버리는 화안명이었기에 한 병 가지고는 많이 부족했다.

이를 보고 서청 소사가 말했다.

"술은 시름을 덜어주는 하나의 도구일 뿐입니다. 도가 지나쳐서 되레 시름이 더해진다면 술을 마셔서는 안 됩니다."

동관식은 서청 소사의 말을 이해하지 못했지만 머리 숙여 감사를 표했다.

"서청 소사님의 가르침, 명심하겠습니다."

한 병이든 열 병이든 술을 얻었으니 화안명에게 생색을 낼 준비는 된 것이다.

달이 하늘 높이 떴다.

동관식은 화안명을 불러내어 앞에 두었지만 쉽게 말을 꺼내지 못했다.

한 모금씩 돌아가며 마신 술은 금방 다 떨어졌다. 분명 한 모금씩 마시기로 했건만 화안명이 두 모금씩 마신 탓이었다. 평소라면 동관식은 화를 냈을 테지만 오늘은 참고 넘어갔다. 아쉬운 소리를 해야 했기 때문이다.

"이거 어떻게 구한 거야?"

화안명은 술병을 거꾸로 들어서 남아 있던 몇 방울의 술까지 받아 먹고 있었다.

"아명."

화안명은 술병에 시선을 둔 채 건성으로 대답했다.

"응."

"너, 양희를 어떻게 생각해?"

"양희?"

"그래, 양희."

"좋은 친구지."

"좋은 친구?"

"응."

"그거뿐이야?"

화안명은 동관식을 보았다. 어색하게 웃으며 말을 이었다.

"뭐, 조금 무섭기도 하고."

화안명의 말에 동관식은 실소했다. 양희는 조용한 성격이었지만 유독 화안명에게만은 툭툭 쏘아붙이곤 했다. 동관식은 그런 것이 양희의 본심은 아닐 거라고 생각했던 것이다. 아마 화안명이 양희를 좋아한다는 소문 때문일 것이다.

동관식은 화안명 앞에 무릎을 꿇었다. 동관식은 결심을 한 듯 입술을 한일 자가 되게 다물었다.

"아명."

화안명은 당황했다. 그래서 엉거주춤 일어섰다.

"너, 왜 그래?"

"미안해. 나, 양희 좋아해. 장난 아니야. 진짜로 양희 좋아해. 그래서… 너와 한 약속… 나, 지키지 못할 거 같아."

"응?"

"변명 안 할게. 날 욕하고 싶음 욕하고, 때리고 싶음 때려. 나 가만히 있을게."

화안명은 이런 동관식의 모습이 어색하고 전혀 이해가 되지 않았다.

'양희를 좋아하는 게 그렇게 잘못된 일일까? 욕하고 때려도 될 만큼 잘못된 일일까?'

화안명도 동관식도 움직이지 않았다. 그렇게 잠시 시간이 지나갔다.

어색함을 이기지 못하고 동관식이 먼저 입을 열었다.

"나, 용서 안 되니? 한 번만 봐줄 수 없어?"

말을 하면서 동관식은 자신이 너무 뻔뻔하다고 생각했다. 그래서 쥐구멍이라도 있으면 숨고 싶을 만큼 창피했다.

화안명은 일이 어떻게 돌아가는지 몰랐지만, 무엇을 용서하고 무엇을 봐달라는지 몰랐지만 이렇게 동관식을 내버려 두고 싶지는 않았다. 그래서 화안명은 머리를 긁적이며 말했다.

"나, 잘은 몰라. 하지만 누가 누구를 좋아하는 게 나쁜 일이라고는 생각하지 않아. 또 누가 누구를 좋아하는 게 다른 사람의 허락을 받아야 한다고도 생각하지 않아."

동관식은 벌떡 일어나서 화안명의 손을 잡았다. 동관식은 화안명이 너무 고마웠다. 그래서 창피하게 눈물을 글썽였다.

"아명… 미안해, 그리고 고마워."

화안명은 어색하게 미소 지었다. 화안명이 동관식의 눈물의 의미를 알게 되는 건 삼 년 후의 일이다.

4년차 가을.

보름달이 둥실 떠 있다. 하늘을 가득 메울 만큼 별이 유난히 많다. 그래서인지 부는 바람은 더욱 시원하다. 가을밤이었다.

오두막 뒤편 언덕에 아이들이 둘러앉아 있었다. 작은 모닥불이 피어 있었고, 그 위에 토끼 세 마리가 올려져 있었다.

차르륵차르륵 하고 풀잎 눕는 소리가 났다. 아이들은 경계하는 눈으로 언덕 입구를 보고 있었다. 순간 어둠 속에서 덩치 큰 사람이 나왔다. 그 사람은 두 손에 술병 하나씩을 들고 있었는데 다름 아닌 동관식이었다. 오늘이 무슨 날인지 아이들을 이곳으로 모은 동관식은 서청 소사에게 술을 얻어 온 것이다.

동관식의 손에서 술병을 받으며 화안명이 물었다.

"오늘이 무슨 날이야?"

말을 하고 나서 화안명은 당연한 듯 술을 한 모금 마셨다.

다른 술병을 받으며 독고성이 말을 받았다.

"그러게. 토끼도 잡고 술도 얻어 오고."

모닥불 위에 올려져 있는 세 마리 토끼는 동관식이 며칠 전부터 덫을 놓아서 잡은 것이었다.

동관식이 말했다.

"뭐야, 너희들? 아무도 몰랐던 거야?"

목소리가 과장되어 있는 것이 자랑하는 투였다.

하림이 입술을 삐쭉 내밀고는 말했다.

"뭐가 아무도 몰라요? 오늘 언니 생일이잖아요."

독고성이 쳇 하고 헛소리를 냈다.

"난 또. 둘이 같이 산다는 줄 알았네."

독고성의 말에 동관식과 양희는 얼굴이 붉어졌다. 이를 보고 하림은
킥, 소리 내어 웃었다.

이러는 사이에도 화안명은 한 모금 한 모금 술을 마셨다. 이를 보고
독고성이 말했다.

"가만히 놔두면 아명 혼자 술 다 마셔 버릴걸?"

깜짝 놀란 동관식이 얼른 화안명의 손에서 술병을 빼앗았다. 흔들어보
니 반도 채 남지 않았다.

"아명, 천천히 마셔. 어떻게 술을 물 마시듯이 하냐?"

화안명은 억울하다는 얼굴이 되어서 말했다.

"무슨 말이야? 다 마시지도 않았는걸."

하림은 술을 마시지 못했다. 술을 한 모금만 마셔도 얼굴부터 발끝까
지 빨갛게 되어버렸고, 어지러워 자기 발로 걷지도 못했다. 그래서 술에
전혀 관심이 없었다. 대신 고기에는 관심이 많았다. 하림은 불 위에 올려
놓은 토끼를 땅에 내려놓고 호호 불어가면 먹기 시작했다. 고기는 자주
먹을 수 있는 것이 아니었기에 하림은 고기를 아주 맛있게, 그리고 아주
빨리 먹었다. 동관식이 화안명과 투닥거리는 사이 하림은 토끼 한 마리
를 다 먹고 다른 토끼에 손을 뻗었다. 이를 보고 독고성은 그저 웃을 뿐
이었다.

제법 공을 들여 준비한 양희의 생일 잔치는 화안명과 하림의 활약으로
금방 끝나 버렸다. 화안명이 술을, 그리고 하림이 고기를 순식간에 없애
버렸던 것이다.

모닥불을 끄면서도, 언덕을 내려오면서도 동관식의 투덜거림은 멈추

지 않았다. 이를 보고 아이들의 눈치를 살피던 양희가 슬며시 동관식에
게 다가가서 그의 손을 잡았다.

"동 오라버니, 나는 괜찮아. 고기를 얼마 못 먹어도, 술을 얼마 못 마
셔도 나는 정말 좋았어. 동 오라버니가 나를 위해 준비해 준 걸 친구들과
나눌 수 있어서 정말 좋았어."

"쳇, 그런 말 말아."

동관식의 목소리는 퉁명스러웠지만 아마 투덜거림은 이제 끝날 듯싶
었다.

동관식의 투덜거림은 전혀 다른 이유로 끝났다. 이십여 명의 수련자가
언덕 아래에 횃불을 밝힌 채 아이들을 기다리고 있었던 것이다. 수련자
의 선두에는 사성이 서 있었다. 마치 삼 년 전의 대면식 때와 같은 모습
이었다. 달라진 건 황유가 없다는 것 정도.

아이들은 주춤주춤 뒤로 물러서자 독고성만 제자리에 서 있었다. 그러
자 독고성이 선두에 서 있는 모양이 되었다.

독고성은 당황하지도 놀라지도 않았다. 가까운 시일 안에 이런 일이
있을 거라고 짐작했던 것이다.

사성이 코를 킁킁거렸다.

"이게 무슨 냄새지? 술 냄새 같은데! 안 그래, 송진?"

송진은 독고성의 눈치를 한 번 보고 나서 대답했다.

"술 냄새 맞습니다."

사성은 얼굴을 일그러뜨렸다. 자신이 화가 났다는 표시일 수도 있고,
아이들에게 겁을 주려는 표시일 수도 있지만, 독고성에게는 안 그래도
못생긴 얼굴이 더 못생겨 보일 뿐이었다.

"이런 빌어먹을 놈의 새끼들! 어디서 술을 훔쳐 왔어? 어디서 훔쳐 와
서 처먹은 거야?"

독고성이 담담히 말했다.

"훔쳐 온 것 아닙니다. 서청 소사님께 얻어온 것입니다."

"그 말을 나보고 믿으라고?"

"못 믿겠으면 서청 소사님께 물어보십시오."

"이런 빌어먹을 놈의 새끼! 어디서 말대답이야?"

말을 하고 나서 사성은 당장이라도 달려들 듯 몸을 들썩거렸다.

독고성은 아랫입술을 깨물었다. 삼 년 전과 지금은 달랐다. 삼 년 전은 아무것도 모르는 1년 차 수련자였지만 지금은 행동에 따른 결과를 아는 4년 차 수련자였다. 여기서 자신이 숙이고 들어가지 않으면 사성과 싸우게 될 것이고, 자신과 사성이 싸우면 지는 쪽은 죽어야 했다. 사성과 싸우는 것은 무섭지 않았지만 죽는다는 것과 죽인다는 것은 무서웠다.

그래서 독고성은 머리를 숙였다.

"죄송합니다. 제가 건방졌습니다."

사성은 코웃음쳤지만 더 이상 독고성을 몰아붙이지는 않았다. 대신 하림을 손으로 가리키며 말했다.

"너, 이쪽으로 와."

하림은 눈을 두어 번 깜빡였다.

"나 말인가요?"

말을 하는 하림의 목소리는 가늘게 떨렸다.

"그래, 너! 하림!"

사성이 하림을 자신의 옆으로 오라 한 것에는 행동 이상의 의미가 있었다. 하림이 사성의 옆으로 간다면 하림은 사성의 여자가 된다는 것을 의미했다.

하림은 슬픈 눈으로 화안명을 보았다.

"명 오라버니, 나, 가도 돼?"

　화안명은 지금의 상황을 어렴풋이 알았지만 명확하게 어떤 의미인지는 알지 못했다. 하림이 자신에게 던진 말이 사랑 고백이라는 것도 알지 못했다. 기세가 등등하다 못해 살기까지 피우는 사성과 손으로 툭 건드려도 금방 눈물을 떨어뜨릴 얼굴로 자신을 보고 있는 하림에게 자신이 어떤 말을 해야 옳은 건지 알지 못했다.

　화안명이 머뭇거리는 사이 몇 초의 시간이 흘러갔다. 눈 한 번 깜빡이고, 숨 한 번 고를 이 짧은 시간이 얼마나 중요한 순간이었는지를 화안명이 알게 되는 건 이 년 후의 일이다.

　하림의 눈 위로 슬픔, 기대, 체념의 감정이 차례대로 떠올랐다가 사라졌다. 하림이 머리를 숙이고 사성을 향해 한 걸음 내딛는데 누군가 하림의 손을 잡았다. 하림이 놀라고 기뻐서 올려다보니 자신의 손을 잡은 사람은 화안명이 아니라 독고성이었다.

　독고성은 하림이 아니라 사성을 보고 있었다. 그래서 하림은 독고성의 앞 얼굴이 아닌 옆 얼굴을 보았다. 독고성의 얼굴은 딱딱하게 굳어 있었다. 이를 악물고, 입술을 일 자가 되게 다물고 있었다.

　사성이 말했다.

　"독고성, 지금 뭐 하는 거지?"

　독고성은 너무 긴장했는지 갈라진 목소리로 말했다.

　"사성 사형, 하림은 나의 여자입니다."

　이제 선택권은 독고성에게서 사성에게로 넘어갔다. 그 선택 중에서 사성이 고를 수 있는 답은 정해져 있었다. 사성이 수련자 오두막의 대장이었기 때문이다.

　"독고성, 지금 뭐라고 했지?"

　"하림은 나의 여자라고 했습니다."

　"난 또, 내가 잘못 들은 줄 알았지. 각오는 되어 있겠지?"

이상하게 사성은 평소와는 달리 욕을 하지 않았다. 욕을 해도 백 번은 했을 상황이었음에도.

독고성은 송진을 보며 말했다.

"송진 사형, 사형은 내 편입니까, 아니면 사성 사형 편입니까?"

독고성은 송진에게 기회를 준 것이지만, 그 기회가 송진으로서는 달갑지 않았다. 송진은 사성과 독고성을 번갈아 보았다. 마음이 독고성 쪽으로 기울어 있다 해도 송진이 사성을 따라 이곳으로 왔을 때부터 답은 정해져 있었다. 이미 한 번 고민을 했고, 이미 한 번 답을 내어놓은 다음이었다.

"사성 사형은 우리의 대장이야."

독고성은 작게 머리를 끄덕였다.

"그렇습니까? 하지만 송진 사형, 우리라는 말은 하지 마십시오. 사성 사형은 나의 대장이 아닙니다."

사성이 목도를 들어올리며 말했다.

"독고성, 말이 너무 많잖아. 걱정하지 마. 송진은 나서지 않는다."

독고성도 목도를 들어올렸다.

"사성 사형, 수련자 오두막의 대장 자리를 건 일 대 일 싸움입니다."

독고성은 확실하게 못 박아놓았다. 자신이 사성을 이기더라도 나머지 수련자들이 떼 지어 덤빈다면 살아남지 못할 것이기 때문이다.

"독고성, 나는 대장이다. 누구보다 강하기에 대장이다. 너의 말대로 이번 싸움은 너와 나의 일 대 일 싸움이다. 우리 둘만의 싸움이다."

독고성은 평소에 사성을 멍청하고 난폭한 자라고 생각했다. 하지만 지금은 멍청하고 난폭하지만 그래도 자존심은 있는 남자라고 생각되었다.

사성이 말했다.

"그럼 한번 놀아볼까?"

말을 하고 나서 사성은 독고성의 머리를 향해 목도를 휘둘렀다. 힘이 잔뜩 실린 쾌도법이었다.

쾌도법에 대해서라면 독고성이 누구보다 잘 알았다. 지난 삼 년 동안 쾌도법 하나만을 수련한 독고성이었다.

독고성은 앞으로 반 걸음을 나가며 사성의 목도가 채 힘을 발휘하기 전, 굽혀졌던 팔이 완전히 펴지기 전에 목도를 휘둘러 사성의 목도를 막았다. 그럼에도 목도를 잡은 두 손이 찌르르 울렸다.

'힘 하나는 타고난 녀석이군.'

사성이 연속으로 두 번 목도를 휘둘렀고, 독고성은 보란듯이 막아냈다.

독고성이 자신의 목도를 정면으로 막아내자 사성은 당황했다. 이제껏 자신의 목도를 정면으로 막아낸 사람이 없었기 때문이다. 호적수였던 정석조차 자신의 목도를 정면으로 받아내지는 못했다.

당황한 사성의 몸 동작이 조금씩 커졌다. 목도에 힘을 더 싣기 위해서였다.

사성이 목도를 휘두르는 사이사이 빈틈이 보였지만 독고성은 착실하게 방어만 했다. 그렇게 두 사람은 다시 십 합을 겨뤘다.

동관식은 생각했다.

'백중지세다. 공격은 사성이 낫고 방어는 독고성이 낫다.'

양희는 생각했다.

'만약에 독고성이 지면 우리는 어떻게 되는 걸까?'

하림은 생각했다.

'나의 여자라니? 터무니없는 말이야.'

하림은 슬쩍 화안명을 보았다. 화안명은 걱정이 가득한 얼굴로 두 사람의 싸움을 보고 있었다.

'명 오라버니는 나보다 독고성이 더 소중한 걸까? 내가 사성에게 간다고 했을 때도 저런 얼굴은 아니었어. 저만큼 걱정하지는 않았어.'

하림은 자신의 가슴에 누가 돌을 던진 것처럼 아팠다. 저절로 눈물이 새어 나와 하얀 뺨 위로 흘렀다. 그러나 하림은 눈물을 닦을 생각도 하지 않고 화안명을 멍하니 볼 뿐이었다.

두 사람의 싸움을 보고 화안명은 독고성이 지난 이 년 동안 자신과 했던 수련이 사성을 이기기 위한 수련이라는 것을 깨달았다.

'마지막 한 수라면 역시 그것이겠지?

사성은 숨을 헐떡였다. 전력을 다해서 열 번 목도를 휘두르는 것은 전력을 다하지 않고 백 번 목도를 휘두르는 것보다 훨씬 힘든 일이었다.

사성이 지친 기색을 보이자 독고성은 되레 슬쩍 뒤로 한 걸음 물러섰다.

이를 보고 사성은 부쩍 힘이 났다. 독고성이 겁먹었다고 여긴 것이다. 사성은 달려들며 혼신의 힘을 다해서 독고성의 머리를 노리고 목도를 휘둘렀다. 이번 공격으로 끝을 보겠다는 속셈이었다.

화안명은 속으로 외쳤다.

'지금이다!

독고성은 마주 목도를 휘둘렀다.

목도와 목도가 부딪쳤다. 여기까지는 전과 똑같았다. 독고성의 목도가 사성의 목도를 옆으로 밀어내자 사성의 목도가 허공에 정지한 듯 멈췄다.

그사이 독고성은 반 걸음 앞으로 나아가서 사성의 머리를 노리고 목도를 내리찍었다.

빠—악—!

듣기에도 섬뜩한 소리가 났다.

머리가 피투성이가 된 사성은 쓰러지듯 주저앉았다.

독고성도 온전하지 못했다. 독고성이 목도로 사성의 머리를 내리찍는 순간 사성이 목도로 독고성의 옆구리를 후려친 것이다. 비틀거리던 독고성은 목도를 땅에 짚고서야 겨우 중심을 잡고 설 수 있었다. 그 상태로 독고성은 천천히 숨을 골랐다. 왼쪽 옆구리가 죽을 것처럼 아팠다. 늑골이 부러진 모양이었다.

'젠장, 완벽하다고 생각했는데. 상대하는 사람의 힘이 달라서인가?'

독고성은 이를 악물고 목도를 들어올렸다. 그 간단한 동작에도 현기증이 났다. 하지만 내색할 수는 없었다. 아직 송진이 남아 있었기 때문이다.

독고성이 하려는 행동을 알아챈 송진이 소리쳤다.

"그만둬!"

송진이 독고성을 말리려고 달려가는 사이, 독고성의 목도가 사성의 머리 위로 떨어졌다.

빠—악—!

사성의 두개골이 깨지면서 피와 뇌수가 사방으로 튀었다. 이제는 시체가 된 사성의 몸이 앞으로 넘어갔다.

독고성은 천천히 몸을 돌려 송진을 보았다. 얼어붙은 듯 서 있는 송진에게 독고성이 말했다.

"송진 사형, 무엇을 그만두라는 말입니까?"

너무나 담담한 말투였다. 표정 또한 변함이 없었다. 송진이 알기로는 이래서는 안 되었다. 사람을 죽이고 나서 저렇듯 아무렇지도 않아서는 안 되었다. 송진은 몸을 부들부들 떨었다. 여러 가지 감정이 오고 갔지만 그 어떤 감정보다도 두려움이 가장 컸다. 독고성이 무서웠다.

송진을 비롯한 수련자들이 사라지고 나서야 독고성은 땅에 주저앉았다. 이를 보고 깜짝 놀란 화안명이 달려가서 물었다.
"아성, 괜찮아?"
독고성은 얼굴을 찌푸리며 말했다.
"늑골이 부러진 것 같아."
사성의 시체를 보고 토하는 양희의 등을 두드려 주던 동관식이 독고성을 돌아보며 말했다.
"아성, 수고했어."
"그걸로 끝이냐?"
"끝이 아니면, 뽀뽀라도 해줄까?"
독고성은 피식 웃었다.
"됐다, 이놈아."
하림은 복잡한 얼굴이 되어서 식은땀으로 가득한 독고성의 얼굴을 내려다보았다. 그 시선을 느낀 독고성이 하림을 돌아보았다.
"하림, 내 여자 하라고 안 할 테니까 그런 얼굴 하지 마."
말을 하고 나서 독고성은 억지로 웃어 보였다.
하림은 가슴에 누가 돌을 던진 것처럼 아팠다. 저절로 눈물이 새어 나와 하얀 뺨 위로 흘렀다. 하림은 눈물을 닦을 생각도 하지 않고 독고성을 멍하니 보았다.

독고성은 뜬눈으로 밤을 보냈다. 처음으로 사람을 죽였지만 스스로 생각하기에도 신기할 정도로 담담했다. 주저앉은 사성의 머리를 목도로 내려칠 때 주문을 외우듯 '그냥 목도를 한 번 휘두를 뿐이야' 라고 되뇌인

덕분인지도 몰랐다. 그럼에도 이렇듯 밤을 새운 건 부러진 늑골 때문이라고 생각했다.

그런 연유로 독고성은 오두막 안으로 들어오는 한 사람을 가장 먼저 발견했다. 그 사람은 누구를 찾는지 아이들을 훑어보았다. 독고성과 눈이 마주치자 천천히 독고성에게 다가왔다. 서청 소사였다.

독고성은 직감적으로 어제의 일 때문에 서청 소사가 찾아왔음을 알았다.

독고성이 부러진 늑골을 손으로 감싸며 일어서자 서청 소사는 등을 돌려 오두막을 나갔다. 독고성은 아이들이 깨지 않게 조심해서 오두막을 나갔다.

독고성이 오두막을 나왔을 때 서청 소사는 어느 사이 훌쩍 멀어져 있었다.

독고성은 서청 소사가 오두막에 들어와서도, 그리고 오두막에 나와서도 자신에게 한마디 말도 하지 않았다는 사실을 깨달았다. 마지막일지도 모른다는 생각에 독고성은 등을 돌려 자고 있는 하림을 보았다. 하림은 이불을 발로 밀어내고 대 자로 자고 있었다.

"계집애가 몸은 말만해 가지고는."

독고성은 하림이 밀어낸 이불을 덮어주고 서청 소사의 뒤를 쫓아 걸어갔다. 독고성은 몇 걸음 걷지도 않았음에도 부러진 늑골 탓에 땀이 나고 숨이 턱턱 막혔다.

독고성이 제대로 쫓아오지 못하자 서청 소사는 걸음을 멈추고 독고성을 기다렸다. 독고성의 걸음이 어딘지 부자연스러워 보였다. 독고성이 다가오자 서청 소사가 말했다.

"어디 다쳤습니까?"

"왼쪽 늑골이 부러졌습니다."

서청 소사는 손을 뻗어 독고성의 왼쪽 늑골을 만졌다. 뼈가 어긋나 있었다. 접골을 할 줄 아는 사람이 없어서 부러진 상태로 놓아둔 모양이었다.

서청 소사는 머리를 한 번 끄덕여 보이고는 등을 돌리고 다시 걸어갔다. 독고성은 군말 않고 사성을 따라 걸었다. 서청 소사가 걸음을 늦추어 주었기에 독고성은 억지로 속도를 맞출 수 있었다.

서청 소사의 발걸음은 그의 오두막까지 이어졌다. 동관식이 화안명에게 주려고 술을 훔치러 갔었던, 그리고 서청 소사와 안면을 익힌 다음에는 술을 얻으러 갔던 바로 그 오두막이었다.

서청 소사는 오두막 안으로 들어갔다.

독고성은 오두막 앞에 서서 안으로 들어가야 할지, 서청 소사가 나오기를 기다려야 할지 고민했다. 서청 소사의 오두막은 소천 노사의 오두막과 함께 수련자에게 허락되지 않은 장소였기 때문이다.

독고성의 생각을 알았는지 오두막 안에서 서청 소사가 말했다.

"들어오십시오."

독고성은 숨을 깊게 들이마셨다가 길게 내뱉었다. 독고성은 알고 있었다, 허락되지 않는 것이 허락될 때는 평범하지 않은 이유가 있어야 한다는 사실을. 그리고 평범하지 않은 일은 대개 그 결과도 평범하지 않다는 사실을.

독고성은 잘 떼어지지 않는 발을 억지로 움직여서 오두막 안으로 들어갔다.

서청 소사는 긴장한 탓에 뻣뻣하게 굳은 독고성을 의자에 앉히고 자신은 독고성의 맞은편에 앉았다. 그런 다음 차를 따라서 자신과 독고성 앞에 놓았다. 한눈에 보아도 독고성은 잔뜩 얼어 있었다.

살인이란 그런 것이다. 의도했든 의도하지 않았든, 미워하는 사람이든 미워하지 않는 사람이든 자신의 손에 누군가가 살아 있지 않은 존재가 된다는 사실은 정작 자신은 살아 있기에 쉽게 익숙해지기 어려운 일이었다. 더군다나 첫 살인이 아닌가?

서청 소사는 찻잔을 들어 천천히 차를 마셨다. 독고성은 서청 소사의 눈치를 살피다가 찻잔을 들었다.

서청 소사는 두 모금이면 충분한 차 한 잔을 일각의 시간 동안 마셨다. 그래서 늦게 차를 마시기 시작한 독고성이 찻잔을 내려놓고 나서도 한참이 지나서야 서청 소사의 이야기가 시작되었다.

"어젯밤에 송진이 찾아왔었습니다. 그가 말하더군요, 독고성이 사성을 죽였다고."

독고성은 서청 소사가 자신을 찾아왔을 때부터 그 이유가 사성의 죽음이라는 것을 대충 짐작하고 있었다. 그럼에도 가슴이 덜컹 내려앉았고, 머리 속이 새하얘졌다.

"송진의 말이 사실입니까?"

독고성은 생각했다.

'내가 아니라고 말하면, 송진의 말이 거짓이라고 말하면 서청 소사는 믿어줄까?

서청 소사는 대답을 재촉하는 대신 빈 찻잔에 차를 따랐다. 그리고는 찻잔을 들어서 차를 마시기 시작했다.

서청 소사가 차를 마시는 모습이, 그 긴 침묵이 독고성은 너무나 싫었다. 그래서 독고성은 발작적으로 외쳤다.

"그래요! 내가 죽였어요! 뭐가 잘못됐습니까?"

서청 소사는 빤히 독고성을 보았다.

"잘못된 건 없습니다. 일 대 일 싸움이었습니까?"

독고성은 잘못된 건 없다는 서청 소사의 말에 잠시 멍해졌다가 머리를 끄덕였다.

"늑골은 그때 부러진 거군요."

독고성은 다시 머리를 끄덕였다. 그러자 서청 소사는 독고성의 부러진 늑골을 맞춰주고는 접골약까지 발라주었다.

조금 멍한 얼굴이 된 독고성에게 서청 소사가 선언하듯 말했다.

"앞으로 독고성, 당신이 수련자 오두막의 대장입니다. 가장 강한 수련자가 대장이 되는 것, 이는 소천 노사님의 뜻입니다."

독고성으로서는 생각지 못한 결과였고, 또한 최상의 결과였다. 꼼짝없이 죽을 거라고 생각했는데 살았을 뿐만 아니라 수련자 오두막의 대장이 된 것이다. 그럼에도 독고성은 참지 못하고 말했다.

"이유는 묻지 않습니까?"

"무슨 이유 말입니까?"

독고성은 아랫입술을 깨물며 말했다.

"내가 사성을 죽인 이유."

"사람을 죽이는 데 이유는 필요하지 않습니다. 설혹 이유가 있었다고 해도 남는 건 사람을 죽였다는 사실과 죽은 사람의 시체뿐입니다. 그래서 잘못된 것도, 잘못되지 않은 것도 없습니다. 검을 든 무인이란 그런 것입니다."

서청 소사의 말에 독고성의 머리를 스쳐 지나가는 기억이 하나 있었다. 언젠가 대련을 하다가 잠깐 쉬는 동안 송진이 했던 말이다.

"서청 소사님이 얼마나 강하냐고? 너 정도는 열 명을 가져다 놓아도 이길걸? 이 녀석, 웃네? 비천 사형이 패도법에 일가를 이루었다면, 서청 소사님은 쾌도법에 일가를 이루었어. 비천 사형도 서청 소사님을 이기지 못했어. 그렇다고 서청 소사님이 더 세다는 건 아니고. 두 분이 싸운 적이 없거든. 알려진 바로는 말이야. 혹시 모르지, 비밀리에 싸워보았을지는. 흠, 그건 말이야, 나도 들은 말인데 서청 소사님이 마지막 시험을 통과하지 못했다나 봐. 실력이 모자랐던 건 아니고 사람을 죽이지 못했다더군. 이거 떠벌리고 다니면 안 된다. 모두 알면서 쉬쉬하는 이야기니까. 그나저나 아까워. 서청 소사님이 강호에 나갔다면 비천 사형 못잖은 또 하나의 전설이 되었을 텐데."

오두막을 나오면서 독고성은 송진이 한 말이 사실일지도 모른다고 생각했다. 마침 해가 산 위로 떠올라 아침 햇살이 독고성의 몸 위로 쏟아졌다.

5년차 겨울.

화안명은 주위를 둘러보다가 두 다리에 힘을 모아서 눈앞의 울타리를 향해 몸을 날렸다. 수련자의 오두막을 둘러싼 사람 한 키 높이의 울타리를 뛰어넘어 아직 지난밤의 잔설이 남아 있는 대지에 내려섰다. 얇게 눈이 덮인 대지는 사람의 발길이 닿지 않아 순결했다. 화안명은 발자국이 남을까 걱정되어 길이 아닌 숲을 달렸다. 내공을 사용해서 달리는 화안명의 몸은 믿을 수 없을 만큼 빨랐다.

화안명은 일각도 지나지 않아서 약속 장소인, 족히 수백 년은 살았을 듯한 아름드리 소나무 앞에 도착했다. 아직 아무도 도착하지 않았음을 확인하자 그제야 조금 마음이 놓였다. 자유 대련이 끝났음에도 3년 차 수련자 정영이 찰거머리처럼 그를 잡고 놓아주지 않았기에 내심 약속 시간에 늦은 게 아닐까 걱정했던 것이다.

화안명은 소나무 밑에 가부좌를 틀고 앉았다. 소나무 밑은 우산처럼 뻗어 있는 가지 덕분에 잔설이 없었다. 화안명은 숨을 깊게 들이마셨다가 길게 내뱉자, 단 한 번의 호흡 만에 단전의 내공이 느껴졌다. 호흡을 통해 몸 안으로 들어온 대자연의 기운을 단전의 내공 위에 쌓았다. 윙윙하는 바람 소리가 조금씩 작아지더니 이내 들리지 않았다. 호흡하는 소리마저 사라졌다. 무아지경에 이른 것이다.

소천 노사는 수련자에게 하루에 두 번, 반 시진씩 내공을 수련하게 했다. 이는 내공 수련에 있어 꾸준함이 가장 중요하기 때문이었다. 혈기왕성한 아이들은 가만히 앉아서 호흡하는 내공 수련보다 목도를 들고 휘두르는 외공 수련을 더 좋아했기에 무공의 근본이 내공이라고 믿는 소천 노사는 아이들에게 최소한의 제약을 둔 것이다. 또 하나의 문제점은 내공은 외공과는 달리 성장이 눈에 보이지 않는다는 사실이다. 발전하는 모습이 보이지 않으면 자연히 지치게 된다. 그런 까닭으로 대부분의 수련자는 내공의 성취를 보지 못했고, 결국 도태되었다.

화안명 또한 마찬가지였다. 주어진 시간 동안에는 내공 수련을 했지만 나머지 시간을 통해 그 이상의 무엇을 이루어야겠다는 생각은 없었다. 그러던 화안명의 생각은 몇 달 전의 한 가지 사건으로 바뀌게 되었다.

평소와 같이 운기조식을 하는데 갑자기 단전의 내공이 스스로 움직였다. 단전에 묵직하게 쌓여만 있던 내공은 호흡을 따라 움직여 탁기로 막힌 혈도를 뚫고 일주천했다. 단전에 내공이 일정량 이상 쌓여서 일어난 일이었다.

일주천을 하는 당시에는 몸이 찢어지는 것처럼 아팠지만 일주천이 끝나자 몸이 날아갈 듯 가벼워졌다. 몸이 날아갈 듯 가벼워진 것은 내공이 발현되어서 힘이 세어졌기 때문이다.

그날 이후 화안명은 운기조식이 재미있어졌다. 일주천을 하고 나서만큼은 아니었지만, 운기조식을 하고 나면 바람이 몸을 가로지르고 지나간 것처럼 상쾌해졌기 때문이다. 그래서 요즘은 지금처럼 시간이 날 때마다 운기조식을 하는 화안명이었다.

화안명은 내공을 단전에 갈무리하고 일어섰다. 해는 서쪽으로 더 기울어 서산에 반쯤 걸려 있었지만 아무도 오지 않았다. 늦어도 너무 늦는다고 화안명은 생각했다.

이때 멀리서 길을 따라 한 사람이 걸어오는 게 보였다. 화안명은 깜짝 놀라 아름드리 소나무 뒤로 몸을 숨겼다. 그 사람이 가까워짐에 따라서, 흐릿했던 모습이 뚜렷해짐에 따라서 뻔뻔하게 잔설에 발자국을 남기며 걸어오는 사람이 동관식이라는 것을 알게 된 화안명은 투덜거리며 아름드리 소나무 뒤에서 나왔다.

"서청 소사님인 줄 알았잖아. 길로 오면 어떡해? 발자국이 남잖아."

동관식은 추운지 손을 비비며 말했다.

"뭐 어때? 우리가 밖으로 나온다는 거, 서청 소사님도 알고 있을 텐데. 그나저나 너, 아직까지 기다리고 있었냐? 안 보이기에 와봤더니."

"무슨 말이야, 그게? 기다리는 게 당연하잖아."

"그래도 한 시진이다. 안 오면 안 오는가 보다 하고 돌아와야지."

"다른 애들은?"

동관식은 재채기를 한 번 하고는 손으로 코밑을 닦아냈다.

"안 와."

지나가듯 건성으로 툭 던지는 말이었다. 그래서 화안명은 되물었다.

"안 와?"

"그래, 안 와."

"왜? 꿩고기 먹고 싶다던 애들은 하림과 양희잖아?"

"쉬워 보이지 않았나 보지."

"쉽게 잡히면 꿩이 꿩이겠냐? 아성은?"

"뻔하지, 뭐. 수련하더라."

일 년 전, 독고성이 사성을 이긴 다음 독고성과 화안명의 비밀 수련은 끝이 났다. 더 이상 숨어서 수련할 필요가 없었기 때문이다. 지금도 독고성은 송진과 목도를 겨루고 있을 것이다. 화안명보다 송진이 더 강했기에 당연한 선택이었다. 목도를 휘두르는 것을 좋아하지 않는 화안명이었지만, 독고성이 얼마나 강해지고 싶어하는지 누구보다 잘 아는 화안명이었지만 지금은 왜인지 섭섭했다.

생각에 잠겨서 말이 없는 화안명의 어깨를 동관식이 툭 쳤다.

"춥다. 돌아가자."

"아니야."

"뭐?"

"나, 꿩고기가 먹고 싶어."

동관식은 손으로 뺨을 긁었다.

"꿩고기가 맛있기야 하지. 그런데 오늘은 너무 늦었다. 조금 있으면 해가 질 거야. 해가 지면 어두워지는 건 금방이라구."

"아니야."

"……."

"나 혼자라도 갈래."

동관식은 손으로 머리를 긁었다.

"그래라, 그럼. 난 추운 건 질색이라서."

"그래."

화안명은 망설임없이 산 안쪽으로 걸어갔다.

어느새 한 개의 점으로 작아진 화안명을 보며 동관식은 중얼거렸다.

"저 녀석도 이제 어른이 되려나 보네? 뭐, 어두워지면 돌아오겠지."

화안명은 무엇 때문인지 흥분했고, 무엇 때문인지 화가 났다. 앞도 보지 않고 조금은 멍한 상태로 산을 올랐다. 발 밑의 눈이 점점 깊어진다는 것도 의식하지 못했다.

화안명이 깨어나듯 정신을 차린 건 춥다라는 생각이 들어서였다. 어느 사이 해가 져서 주위는 어두웠다. 병풍처럼 늘어선 나무가 달빛을 가린 탓이었고, 우뚝 솟은 봉우리가 깊은 그늘을 만든 탓이었다. 만년설마저 없었다면 화안명은 한 치 앞도 보지 못하는 장님 신세가 되었을 것이다.

휘이잉.

한차례 바람이 불었다. 바람의 몸짓에 나무와 절벽에 쌓인 얇은 눈이 허공으로 흩날렸다. 또한 바람은 화안명의 옷을 뚫고 들어와서 체온을 빼앗아갔다.

화안명은 덜컥 겁이 나 이제 그만 돌아가야겠다고 생각했다.

몸을 돌려서 왔던 길을 뒤돌아 보았다. 점점이 발자국이 남은 경사지고 굽이진 길은 어떻게 올라왔나 싶을 만큼 까마득했다. 잘못해서 발을 헛디디면 하나의 큰 눈사람이 되고 말 것이다.

이때 화안명의 눈에 무언가가 들어왔다. 길 오른편에 나무 사이로 연한 붉은색을 띤 널찍하고 큰 바위. 이상하게 무슨 이유에서인지 그 바위에는 눈이 쌓여 있지 않았다.

화안명이 붉은 바위를 향해 걸어간 것은 특별한 이유가 있어서는 아니었다. 눈이 쌓여 있지 않은 붉은 바위에 대한 호기심일 수도 있었고, 신발 속으로 들어오는 물기와 그 물기에 꽁꽁 얼어가는 발 때문일 수도 있었다. 또한 밑으로 내려갈 엄두는 나지 않지만 그렇다고 가만히 서 있을 수도 없었다.

꽁꽁 언 발을 끌고 나무 사이를 통과해서 붉은 바위 위에 올라선 화안명은 자신의 선택이 옳았음을 확신했다.

붉은 바위는 산 중턱에 볼록 튀어나와 있어 병풍처럼 늘어선 나무도, 우뚝 솟은 봉우리가 만든 그늘도 없었다. 머리를 들어서 보지 않아도 달과 별이 눈앞에 있었다. 가까이로 눈에 덮인 산과 멀리 산을 감싸고 들판으로 굽이쳐 흐르는 강이 보였다. 마치 안개 속에 갇혀 있다가 안개 지대를 벗어나서 밝은 세상을 본 듯한 느낌이었다.

화안명은 답답했던 가슴이 탁 트였다. 가슴속에서 알 수 없는 무엇이 샘솟듯 차올랐다.

화안명은 자기도 모르게 감탄성을 냈다.

"아—!"

해가 지고, 달이 뜨고, 그 달이 조금 기울었음에도 화안명은 돌아오지 않았다. 아이들은 잠을 자지 못하고 촛불을 밝힌 탁자에 둘러앉아 있었다. 아이들은 하나같이 걱정스러운 얼굴이었다.

침묵을 깨고 양희가 말했다.

"찾으러 가봐야 하는 거 아니야?"

동관식이 되물었다.

"찾으러 간다고? 어디로?"

대답은 하림이 했다.

"당연히 산이지. 몰라서 물어요?"

"앞뜰로 산책 가는 것처럼 말하네? 네 말처럼 쉬웠으면 벌써 찾으러 갔지, 이렇게 시간 죽이고 있을까."

하림은 발끈했다.

"뭐라구요? 이게 모두 동 오라버니 때문 아닌가요? 위험한 줄 그렇게 잘 알면 같이 왔어야지, 왜 명 오라버니 혼자 산에 올라가게 됐어요?"

동관식은 기가 막혔다. 꿩고기가 먹고 싶다고 며칠 전부터 졸라대던 사람이 누군가? 하림 아닌가? 그래 놓고는 정작 자신은 춥다느니, 몸이 안 좋다느니 하며 멋대로 빠져 버렸다.

　동관식이 울컥해서 하림을 쏘아붙이려는데 눈물이 글썽한 하림의 얼굴이 눈에 들어왔다. 동관식은 쳇 하고 헛소리를 냈다. 누구보다 답답한 사람은 하림일 것이다. 사랑은, 특히 풋사랑은 쉽게 타올랐다가 쉽게 꺼지지만 잿더미 속에서도 정은 남아 있기 마련이다.

　끝내 하림이 눈물을 떨구자 동관식은 변명하듯 말했다.

　"누가 이렇게 될 줄 알았겠어? 어두워지면 돌아올 줄 알았지. 말리면 더 뻗댈 것 같아서 내버려 둔 거야. 이렇게 될 줄 알았으면 하늘이 두 쪽 나도 말렸지, 올라가게 내버려 두지 않았을 거야."

　독고성이 가만히 하림의 어깨를 감싸자 하림은 기다렸다는 듯이 독고성의 가슴에 얼굴을 묻고 눈물을 흘렸다.

　독고성이 차분한 목소리로 말했다.

　"일단은 기다리는 수밖에 없겠어. 양희의 말은 알겠는데, 그건 너무 위험해. 무사히 돌아올 거야. 보란듯이 손에 꿩을 들고. 그렇게 믿자고."

　독고성의 말에는 묘한 힘이 있었다. 그래서 양희는 머리를 끄덕였다. 반면에 동관식은 쓴 입맛을 다셨다. 화안명을 찾으러 가는 것을 반대한 사람은 정작 그였음에도 독고성의 침착한 태도가 마음에 안 들어서였다.

　해가 뜨자 화안명은 돌아왔다. 독고성의 말처럼 손에 꿩을 들지는 않았지만 얼굴도 몸도 어제와 그대로인 것이 독고성의 말처럼 무사히 돌아온 것이다.

　화안명은 울먹이는 하림을 보며 자신이 하림을 좋아한다는 것을 깨달았다. 언제부터 좋아하게 되었는지는 모르지만, 그릇에 물이 가득 담겨 넘쳐야만 그릇에 물이 찼다는 사실을 알게 되는 것처럼 사랑은 이미 시작된 것이다.

　독고성이 말했다.

"고맙다, 무사히 돌아와 줘서."

화안명이 말했다.

"어디 멀리 위험한 곳에 갔다 온 것처럼 말하네? 그냥 산책을 한번 다녀왔을 뿐이야."

동관식이 말했다.

"걱정시켜 놓고 말은 잘하네. 그런데 꿩은? 설마 혼자 먹고 온 건 아니겠지?"

하림은 눈물이 글썽한 얼굴로 피 하고 웃었다.

"동 오라버니는 먹는 거밖에 모른다니까."

양희가 말했다.

"동 오라버니 말이 맞아. 아명, 너는 혼자가 아니야. 우리가 얼마나 걱정했다구."

"미안해."

하림이 양희의 허리를 껴안으며 말했다.

"언니, 누가 사랑하는 사람 아니랄까 봐 편드는 거예요?"

양희는 두 볼이 빨갛게 상기되었다.

"편들긴 누가 편들었다고 그래? 나는 단지……."

"알아요. 말 안 해도 다 안다구요."

"얘가 정말."

독고성과 화안명은 동시에 웃음을 터뜨렸고, 동관식은 멋쩍은지 머리를 긁적였다.

7년차 봄.

한 남자가 두 여자를 좌우에 거느리고 산을 오르고 있었다. 삼십대 초반의 남자는 큰 키에 건장한 체격을 했지만 그다지 잘생기지는 않았다.
좌우의 두 여인에 비하면 그 차이는 더 심하게 느껴졌다.

남자는 주위의 산세를 둘러보며 조금은 감정에 젖은 목소리로 말했다.

"여기는 여전하군. 하나도 변하지 않았어."

얼굴이 갸름한 여인이 말했다.

"소천 노사님도 여전하셔야 할 텐데요."

"어디 쉽게 늙을 위인인가? 까랑까랑한 성격까지 그대로일 거야."

얼굴이 둥근 여인이 말했다.

"왜 이런 산속까지 우리가 와야 합니까? 소천이든 대천이든 오라고 하
면 될걸."

남자가 말했다.

"동 단주, 아직도 그 소리인가? 내 말하지 않았나? 꼭 데려가고 싶은
사람이 있다고. 그리고 여기까지 왔는데 그만 툴툴대게. 경치 좋은 곳으
로 여행 온 셈치라구."

얼굴이 둥근 여인은 주위를 둘러보고는 쳇 하고 헛소리를 냈다.

"당주님, 어디가 볼 만하다는 거예요? 나무랑 풀밖에 없구면."

"지금은 봄이라서 그래. 겨울이 와서 눈이 내리면 이곳만큼 아름다운
곳도 없지. 안 그래, 조령?"

얼굴이 갸름한 여인은 조용히 머리를 끄덕였다. 그녀도 남자만큼이나
감정에 젖은 모습이었다.

한 남자와 두 여자. 비천과 동완, 조령은 소천 노사의 오두막을 향해
걸어갔다.

일각을 걸어가자 수련자의 오두막이 나타났다.

비천은 수련자의 오두막을 둘러싸고 있는 나무 울타리를 가리키며 말

했다.

"이것도 그대로네."

무엇이 생각났는지 비천은 길 오른편으로 걸어갔다. 한참을 두리번거리다가 울타리 하단을 가리고 있는 수풀 더미를 들어냈다. 비천은 큰 발견을 한 아이처럼 웃는 얼굴이 되어 조령에게 손짓했다.

"우와! 이것 봐, 조령! 이리 와봐! 이것 보여? 내가 3년 차 수련자 때 만들어놓은 구멍이 아직도 있어! 조령, 기억나? 내가 도망쳤을 때 수련자 오두막이 발칵 뒤집혔었잖아! 찾느라고 난리도 아니었다며?"

조령은 피식 웃으며 말을 받았다.

"그 다음 일도 기억납니다. 하루도 되지 못해 잡혀와서 일주일 동안 물 한 모금, 쌀 한 톨 먹지 못하고 소천 노사님의 처마에 발가벗겨진 채로 거꾸로 매달렸었지요."

비천은 껄껄 웃었다. 한참을 웃고 나서는 진지한 얼굴이 되어 말했다.

"그 일이 없었다면 지금의 나도 없을 거야."

동완이 의아해서 물었다.

"그 일이 없었다면 지금의 당주님도 없다니요? 매달려 있던 일주일 동안 큰 깨달음을 얻은 건가요?"

비천은 동완을 보았다. 동완의 얼굴은 무척이나 진지했다.

"깨달음 같은 건 없었어. 무공에 무 자도 모르는 열 살배기 꼬마가 무얼 깨달았겠어? 단지……."

"단지?"

"단지 창피했을 뿐이야. 나는 그때 조숙했거든."

동완이 모르겠다는 얼굴이자 조령이 덧붙여 설명했다.

"어렸을 때 비천 당주님은 무공을 싫어했어요. 무공 수련 시간에 요령을 피우기 일쑤였죠. 도망간 것도 무공을 싫어했기 때문이에요."

동완은 납득한 얼굴이 되어서 머리를 끄덕였다.

"변한 건 마음이다?"

비천이 말했다.

"이를테면 그런 거지. 그때의 나에게는 꽤 충격적인 일이었으니까. 지금이라면 껄껄 웃고 말았겠지만."

이때 누군가가 발소리를 죽인 채 다가왔다.

동완은 반사적으로 검을 뽑아 들었다. 동완의 몸에서 폭발적으로 살기가 뿜어져 나왔기에 누군가는 걸음을 멈추었다.

동완이 차갑게 말했다.

"누구냐?"

대답은 비천이 했다.

"서청 사형, 오랜만입니다."

서청 소사는 자신의 몸을 옭아매는 동완의 살기 때문에 시선을 돌릴 수도, 대답을 할 수도 없었다. 시선을 조금만 돌렸다가는, 입을 조그만 움직였다가는 동완의 검이 자신의 목에 꽂힐 것만 같았기 때문이다.

이를 눈치챈 비천이 말했다.

"동 단주, 검을 거둬. 나를 마중 나온 사람이야. 소천 노사님 밑에서 같이 무공을 배운 서청 사형이야."

동완은 검을 뽑을 때와는 반대로 천천히 검을 검집에 넣었다.

"당신이 당주님의 사형이든 뭐든 나는 알 바 아니야. 정상적인 사람은 걸을 때 소리가 나. 걸을 때 소리가 나지 않으면 정상적인 사람이 아니라는 거지. 이것만은 명심해. 나는 정상적이지 않은 사람을 싫어하고, 내가 싫어하는 사람치고 아직까지 멀쩡히 돌아다니는 사람이 없어."

명백한 시비조였다. 서청 소사의 얼굴이 굳어지자 비천이 말했다.

"사형, 이쪽은 내 친위단주 동완, 동 단주입니다. 동 단주에 대한 이야기는 많이 들어봤을 겁니다."

서청은 얼굴이 더욱 굳어져서 머리를 끄덕였다.

동완이 말했다.

"당주님, 나에 대한 이야기라니요?"

비천은 슬쩍 딴 곳을 보며 말했다.

"동 단주가 주작당 최고의 고수라는 이야기 말이야."

동완의 얼굴에 미소가 그려졌다.

"조금 과장되었는걸요. 당주님이 있는데 최고의 고수라니요."

비천은 동완에게 들리지 않게 작게 중얼거렸다.

"그렇지. 많이 와전되었지."

네 사람은 소천 노사의 오두막을 향해 걸어갔다.

서청 소사가 말했다.

"노사님께서 너를 많이 기다리셨다. 대주가 되고 찾아온 다음 처음이
니 도대체 몇 년 만이냐? 자주 찾아오지 않고."

비천이 말했다.

"그때 너무 심하게 혼이 나서요. 조금 바쁘기도 했고."

"그렇게 말하는 걸 보니 지금은 나아진 모양이구나."

비천은 웃을 뿐 대답하지 않았다.

서청 소사는 동완을 슬쩍 한 번 본 다음 말했다.

"그래, 나중에 시간이 있겠지."

"저녁때 찾아갈게요. 사형이 아끼는 십 년 된 여아홍을 마셔야겠어요."

"이런, 어쩌지? 이미 한 놈이 다 퍼마셔 버렸는걸."

"도대체 누구입니까, 사형의 술에 손을 댄 못된 녀석이?"

"꼭 너를 닮은 넉살 좋은 놈이 하나 있다."

비천은 껄껄 웃었다.

동완은 비천과 서청 소사의 대화에 멍해졌다.

비천은 주작당주, 영생교에선 일인지하 만인지상의 위치였다. 그에 비해 서청 소사는 영생교 산하의 호걸단, 그 호걸단 산하의 수백 오두막 중 하나의 노사도 아닌 소사였다. 그런데 어찌 된 영문인지 비천이 말을 높이고 서청 소사가 말을 낮추는 것이다.

동완이 놀랄 일은 계속 벌어졌다.

비천은 소천 노사를 보자 땅에 넙죽 엎드려 절을 했다. 조령도 비천 옆에서 절을 했다.

당주는 교주에게도 무릎을 꿇지 않는다. 예를 갖춰 포권을 할 뿐.

"스승님, 제자 비천이 인사 올립니다."

소천 노사의 반응은 더 가관이었다. 소천 노사는 가볍게 머리를 끄덕이는 것으로 인사를 받았다.

"잘 왔다."

다섯 사람은 소천 노사의 오두막 안으로 들어가 탁자에 둘러앉은 다음, 서청 소사가 내어온 차를 마셨다.

소천 노사가 말했다.

"조령아, 수척해 보이는구나."

"젖살이 빠진 탓이겠지요."

"천아 놈이 고생시킨 건 아니고?"

"고생이랄 것 없어요. 제가 좋아서 선택한 일인걸요."

"천아 놈 성격이 하나하나 챙겨줄 만큼 자상하지 못하니, 네 몸은 네가 챙겨야 한다."

비천이 펄쩍 뛰었다.

"스승님, 그런 말씀 마십시오. 제가 사매를 얼마나 챙겨준다고요."

소천 노사는 비천을 빤히 보았다.

"예나 지금이나 말은 잘하는구나. 그래, 무슨 바람이 불어서 먼 길을 온 게냐?"

"스승님, 제자가 주작당주가 되었습니다."

"들어 알고 있다. 벌써 육 년 전의 일이라고? 그 말을 하려고 온 건 아닐 테고."

비천은 궁색한 얼굴이 되어서 말했다.

"그간 조금 바빴습니다."

소천 노사는 머리를 끄덕였다.

"그랬을 테지. 바빴을 테지."

"독고성이라는 아이가 뛰어나다는 말을 들었습니다."

"서청이가 그러더냐?"

비천은 머리를 끄덕였다.

"제법 괜찮은 아이지. 예전의 너를 보는 것 같은 아이지."

소천 노사는 돌연 동완을 보며 말했다.

"여자 아이야, 이름이 무어냐?"

동완의 눈썹이 꿈틀거렸다.

영생교 내에서 노사의 위치는 잘 쳐줘서 대주급이었다. 이미 은퇴한 무인이어서 대주 대우를 해주는 것이지 실질적인 위치는 하급 무인보다도 낮았다.

한발 앞서 비천이 말했다.

"전대 주작당주님의 금지옥엽인 동완 소저입니다."

소천 노사는 머리를 끄덕였다.

"이 아이가 동완이구나. 소문대로구나. 아니, 소문 이상이야. 타고난

무골이야. 내가 본 사람 중에서 천하제일고수가 나온다면 바로 이 아이
일 것이야."

비천은 소천 노사의 사람 보는 눈이 정확하다는 것을 알았다. 예전에
자신을 두고 못 되면 당주, 잘되면 사천 지방의 패자가 될 재목이라고 하
지 않았던가?

"스승님께서 천하제일고수라는 말을 입에 올린 것은 지금이 처음입니
다."

동완은 화낼 기회를 놓쳤다. 서청 소사는 물론 조령까지 자신을 힐끔
힐끔 보았기 때문이다.

'이게 무슨 뚱딴지 같은 일이지? 저 소천인지 대천인지 하는 늙은이가
점쟁이라도 되는 모양이지?'

소천 노사가 말했다.

"화안명이라는 아이가 있어. 독고성과 같은 7년 차 수련자이지. 독고
성을 만나볼 생각이라면 화안명도 만나봐라. 크게 된다면 독고성이 아니
라 화안명이 크게 될 테니."

비천은 서청 소사를 보았다.

비천의 대답을 기다리는 시선에 서청 소사는 화안명에 대해 생각했다.

'독고성과 가장 친한 동기.'

이것 외에는 화안명에 대해 기억나는 것이 없었다. 별수없이 서청 소
사는 머리를 작게 저었다.

달이 지고 해가 떴다. 햇살은 따뜻했고, 바람은 시원했다. 운기조식으
로 시작한 수련은 해가 중천으로 뜨자 끝났다. 해는 조금씩 서쪽으로 기
울었고, 그에 따라 바람은 조금씩 차가워졌다. 유난히 새가 울어대지도
않았고, 특별히 햇살이 따뜻하지도 않았다.

평소와 다름없는 하루였다.

지금 화안명의 앞에 있는 5년 차 수련자 정영이 거친 숨을 고르며 목도를 들고 있는 것만 보아도 그렇다. 벌써 몇 번이나 땅을 굴렀는지 정영의 몸은 흙투성이였다. 얼굴 한쪽은 목도에 맞았는지 부어 있었다. 이쯤 되면 상대가 되지 않는다는 것을 알 법도 한데 정영은 눈에서 독기를 지우지 않았다.

화안명이 말했다.

"오늘은 그만 하자."

정영은 대답도 않고 머리를 저었다.

자의는 아니었지만 이 년 동안 정영을 상대해 왔기에 정영이 이런 태도를 보인 이상 말로 설득할 수 없다는 것을 화안명은 알았다. 할 수 없이 화안명은 목도를 고쳐 잡았다.

'오늘따라 심한걸. 할 수 없지. 본때를 보이는 수밖에.'

정영은 화안명을 향해 한 걸음 내디디며 화안명의 머리를 노리고 목도를 휘둘렀다. 여자 아이답지 않게 힘이 실린 일격이었다.

화안명은 정영의 목도를 노리고 목도를 짧고 빠르게 휘둘렀다. 정확히 정영의 목도의 중심부를 노렸기에 두 개의 목도가 부딪치자 정영의 목도가 부러져 나갔다. 힘의 차이였고, 내공의 차이였다.

짧게 휘두른만큼 나간 목도를 거두어들이는 것은 쉬웠다. 화안명은 무방비 상태인 정영의 오른 어깨를 향해 목도를 위에서 아래로 내려쳤다. 강하지도 약하지도 않게, 일주일 정도 목도를 잡지 못할 만큼의 강도로.

화안명의 목도가 정영의 오른 어깨를 때리자 정영은 악! 소리를 지르며 무릎을 꿇었다. 온통 찡그린 정영의 얼굴을 보자 화안명은 조금 미안해졌다.

'그렇게 그만 하자고 할 때 그만 하지.'

정영은 왼손으로 오른 어깨를 감싸며 일어섰다. 정영은 아무렇지도 않은 얼굴로 말했다.

"내가 졌어요. 역시 사형은 강해요."

"어깨는 괜찮아?"

"아무렇지 않아요. 하루 쉬면 나을 거예요."

목도를 휘두른 사람이 본인이었기에 화안명은 정영의 어깨가 절대로 하루 쉬어서 괜찮아질 정도가 아니라는 것을 알았다.

"내가 심했다."

정영은 머리를 저었다. 그리고는 한 번 숨을 고른 다음 말했다.

"오늘은 한 대 때리고 싶었는데……."

"뭐라고?"

화안명이 펄쩍 뛰는 모습을 보고 정영은 배시시 웃었다.

"사형에게 보여주고 싶었어요. 내가 예전의 코흘리개 꼬마아이가 아니라는걸요."

화안명은 피식 웃었다. 1, 2년 차 수련자 때 정영은 계집아이였음에도 코를 흘리고 다녔다. 몸집도 다른 아이보다 작고 왜소했다. 나이가 또래보다 어렸기 때문이다. 그런 정영을 화안명이 몰래 챙겨주곤 했다. 정영의 모습에서 자신이 떠올라서였다.

"사형."

"그래."

"생일 축하해요."

화안명은 속으로 날짜를 세어보았다. 3월 3일, 자신의 생일이었다. 수련자 오두막에서 생일은 아무런 의미를 갖지 못했다. 챙기는 사람도 없고 챙겨주는 사람도 없기 때문이다. 그리고 보니 삼 년 전 딱 한 번 선물을 받은 적이 있었다.

화안명은 머리를 돌려 독고성과 대련하고 있는 하림을 보았다. 무슨 이유에서인지 하림은 목도를 멈추고 미소 지었다. 독고성과 뭐라 뭐라 이야기를 나누는 듯했다. 하림의 웃는 얼굴을 보자 화안명은 가슴 한쪽이 시큰하니 아파왔다.

삼 년 전 하림에게 선물받은 화관은 어디 있을까? 대수롭지 않게 한쪽 구석에 던져 놓았으니 한쪽 구석에서 잊혀진 채로 사라졌을 것이다.

갑자기 연무장이 술렁거렸다.

이상하게 여긴 화안명이 주위를 둘러보았다. 소천 노사의 오두막에서 연무장으로 이어지는 길을 걸어오는 다섯 사람이 보였다. 두 사람은 아는 사람이었고, 세 사람은 모르는 사람이었다. 그들 중 둘은 여자였다. 수련자들이 웅성거린 이유는 두 여자 때문인 듯했다. 이십대 중, 후반으로 보이는 두 여자는 아름다웠다. 단지 얼굴이나 몸매뿐 아니라 입고 있는 옷도 아름다웠다. 수련자들에게는 상상할 수 없는 아름다운 비단옷이었다.

이윽고 다섯 사람이 단 위로 올라섰다. 수련자들은 하던 일을 멈추고 단 위의 다섯 사람을 보았다.

비천은 수련자들을 둘러보고는 말했다.

"다들 건강해 보이는구나. 반갑다. 나는 비천이다."

연무장은 두 여자를 보았을 때 이상으로 술렁거렸다. 비천이 누구인가? 소천 노사 오두막의 영웅이고, 호걸단의 영웅이 아닌가? 신화를 써 나가는 사람이고 살아 있는 전설이었다.

비천의 말이 이어졌다.

"7년 차 수련자 중에 독고성과 화안명이 있다지? 두 사람은 앞으로 나와보아라."

화안명은 비천의 입에서 자신의 이름이 나오자 어리둥절해 자신이 잘못 들은 건 아닌가 해서 주위를 둘러보았다. 독고성이 어깨를 펴고 당당하게 걸어나가는 모습이 보였다.

옆에서 정영이 말했다.

"사형, 어서 나가보세요."

정영의 목소리는 조금 들떠 있었다.

화안명은 머리를 갸웃거리며 연무장 앞으로 걸어갔다.

독고성과 화안명이 단 앞에 서자 비천은 두 사람을 유심히 보았다. 자신과 닮았다는 소천 노사의 이야기 때문이었는지, 아니면 오가는 서찰을 통해 몇 년째 쓸 만한 아이가 있다는 서청 소사의 이야기 때문이었는지 비천은 화안명보다 독고성에게 호감이 갔다. 어쩌면 주눅 들어 보이는 화안명보다 자신감있어 보이는 독고성에게 체질적으로 끌렸는지도 몰랐다.

비천이 말했다.

"너희 둘이 수련자 중에서 제일 강하다고? 어디 한번 보자. 얼마나 강한지, 얼마나 배웠는지."

독고성은 비천의 말을 언뜻 이해하지 못했다.

그렇게 두 사람이 멍청하게 서 있자 조령이 말했다.

"비천 당주님은 두 사람의 검을 보고 싶은 거예요. 당주가 아니라 사형으로서."

비천이 말했다.

"사형이 아니라 당주라고 생각해도 좋아."

화안명은 생각했다.

'잘못 부른 거 아니야? 내가 아니라 동관식을 불렀어야 하잖아.'

비천의 의중을 알게 된 독고성은 비천에게 머리를 숙여 보이고는 목도를 고쳐 잡았다.

이를 보고 화안명은 뭔가 일이 잘못되어 가고 있다고 생각했다. 화안명이 머뭇거리자 독고성이 말했다.

"아명, 목도를 잡아."

망설이는 화안명을 보고 동완이 말했다.

"저 녀석은 자신이 없는가 본데? 비 맞은 강아지마냥 겁을 집어먹었어."

화안명은 얼굴이 화끈 달아올랐다. 십대 후반의 소년에게 겁쟁이라는 말보다 더 치욕적인 말은 없다.

독고성이 말했다.

"아명, 창피하게 굴지 말고 목도를 잡아."

화안명은 독고성을 보았다. 독고성의 얼굴에는 약간의 열기와 약간의 초조함이 어려 있었다. 비천에게 자신의 실력을 보여주고 싶어서이리라. 자신이 눈앞의 겁쟁이보다 강하다는 것을 보여주고 싶어서이리라. 생각이 여기에 미치자 가슴속에서 뜨거운 무엇이 확 타올랐다.

화안명은 입을 굳게 다물고 목도를 힘껏 쥐었다. 이기고 싶다. 지금 화안명의 가슴속에서 독고성을 알게 된 지 육 년이 지났지만 처음으로 이런 생각이 떠올랐다.

화안명이 목도를 쥐는 모습을 보고 동완이 말했다.

"이제야 싸울 마음이 생겼나 보네? 이거 생각보다 재미있겠는걸."

먼저 공격을 시작한 사람은 독고성이었다. 독고성은 빠르게 화안명의 머리를 노리고 목도를 휘둘렀다. 단순하지만 그만큼 빠른 쾌도법의 진수가 실린 일격이었다.

화안명은 독고성의 목도의 움직임을 끝까지 보고 정영을 상대했을 때처럼 출발은 늦지만 도착은 빠른, 짧게 도를 휘둘러서 독고성의 목도를 막았다.

목도와 목도가 부딪쳤다.

화안명은 비틀거리며 뒤로 한 걸음 물러섰다. 목도를 잡은 손에서부터 어깨까지 충격으로 찌르르 울렸다. 독고성의 목도는 정영의 목도보다 빠르고 힘찼으며, 그래서 목도의 중심을 때리지 못했다.

기회를 놓치지 않고 독고성은 연속해서 목도를 휘둘렀다. 화안명은 억지로 막아냈지만 그때마다 한 걸음씩 뒤로 물러섰다. 화안명은 순식간에 열 걸음을 물러섰다. 수련자들은 대결하는 두 사람을 피해서 분분히 좌우로 흩어졌다.

단 위에서 서청 소사가 말했다.

"승부가 난 것 같군. 사제, 이만 끝내도 되겠지?"

비천이 머리를 끄덕이며 '그렇게 하세요'라고 말하려는데 동완이 한 발 앞서 말했다.

"잠깐, 아직 끝나지 않았어. 겁쟁이 꼬마 녀석, 마지막 한 수가 남은 모양이야. 기다려 주자고."

조령이 의아해서 물었다.

"동 단주님, 마지막 한 수라니요? 제가 보기에는 막아내는 것만으로도 벅차 보이는데요."

"멍청이, 눈을 보면 알 수 있잖아. 결코 포기한 눈이 아니라고."

비천이 동완의 말에 동의했다.

"그도 그렇군. 확실히 포기한 눈은 아니야."

비천의 말에 조령은 머리를 돌려서 두 사람이 겨루는 모습을 보았다. 어느 사이 스무 걸음 이상 멀어져서 정신없이 목도를 교환하고 있는 사이로 화안명의 눈을 본다는 것은 최소한 조령에게는 불가능한 일이었다.

동완이 작게 외쳤다.

"지금이야!"

처음 목도를 교환했을 때 화안명은 당황했다. 독고성의 목도의 힘과 빠르기가 예상 이상이었기 때문이다. 당황한 탓에 조금 겁도 난 마음을 다잡을 사이도 없이 독고성이 거세게 몰아붙이자 화안명은 정신없이 막을 수밖에 없었다. 이십 합이 지나자 당황함도 두려움도 조금씩 사라졌다. 어느 사이 적응이 된 것이다. 그러자 호흡이 안정되었다.

기이한 일이 일어난 것은 그 즈음이었다. 단전에 쌓인 내공이 화안명이 거칠게 몸을 움직이는 통에 빠르게 몸 안을 순환했다. 몸 안을 순환하면서 몸 곳곳에 흩어져 있던 내공을 더해서 조금씩 덩치를 불린 단전의 내공이 불쑥 화안명의 두 손으로 움직였다. 의식적이든 무의식적이든 화안명이 목도를 쥔 두 손에 내공을 집중하려 했기에 벌어진 일이었다.

두 손에 내공이 집중되자 화안명은 알 수 없는 충동을 느꼈다. 무언가 분출하고 싶은, 무언가 파괴하고 싶은 충동이었다. 계속해서 방어만 하던 화안명이 눈을 번뜩이며 독고성의 머리를 향해 목도를 휘두른 것은 동완이 작게 외친 그 순간이었다.

화안명의 목도가 빠르게 독고성의 머리를 향해 휘둘러졌다. 독고성은 본능적으로 이번 일격을 막아낼 수 없음을 알았다. 독고성은 되레 화안명을 향해 반 걸음을 나아갔다. 그리고는 목도를 휘둘러 화안명의 목도를 막았다.

목도와 목도가 부딪쳤다. 독고성의 목도가 화안명의 목도를 옆으로 밀어냈다. 화안명의 목도에 실린 힘이 얼마나 대단했는지 독고성은 가위에 눌린 것처럼 꼼짝도 할 수 없었다. 독고성은 아랫입술을 힘껏 깨물었다. 짭짤한 피 맛이 느껴지자 마비되었던 몸이 조금이나마 움직여졌다.

독고성은 젖 먹던 힘까지 모아서 어깨로 화안명의 가슴을 들이받았다.

몸의 무게까지 더해진 독고성의 공격에 화안명은 뒤로 벌렁 넘어졌다.
독고성은 이에 만족하지 않고 화안명의 몸 위로 올라타려 했다.

이때 비천이 외쳤다.

"그만!"

독고성의 몸이 거짓말처럼 멈췄다.

비천의 말이 이어졌다.

"둘 다 어린 나이에 대단하구나."

동완은 흙을 털고 일어나는 화안명을 빤히 보았다. 그러다가 화안명과
눈이 마주치자 입을 열었다.

"이름이 뭐라고 했지?"

"화안명입니다."

"화안명? 화안명. 그래, 네 이름, 기억해 두겠어."

화안명은 어리둥절했지만 동완은 더 이상 말하지 않았다.

소천 노사, 서청 소사, 비천, 동완, 조령이 연무장을 빠져나가자 독고
성은 입 안에 고인 피를 뱉어냈다. 뱉어낸 피가 한 움큼은 될 만큼 많았
기에 화안명은 깜짝 놀랐다.

미안해진 화안명이 독고성을 불렀다.

"아성."

하림이 독고성의 옆으로 다가서며 말했다.

"성 오라버니, 괜찮아요?"

독고성은 화안명이 아닌 하림을 보았다.

"입 안이 조금 찢어졌을 뿐이야."

화안명은 하림의 걱정스러운 얼굴을 보고는 독고성에게 더 이상 아무
말도 하지 못했다.

서청 소사가 독고성과 화안명을 따로 부른 건 오후 수련이 끝나고 저녁을 먹고 나서였다. 하늘에는 노을이 걸려 있었다.

서청 소사를 따라 그의 오두막 안으로 들어서자 비천과 조령이 기다리고 있었다. 동완은 무슨 일인지 보이지 않았다.

비천은 자리에서 일어나 두 사람을 웃는 얼굴로 맞았다. 두 사람이 의자에 앉자 조령이 준비한 차를 내어왔다.

비천이라는 이름이 주는 무게 때문에 독고성과 화안명은 누구랄 것 없이 뻣뻣하게 굳어버렸다. 많은 사람과 함께 넓은 연무장에서 보는 것과 작은 오두막에서 탁자를 사이에 두고 마주 앉은 것은 분명히 느낌이 달랐다.

이를 알고 조령이 말했다.

"그렇게 얼어 있을 필요 없어요. 차를 들어요. 내가 끓인 건데 맛이 좋아요."

비천은 찻잔을 들어 차를 마셨다. 그리고는 찻잔을 들라는 손짓을 했다. 독고성과 화안명은 시키는 대로 차를 마시기는 했지만 차 맛이 어떤지 알지 못했다.

비천이 차를 다 마시고 찻잔을 내려놓으며 말했다.

"차는 긴장을 풀어준다. 그런 의미에서는 술과 같지. 다른 점이라면 술을 마시면 멍청해지고, 차를 마시면 소심해진다는 것 정도일까?"

비천은 독고성과 화안명을 보았다. 비천과 눈이 마주치자 두 사람은 찻잔을 내려놓았다.

비천의 말이 이어졌다.

"너희는 나를 강하다고 생각하느냐? 아니, 강하다고 느끼느냐?"

독고성과 화안명은 동시에 머리를 끄덕였다.

"십삼 년 전, 더도 덜도 말고 딱 십삼 년 전에 나도 너희와 같았다. 가진 거라고는 젊음의 열정과 한 자루의 도밖에 없었다. 하지만 십삼 년이 지난 지금 나는 당주가 되었다. 하급 무사에서부터 시작해 당주가 된 거야. 너희가 나를 보고 느끼듯, 도저히 이길 수 없을 것 같은 자들을 쓰러뜨리고 이 자리에 섰다.”

모두 알고 있는 이야기였다. 비천의 이야기는 수백 번을 들어서 이제는 외울 지경이었다. 하지만 눈앞에서 비천의 입으로 그 자신의 이야기를 듣자 그 느낌이 완전히 달랐다. 가슴이 벌렁거리고 호흡이 가빠졌으며 정신이 몽롱해졌다.

“나는 육 년 전에 당주가 되었다. 하지만 육 년 후에도 당주로 남아 있으라는 법은 없다. 너희는 나를 영웅이라고, 신화라고 부른다지? 하지만 여기서 멈춘다면 너희는 나를 영웅이라고, 신화라고 부를 필요가 없을 거야. 내가 너희를 부른 이유는 너희에게 묻고 싶은 것이 있어서야.”

독고성이 말했다.

“묻고 싶은 것이라니요?”

비천은 한참 동안 독고성을 보았고, 또 한참 동안 화안명을 보았다.

“나와 같이 걸어가지 않겠느냐? 나와 같은 꿈을 꾸지 않겠느냐? 도저히 이길 수 없을 것 같은 자들을 쓰러뜨리고, 모두가 불가능하다고 하는 일을 이뤄내지 않겠느냐? 그러다 도저히 이길 수 없을 것 같은 자들에게 져서 무릎을 꿇고, 모두가 불가능하다고 하는 일을 결국 실패한다 해도 껄껄 한번 웃을 수 있겠느냐?”

비천의 말에는 묘한 힘이 있었다. 비천이 제시한 길이 듣는 사람으로 하여금 이제껏 찾아 헤맸지만 결국 찾지 못했던, 찾기만 한다면 모든 것을 잃더라도 도전해 보고 싶은 그 길이라고 믿게 만드는 힘이 있었다.

독고성과 화안명은 서청 소사의 오두막에서 나왔다.

어느 사이 해는 완전히 져 노을이 걸려 있던 자리에는 별이 떠 있었
다.

두 사람은 말없이 걸었다. 어둠이 내려앉으면 마음은 고요해진다. 풀
벌레 우는 소리만이 적막함 속에서 잔잔하게 퍼졌다.

화안명은 비천이 했던 말을 생각했다. 독고성 또한 같은 생각을 한 모
양이었다.

"아명."

화안명의 대답은 조금 늦게 나왔다.

"응."

독고성의 이어지는 말도 조금 늦게 나왔다.

"왜 대답을 하지 않았어?"

비천의 말에 독고성은 알겠다고, 같이 길을 걸어가자고 했지만 화안명
은 아무런 대답도 하지 않았다. 좋다고도 싫다고도 하지 않았다. 비천도
화안명에게 대답을 강요하지 않았다. 마치 그럴 줄 알았다는 듯이, 아니,
대답을 기대하지 않았다는 듯이.

"그냥."

독고성은 걸음을 멈추고 화안명을 보았다.

"그냥이라니? 비천 사형의 말뜻을 몰랐던 거야?"

화안명은 독고성의 시선을 받으며 사람이 눈과 눈을 마주치고 대화하
는 것은 꽤나 피곤한 일이라고 생각했다.

"뭐라고 말을 해야 좋은 건지 몰랐어."

"당연히 알겠다고 했어야지."

"그랬던 거야?"

독고성은 화안명을 빤히 보았다. 이럴 때 화안명은 변명을 할 수밖에
없었다.

"아직 시험이 남았잖아. 통과할지 못할지도 모르는데. 지금 중요한 건 시험이야."

독고성은 피식 웃었다.

"그런 걸 신경 썼던 거야? 맞아, 시험도 중요하지. 실수해서 통과하지 못하기라도 하면 곤란하니까."

두 사람은 다시 걸었다.

한참을 걸어가다가 무엇이 생각났는지 독고성이 말했다.

"우리 지금처럼 같이 지내자. 비천 사형 밑에서 꿈을 만들어가자."

"지금처럼?"

"그래, 지금처럼."

화안명은 어둠 속을 멍하니 보았다.

'지금처럼이라……'

독고성과 화안명이 돌아가고 나서 비천과 서청 소사는 술을 가운데 두고 마주 앉았다. 조령은 소천 노사를 뵈러 간다고 자리를 비웠는데, 이는 비천의 생각을 미리 헤아리고 한 행동이었다. 비천이 먼 길을 온 이유는 서청 소사를 만나기 위함이었고, 남자의 이야기는 술을 통해 나오기 마련이었다.

비천은 서청 소사가 따라준 술을 한 잔 마시고는 말했다.

"이 맛은 여전하군요. 마지막으로 사형의 술을 마신 게 언제였더라?"

서청 소사가 말했다.

"팔 년 전이지."

비천은 머리를 끄덕여 보이고는 빈 잔에 술을 따라 한 잔 더 마셨다.

"내가 대주가 된 다음날 여기에 왔었으니 정말 그렇게 되었군요."

"자주 좀 찾아오지 않고. 네가 오지 않아서 혼자 술을 마셨더니 그사이 주량만 늘었지 않느냐."

비천은 피식 웃었다.

"어디, 사형의 주량이 얼마나 늘었는지 한번 볼까요?"

"바라던 바다. 오늘 같은 날 술을 마시지 않으면 언제 술을 마시겠느냐? 술은 많고 밤은 길다."

그때부터 두 사람은 쉬지 않고 술을 마셨다. 탁자 위에 빈 술병이 다섯 개가 쌓였다.

비천과 서청 소사의 접점은 수련자 시절이었기에 두 사람의 대화는 자연스럽게 수련자 시절에 있었던 이야기로 흘러갔다.

비천이 술잔을 들고 말했다.

"사형, 그거 압니까? 내가 처음으로 느낀 산은 사형이었습니다. 정말 도저히 이길 수 없을 것처럼 강하게 느껴졌었지요."

"그랬었나?"

비천이 술잔을 단숨에 비우고 소리 나게 탁자에 내려놓았다.

"그랬었나라니요? 내 기억 속의 사형은 누구보다 강했습니다."

"누구보다 강했다는 말은 좀 그렇군. 십오 년 전 나는 너에게 지지 않았느냐?"

비천은 머리를 과장되게 저었다.

"그 싸움은 정당하지 않았습니다. 만약 조령이 걸려 있지 않았다면, 그 싸움은 제가 졌을 겁니다."

서청 소사는 비천을 빤히 보았다.

"넌 오래전부터 착각하고 있는 게 있다. 몇 번이고 말하고 싶었는데 그러지 못했지."

서청 소사는 술을 벌컥벌컥 마셨다.

"그 싸움, 너는 이기고 싶었겠지. 나도 마찬가지였어. 정말 이기고 싶었어. 죽도록 이기고 싶었다구. 비천이라는 하늘 높은 줄 모르고 땅 넓은 줄 모르는 애송이에게 조령을 빼앗기고 싶지 않았단 말이다.”

비천은 말없이 서청 소사의 잔에 술을 따랐다.

“벌써 십오 년이나 지난 일인데 사형은 그 일을 아직도 마음에 담아두고 있었군요.”

서청 소사는 비천이 따라준 술잔을 비웠다.

“사형, 세상은 넓습니다. 넓은만큼 여자도 많습니다. 나와 함께 강호로 나가지 않겠습니까? 사형만 좋다면 내가 조령보다 백 배는 예쁘고, 백 배는 착한 여자를 한 아름 사형에게 안겨드리겠습니다.”

서청 소사는 비천을 보았다. 비천은 무표정했다. 웃는 얼굴도 우는 얼굴도 아니었다. 그래서 진심인지 농담인지 구분해 내지 못했다.

“비천, 그걸 말이라고 하느냐? 나는 지금 장난 치고 싶은 기분이 아니다.”

“내가 왜 사형에게 빈말을 하겠습니까?”

서청 소사는 순간 울컥해서 빈 술잔을 비천의 얼굴을 향해 던졌다. 비천은 피하지 않았다. 이마가 찢어져서 피가 눈 위로 흘러내렸다.

“너는 조령을 사랑하느냐!”

“예.”

“그런데 왜 조령과 결혼하지 않았느냐?”

“…….”

“나쁜 놈.”

서청 소사는 비틀거리며 일어섰다. 등을 돌리고 침상을 향해 걸어가며 말했다.

“내가 네놈을 따라가서 네놈의 한 팔이 되어준다면, 네놈은 무엇을 할 것이냐? 이제 당주가 되었으니 다음은 교주가 되어야겠지. 비천 교주라……. 미꾸라지가 용이 된 격이지. 나는 미꾸라지로 계속 살아갈 테니 네놈은 용이 되어서 하늘을 날아다녀라.”

서청 소사는 침상 위에 털썩 쓰러졌다. 비천은 그런 서청 소사를 바라보았다.

비천은 자신이 이런 식으로 이야기를 하면 서청 소사가 화를 내리라는 사실을 알았다. 하지만 다르게 말할 수는 없었다. 비천이기에 이런 식으로 이야기를 한 것이고, 서청 소사이기에 화를 낸 것이다. 서청 소사이기에 잔을 던진 것이고, 비천이기에 그 잔을 피하지 않고 맞은 것이다.

어느 사이 잠이 든 서청 소사에게 비천이 중얼거리듯 말했다.

“십오 년 전이나 지금이나 조령을 사랑합니다. 하지만 십오 년 전과 지금은 꿈이 다릅니다. 사형, 잘못했습니다. 하지만 십오 년 전으로 돌아간다 해도 사형에게 조령을 내어주지는 않을 겁니다.”

◈ 第四章 ◈

끝, 그리고 시작

끝, 그리고 시작

　　멀리서 새가 지저귀는 소리에 화안명은 눈을 떴다. 나무가 아치 모양으로 얽혀 있는 천장이 눈에 들어왔다. 옆에서 부스럭거리는 소리가 들리는 것이 다른 아이들도 잠에서 깬 모양이었다.

　　"아직 시간이 이거밖에 안 된 거야? 더 자야겠네."

　　동관식의 목소리였다.

　　다시 자리에 눕는 동관식과는 달리 화안명은 자리에서 일어나 문으로 걸어갔다. 문을 여니 간밤에 눈이 내렸는지 온통 하얗게 변한 대지가 눈에 들어왔다.

　　1월 1일. 이제 겨울도 조금은 뒤편으로 물러나야 할 계절이지만 이곳은 2월이 돼서도 눈이 내리곤 했다.

　　"아명, 추워. 문 좀 닫아."

　　역시 동관식의 목소리였다.

　　이제 화안명은 열여섯 살이 되었다. 다른 아이들은 열여덟 살로 알고 있지만.

화안명은 밖으로 나와서 문을 닫았다. 얼어 있는 우물 대신 눈으로 대충 얼굴을 씻었다.

화안명은 앉은 상태에서 생각했다.

'시험이라는 것이 과연 무엇일까?

서청 소사에게 어렵게 몇 번 물었지만 그는 대답해 주지 않았다. 다만 시간이 되면 알게 될 거라고만 했다. 오늘이 바로 서청 소사가 말한 그날이었다.

"아명, 문을 확실하게 닫아야지. 바람이 새어 들어와서 잠이 다 깨어 버렸잖아."

동관식은 화안명의 옆에 앉아서 눈으로 얼굴을 씻었다.

"녀석들, 좋겠군. 수련을 제낄 수 있으니."

눈이 온 것을 두고 하는 말이었다.

동관식은 연신 투덜거렸다.

"작년에는 해가 쨍쨍하더니 올해는 발목까지 덮일 만큼 눈이 오다니. 분명 뭔가 있어. 아니면 매번 이렇게 공교로울 수 없어."

화안명이 보기에 동관식은 전혀 긴장한 것 같지 않았다.

이때 사그락사그락 눈 밟는 소리가 났다.

화안명과 동관식은 머리를 들어 앞을 보았다. 그곳에는 대바구니를 손에 들고 있는 정영이 서 있었다.

두 사람과 눈이 마주친 정영은 당황해서 말했다.

"죄송합니다. 제가 두 분 사형의 수련을 방해했습니다."

동관식은 화안명을 한 번 보고는 다시 정영을 한 번 보았다. 그리고 일어서며 말했다.

"수련은 무슨, 얼굴 씻고 있었는데. 그건 그렇고, 가슴에 안고 있는 거, 우리 먹으라고 가져온 주먹밥이냐?"

"예, 아직 아침을 드시지 않은 것 같아서……."

정영의 말이 채 끝나기도 전에 동관식은 정영의 손에서 대바구니를 받아 들었다. 그러고는 화안명의 어깨를 툭 치고는 대바구니를 들고 오두막 안으로 성큼성큼 걸어가 문을 벌컥 열고는 문가에 서서 소리쳤다.

"지금이 몇 시인데 아직도 자고 있는 거야?! 조금 있으면 해가 중천에 뜬다구! 서청 소사님이 오신 다음에 일어날려구 그러는 거야?!"

화안명은 일어서며 말했다.

"고마워. 안 그래도 배가 고팠는데."

화안명이 몸을 돌리려 하자 정영이 급히 말했다.

"사형."

"응."

"사형."

"말해."

정영은 쉽게 말을 꺼내지 못하고 아랫입술만 잘근잘근 씹었다. 두 사람 사이로 바람 한 번 불어갈 시간이 흘렀다. 정영은 약간은 슬픈 듯한, 약간은 아쉬운 듯한 얼굴이 되어서 말했다.

"아침밥 맛있게 드세요."

"그래."

화안명이 몸을 돌려 오두막으로 들어가는 뒷모습을 정영은 망연히 보았다. 이내 문이 닫히자 정영은 작게 중얼거렸다.

"그리고 몸조심하세요. 부디 무사히 돌아오세요."

오두막 안에서는 동관식과 하림이 티격거리고 있었다. 동관식이 하림을 깨웠기 때문이다. 두 사람은 주먹밥을 먹는 사이사이 부지런히 말싸움을 하고 있었다.

"오늘 같은 날 조금 늦게 일어난다고 누가 뭐라 해요? 지금이 아니면 언제 잠을 잘지 모르는데! 조금이라도 더 자두려는데 그걸 꼭 소리쳐서 깨워야겠어요?"

"알아, 나도 그래서 안 깨우려 했다고. 그런데 정영이 주먹밥을 가져다주지 않았겠어? 말이야 바른 말이지, 안 깨우고 혼자 먹었어 봐. 몇날 며칠을 두고두고 욕했을 거면서. 내 말이 틀렸으면 손에 있는 주먹밥 내려놓고 말해봐."

"정영, 그 조그만 계집애는 시키지도 않은 일을 하고 그래?"

끝내 주먹밥을 손에서 놓지 않는 하림이었다.

화안명이 곁에 앉으며 주먹밥을 집자 동관식이 정색하며 말했다.

"어라? 아명, 너는 왜 여기 있는 거야?"

하림이 말했다.

"왜, 명 오라버니는 먹으면 안 되나요? 설마하니 동 오라버니, 명 오라버니 몫까지 먹어버린 건 아니겠지요?"

동관식은 인상을 썼다.

"중요한 건 그게 아니잖아, 아명? 정영은?"

"갔어."

"갔어?"

"그래, 갔어. 주먹밥 가져다 줬으니 가는 게 당연하잖아?"

"이런 바보멍청이."

동관식은 화안명을 끌고 오두막 밖으로 나갔다. 화안명은 영문도 모른 채 주먹밥 한 덩이도 먹지 못하고 오두막 밖으로 끌려나왔다.

동관식은 화안명을 한쪽 구석으로 데려간 다음 잡은 손을 놓았다.

"아명, 정영이 왜 온 거라고 생각해?"

"그야 주먹밥을 주려고 왔겠지. 오늘은 오전 수련이 없으니 굶고 있다고 생각했겠지."

"그래, 네 말도 맞아. 5년 차 수련자가 7년 차 수련자를 챙겨주는 거, 당연하다면 당연한 일이야. 하지만 말이야, 어떤 일이 당연하게 되기 위해서는 한 가지 이유만으로는 어려워. 정영이 이른 아침부터 주먹밥을 챙겨온 데에는 정영이 5년 차 수련자이어서일 수도 있지만, 네가 7년 차 수련자이어서일 수도 있다는 말이지."

화안명은 동관식의 말이 알 듯 모를 듯했다.

화안명이 아무런 반응을 보이지 않자 동관식이 답답하다는 듯이 말을 덧붙였다.

"그러니까 내 말은, 정영이 너를 좋아하는지도 모른다는 거야."

화안명은 깜짝 놀라서 되물었다.

"정영이 나를 좋아한다고?"

"내가 보기에는 틀림없어."

"말도 안 돼. 그 코흘리개 꼬마 녀석이?"

"계집아이들이 그런 데는 빠르니까. 양희도 그렇고 하림도 그렇고."

동관식의 말에 하림을 떠올렸다. 먹는 것을 유난히 좋아하고, 항상 밝게 웃던 몇 년 전의 하림을. 지금도 하림은 먹는 것을 좋아하고 밝게 웃지만 몇 년 전과는 무언가 달랐다.

동관식의 말이 이어졌다.

"그리고 정영이 어리다고 하는데, 그건 네가 몰라서 하는 말이야. 여자 아이가 여자가 되는 데에는 하루면 충분하다고."

동관식은 또 알 듯 모를 듯한 말을 했다.

동관식은 주위를 둘러보더니 무슨 비밀스러운 이야기를 하려는지 목소리까지 죽여서 말했다.

"아명, 너 아직 여자랑 안 자봤지?"

"뭐?"

"자는 거 말이야, 자는 거."

"……."

"소천 노사님께 다녀와서 한번 말해봐. 오늘은 수련도 없을 테니까. 태어나서 여자랑 한 번도 안 자보고 죽으면 억울하잖아?"

"……."

"내 생각에는 좋다고 할 거 같은데. 마음이 없었다면 아침에 오지도 않았을 테니까. 알고 보면 여자가 은근히 더 좋아한다니까."

화안명은 문득 생각나는 것이 있었다.

"너는 여자랑 자봤어?"

동관식은 자랑하는 얼굴이 되어서 말했다.

"당연하지. 두 손, 두 발로는 셀 수도 없다고."

"그럼 아성도 여자랑 자봤겠지?"

"저번에 술 마실 때 독고성이 이야기했는데. 그때 너는 없었나? 하림 이 너무 좋아한다고 그러더라?"

화안명은 머리 속이 주위의 눈처럼 새하얗게 변하는 것을 느꼈다. 동 관식이 뭐라 뭐라 더 말했지만 하나도 귀에 들어오지 않았다.

서청 소사가 아이들을 찾아온 건 아이들이 주먹밥을 다 먹고 세수를 마친 다음 지루함을 이기지 못해 대련을 하고 있을 때였다.

으레 서청 소사는 말없이 앞장서서 걸었고, 아이들은 그 뒤를 따라 걸었다. 독고성과 나란히 걸으며 재잘거리는 하림의 뒷모습을 보며 화안명 은 여러 가지 생각을 했다.

생각은 꼬리에 꼬리를 물었다. 소천 노사의 오두막에 들어가서도, 소천 노사가 진지한 얼굴로 뭐라 뭐라 이야기를 할 때도, 진도를 받으면서도 화안명은 하림에 대한 생각을 놓지 못했다.

생각이라는 것은, 특히 혼자만의 생각이라는 것은 쉽게 결론이 내려지지 않고, 어려움 끝에 내려진 결론은 또한 터무니없는 경우가 많다. 지금 화안명의 경우가 꼭 그랬다. 소천 노사의 오두막을 나와서 7년 차 수련자의 오두막으로 걸어가며 화안명은 이렇게 생각했다.

'아닐 거야. 하림이 독고성과 잤다는 건 말도 안 돼. 만약 그런 일이 있었으면 아성이 제일 먼저 나에게 말했을 거야. 그래, 동관식이 술에 취해서 잘못 들은 게 틀림없어.'

7년 차 수련자의 오두막에 돌아온 아이들은 점심을 먹었다. 소천 노사의 오두막에서 반 시진 넘게 머물다 온 것이었다. 점심을 먹는 아이들의 얼굴은 모두 심각했다.

무거운 분위기 속에 점심 식사가 끝났다.

동관식은 양희를 데리고 어디론가 사라졌고, 오두막에는 독고성, 화안명, 하림 세 명만 남았다. 독고성은 진도가 낯설은지 몇 번 만지작거리더니 오두막 밖으로 나갔고, 하림은 당연하다는 듯이 독고성을 따라 나갔다.

독고성은 오두막 앞 공터에서 진도로 수련을 했고, 하림은 멀찍이 떨어진 바위 위에 앉아서 그런 독고성의 모습을 지켜보았다.

오두막 안에 혼자 남은 화안명은 문득 쓸쓸하다는 생각이 들었다. 이런 기분은 이 년 전 겨울에 혼자 산에 올랐을 때 처음 들었고, 그 이후로 이따금 잊혀질 만하면 한 번씩 들곤 했다. 가슴 한편이 싸하게 아린 것이 오늘은 그 정도가 심했다. 그 때문일까? 화안명은 하림에게 좋아한다고 말하고 싶었다. 동관식의 말처럼 같이 자자는 말은 아니었지만, 그 대상이 정영에서 하림으로 바뀌었지만, 내일이 오지 않는다는 사실은 가슴속에 무언가를 담아두기에는 오늘이라는 시간이 너무 아깝게 느껴지게 만드는 힘이 있었다.

몸을 일으키자 화안명은 가슴이 두근두근 뛰었다. 바위에 앉아 있는 하림에게 다가갈수록 가슴은 더욱 심하게 뛰었다.

어색하고 뻣뻣하게 옆에 서 있는 화안명을 본 하림은 옆으로 조금 움직여서 화안명이 앉을 자리를 만들어주었다. 화안명은 하림의 옆에 앉아 하림의 옆모습을 보았다.

하림의 시선은 화안명이 옆에 선 이후로 줄곧 독고성에게 고정되어 있었다. 그것은 화안명이 조심스럽게 말을 걸었을 때도 마찬가지였다.

"하림."

"응."

화안명은 문득 할 말을 찾지 못했다. 만약 하림이 자신을 보았다면 좋아한다는 말을 했을지도 모른다. 그래서 한 번 더 하림을 불렀다.

"하림."

"응."

화안명의 바람대로 하림이 머리를 돌려 마주 보았다. 주위의 눈처럼 하얀 얼굴과 별빛을 담은 듯 반짝이는 눈. 그 위에 은은하게 번지는 향기. 화안명은 덜컥 가슴이 내려앉았다. 그러고 보니 하림을 이렇게 가까이에서 본 적이 있었던가? 하지만 이번에는 만약 하림이 자신을 보지 않았다면 화안명은 좋아한다는 말을 했을지도 모른다고 생각했다.

하림은 조금은 당황한 듯한 화안명을 잠시 보았다.

"명 오라버니도 걱정되나 보구나?"

"응?"

하림은 배시시 웃었다.

"사실 나도 그래. 왜 수련을 열심히 하지 않았을까 후회도 되고. 그래서 이렇게 보고 있는 거야. 성 오라버니가 도를 수련하는 모습을 보고 있으면 가슴이 편안해지거든."

"그러니?"

"응, 그래."

하림의 시선이 화안명에게서 독고성에게로 옮겨갔다. 그래서 화안명의 시선도 독고성에게로 옮겨졌다.

독고성의 도는 호쾌한 맛이 있었다. 특별히 힘이 넘치지도 빠르지도 않았지만, 보고 있으면 하림의 말처럼 가슴이 편안해지는 무엇이 있었다. 그 무엇이 자신감일 거라고 화안명은 생각했다.

화안명이 독고성의 도법을 보며 생각하는 사이 하림은 화안명을 바라보았다. 갑자기 무슨 생각을 했는지 아랫입술을 살짝 깨무는 화안명. 그러다가 머리를 끄덕이는 모습을 보았다. 다가와 옆에 섰을 때부터 지금까지 화안명의 얼굴은 줄곧 딱딱하게 굳어 있었다.

'무엇이 명 오라버니를 이렇게 힘들게 하나요?'

화안명의 어깨가 움찔거리자 하림은 급히 시선을 돌려 앞을 보았다. 하림은 화안명이 자신을 보고 있음을 알았다. 화안명이 작게 한숨 짓는 소리가 들려왔다. 하림은 독고성에게 시선을 둔 채로 말했다.

"명 오라버니."

"응."

"우리 꼭 무사히 돌아와요. 그래서 다시 만나요."

새 아침이 밝았다.

아이들은 주먹밥을 먹고 일찍 오두막을 떠났다. 가볍지도, 그렇다고 무겁지도 않은 분위기였다. 소천 노사가 아이들에게 준 하루라는 시간 동안 아이들은 각자의 방식으로 생각을 정리한 것이다. 그래서 동관식은 아침 안개를 뚫고 입구를 향해 걸으며 화안명에게 농담을 던질 수 있었다.

"아명, 너 어제 정영을 찾아가지 않았지? 그것 봐, 오늘은 정영이 찾아오지 않았잖아. 실망했을 거야. 그렇게 기회를 주었는데도 말이야. 아마 남자답지 못하다고 생각하고 있을걸."

화안명은 동관식의 말에 피식 웃고 말았다. 화안명에게는 정영과 자는 것보다 하림의 마지막 말 한마디가 더 의미 있었던 것이다.

아이들은 입구에서 초조하게 자신들을 데리러 올 사람을 기다렸다. 서청 소사의 말로는 주작당 무사라고 했다. 그리고 그들이 시험을 치르는 것을 도와줄 것이라고 했다.

약간의 시간이 지나고 나서 아침 햇살 사이로 붉은 무복을 입은 다섯 사람이 나타났다. 그중에는 낯익은 이들도 있었는데, 몇 달 전에 비천을 따라 소천 노사의 오두막에 왔던 동완과 조령이었다.

동완은 인상을 쓰며 투덜거렸다.

"왜 내가 이런 일까지 해야 하는 거야? 차고 넘치는 게 지원단 녀석들인데, 그 녀석들은 다 어디 간 거야?"

옆에서 순박해 보이는 청년이 말했다.

"아가씨, 당주님께서 특별히 주목하는 녀석들이라고 하지 않았습니까."

동완은 도끼눈을 하고 청년을 쏘아보았다.

"무강, 네가 언제부터 내가 하는 말에 토를 달았지? 이제 조금 세졌다 이거야? 한번 붙어볼까?"

무강은 움찔하는 기색으로 한 걸음 뒤로 물러섰다. 동완이 뿜어낸 살기 때문이었다.

두 사람이 그러거나 말거나 조령은 아이들의 앞으로 나아가 웃는 얼굴로 말했다.

"초면인 사람도 있고 구면인 사람도 있네요. 당주님도 나도 기대하고 있어요. 이번 시험, 멋지게 통과하기를 바라요."

화안명은 동완의 뒤를 따라 걸어야 했다. 두 사람이 한 조가 된 것은 순전히 동완이 원해서였다.

무강을 괴롭히던 동완은 화안명을 발견하자 반색했다.

"너, 아직 살아 있었구나?"

동완은 재미있는 장난감을 발견한 아이 같은 얼굴이 되어서 화안명에게 다가갔다.

"키가 조금 큰 것 같기도 하고."

동완은 다짜고짜 화안명의 팔뚝을 손으로 잡았다.

"근육도 조금 붙었나?"

화안명은 동완이 몸 가까이 붙음에 따라 풍겨오는 여인의 향기에 얼굴이 달아올랐다.

"좋아, 난 이 녀석으로 정했어."

조령이 바로 반대했다.

"안 됩니다. 남자 수련자를 여자가 맡는다는 건……."

조령의 말은 끝까지 이어지지 못했다.

"뭐야? 아무리 내가 궁하다고 해도 이런 꼬마한테 흑심을 품을 만큼은 아니라고!"

조령은 뭐라 말을 하려다가 문득 떠오르는 생각이 있어서 동완을 막지 못했다. 만약 노관의 이름이 나오면 동완은 어울리지 않게 우는 얼굴이 될 것이고, 우는 얼굴이 된 동완을 보는 것은 무척이나 가슴 아픈 일이었기 때문이다. 그래서 조령은 투덜거리는 것으로 동완의 행동을 허락했다.

"동 단주님, 오기 전에 말해줬으면 좋았잖아요. 그러면 여자 무사 한 명을 더 데려왔을 텐데요."

동완은 너무나 당연하다는 얼굴로 말했다.

"이 녀석이 아직 살아 있는 줄 몰랐지. 설마 너를 골탕 먹이려고 일부러 그랬겠어?"

조령은 피식 웃고 말았다.

동완은 화안명의 손을 잡아끌며 말했다.

"가자, 가만히 서서 떠드는 건 가장 멍청한 짓이라고."

그렇게 화안명은 동관식의 부러운 시선을 받으며 길을 떠났다.

동완을 모르는 남자가 보기에 그녀는 가슴이 두근거릴 만큼 매력적인 여인이었던 것이다.

동완은 화안명이 자신 뒤를 졸졸 따라오는 게 마음에 들지 않았는지 옆으로 와서 걸으라고 했다. 그래서 화안명이 옆으로 와서 걷자 동완은 화안명이 걷는 모습을 잠시 보더니 인상을 쓰며 말했다.

"너, 걸음이 그게 뭐야?"

"예?"

동완은 다짜고짜 화안명의 발목을 걸어찼다. 동완이 발길질에 사정을 두지 않았기에 화안명은 걸어차인 발목에서부터 등을 거쳐 머리까지 숨이 막힐 듯한 아찔한 고통을 느끼고 땅에 주저앉았다. 어떻게 걸어차면 이렇게 아픈 건지 화안명은 눈물까지 찔끔 흘리고 말았다.

"발이 끌리잖아."

화안명은 어처구니가 없어서 동완을 멍하니 올려다보았다.

동완의 말이 이어졌다.

"발이 땅에 끌리면 빨리 움직일 수 없어. 빨리 움직이지 못하면 자신이 원하는 곳에 검을 넣을 수 없어. 아무리 내공이 강해도, 아무리 검법이 뛰어나도 원하는 곳에 검을 넣지 못하면 싸움에서 이길 수 없어. 기본 중의 기본이니 명심해라."

그 후로도 화안명은 동완에게 몇 번을 더 걷어차여야 했다.

두 사람은 한 시진 반 동안을 쉬지 않고 걸었다. 해가 중천에 떠서야 동완은 걸음을 멈추고 길가의 바위에 앉아 품에서 육포를 꺼내 먹었다. 화안명이 자신을 멀뚱히 보자 동완은 인상을 썼다.

"뭐야? 길 떠날 사람이 육포도 안 챙겨온 거야?"

동완은 화안명에게 육포를 나누어주며 당연하다는 듯이 화안명의 뒷머리를 손바닥으로 때렸다. 동완은 가볍게 때린 것이었지만 화안명은 눈앞의 사물이 두 개, 세 개로 늘어나는 신기한 광경을 경험해야 했다.

동완은 육포 한 조각을 먹자마자 검을 챙겨 들고 일어섰다. 화안명은 늑장을 부렸다가 동완에게 맞을까 봐 육포를 다 먹지도 못하고 따라 일어섰다. 그러나 동완은 길을 떠나는 대신 검을 뽑아 들었다. 그리고는 진지한 얼굴이 되어서 검법을 수련하기 시작했다.

동완의 검은 빠르지도 화려하지도 않았다. 화안명의 눈에도 처음과 끝이 보일 만큼 느리고 단순했다. 이상하게도 화안명은 그런 검에서 동완이 강하다는 것을 느꼈다. 지난 반나절 동안 동완의 매운 손맛을 보아서였을까?

동완은 화안명이 자신을 멍하니 보고 있자 인상을 썼다.

"뭐야?"

동완의 말이 채 이어지기도 전에 화안명은 후다닥 도를 뽑아 들었다. 화안명의 빠른 발검이 마음에 들어서였을까? 동완은 화안명을 때리는 대신 길게 이야기를 했다.

"무사는 단 하루도 손에서 검을 놓지 않는다. 네 손에서 검이 놓아지는 순간, 네 몸에서 목이 놓아지게 될 거야. 몸은 정직하거든. 그건 맞는 말이야. 바보 같은 말이기도 하지만……."

동완은 화안명에게서 시선을 거두고 검을 고쳐 잡으며 중얼거렸다.

"바보 같은 사람."

동완과 화안명은 반 시진 동안 외공을 수련했다. 화안명이 게으름을 피우면 동완이 어떻게 알았는지 검면으로 화안명을 사정없이 때렸기에, 화안명은 입에서 단내가 나도록 도법을 수련해야 했다. 수련은 동완이 검집에 검을 꽂으면서 끝났다.

동완은 여자임에도 그 흔한 손수건 하나 없는지 소매로 이마와 목의 땀을 대충 닦아내고는 바로 출발했다.

수련이 힘들었던 탓에 다시 화안명의 발이 땅에 끌렸다. 그때마다 어김없이 동완의 발길질이 날아왔다. 어지간해서는 사람 욕을 안 하는 화안명이었지만 만난 지 하루가 채 지나지 않아서 동완과 동완의 아버지, 어머니가 화안명의 생각 속에서 수십 번 불려졌다.

다시 한 시진 반을 걷자 해가 졌다.

동완은 주위를 살펴보고는 망토를 풀어서 평평한 곳에 대충 깔았다. 그리고는 그 위에 앉아 운기조식을 했다. 화안명도 냉큼 동완의 옆에 앉아서 운기조식을 시작했다.

반 시진 동안의 운기조식이 끝나자 동완은 망토 위에 누웠다. 앉은 곳이 잠자리로 바뀐 것이다.

아직 겨울의 여운이 남아 있어 산속의 밤은 무척 추웠지만 동완은 불을 피울 생각조차 하지 않았다.

"바로 자라. 아침 일찍 떠날 테니."

화안명은 망토가 없었기에 맨땅 위에 그대로 누웠다. 몸을 통해 땅의 한기가 올라왔다. 조금이라도 땅과 닿는 면적을 줄일 생각에 화안명은 모로 누웠다. 돌아누운 방향이 동완 쪽이어서 그녀의 모습이 어둠 속에서 어렴풋이 보였다.

동완은 쌕쌕 고른 숨을 쉬었다.

'벌써 잠이 들었나?

하는 생각이 들자 화안명의 가슴이 두근두근 뛰었다.

손만 뻗으면 닿을 곳에 잠이 든 동완이 있었다. 속 모습이야 어떻든 겉모습은 보는 것만으로도 가슴이 두근거리는 아름다운 동완이었다.

화안명은 쳇 하고 헛소리를 내고는 반대편으로 돌아누웠다.

'일찍 안 일어나면 또 때릴 거야. 빨리 자야지.'

동완을 아는 남자가 보기에 동완은 가슴이 두근거리는 자신이 미워지는 여인이었던 것이다.

산새가 지저귀는 소리에 화안명은 눈을 떴다. 주위로 옅은 안개가 드리워져 있었다. 해는 떴지만 햇살은 닿지 않은 이른 아침이었다. 어제 하루종일 시달린 탓에 눈을 감자마자 잠이 들었고, 습관적으로 해가 뜨자 눈을 뜬 것이었다.

화안명은 몸을 일으키려다가 부스럭거리는 소리에 반사적으로 눈을 꼭 감았다. 단 하루였지만 동완과 함께한 날이 끔찍해 동완이 깨어났음을 알자 잠이 든 척한 것이다.

동완은 화안명을 한 번 보고는 가부좌를 틀고 앉았다. 한참을 기다려도 동완에게서 반응이 없자 화안명은 슬며시 눈을 떴다. 마침 해가 산 위로 떠올라서 강해진 햇살에 새벽 안개가 잘게 부수어졌다. 그 사이로 동완의 얼굴이 보였다. 동완의 얼굴은 분가루를 바른 것처럼 뽀얗다. 어제부터 오늘까지 꼬박 하루 동안 동완은 얼굴에 물 한 방울 묻히지 않았다. 한 게 있다면 수련을 하고 나서 소매로 얼굴을 닦아낸 것뿐이다.

화안명은 일어나서 앉았다. 남자에게 있어서 아름다운 여인을 보는 것만큼 흐뭇한 일은 없다. 특히 자신이 남자임을 깨닫고, 남자 이외에 여자가 있다는 사실을 깨닫는 십대 소년은 더욱 그러했다.

화안명이 한참을 멍청하게 바라보고 있는데 동완이 눈을 떴다. 눈과 눈이 마주치자 화안명은 죄 지은 사람처럼 화들짝 놀라서 앉은 상태에서 뒷걸음질쳤다.

"일어났느냐?"

동완의 어조는 평범했다.

"뭘 그리 보고 있어, 일어났으면 운기조식을 하지 않고?"

화안명은 재빨리 가부좌를 틀고 앉았다.

"검이 깨달음이라면 공은 꾸준함이다. 하루도 빠짐없이 십 년을 수련해야 비로소 기본을 이루었다 할 수 있다."

화안명은 천천히 숨을 들이마셨다가 천천히 내쉬었다. 단 한 번의 호흡만에 단전이 느껴졌고, 공기에 포함된 대자연의 기운이 느껴졌다. 호흡을 통해 몸 안으로 들어온 대자연의 기운은 단전의 내공 위에 쌓였다. 대부분의 대자연의 기운은 단전에 더해지지 못하고 날숨을 통해서 몸 밖으로 나갔다. 들숨을 통해 들어온 대자연의 기운이 백이라면 단전에 쌓인 대자연의 기운은 채 일도 되지 못했다. 하지만 이것도 처음 운기조식을 했던 칠 년 전에 비하면 열 배 이상 많아진 것이었다.

이내 화안명은 무아지경에 이르렀다.

화안명이 운기조식을 마치고 눈을 뜨자 동완이 검법을 수련하고 있는 모습이 보였다.

화안명은 체질적으로 무공이 싫었다. 누군가를 때린다는 것이 싫었고,

누군가에게 맞는다는 것은 더 싫었다. 그래서 운기조식이 끝나지 않은 척 실눈을 뜨고 동완이 검법을 수련하는 모습을 보고 있었다.

갑자기 동완의 검이 멈췄다. 동완이 자신을 돌아보자 화안명은 찔끔해서 일어섰다.

동완의 몸이 흔들리는가 싶더니 사라져서 화안명의 눈앞에서 나타났다. 화안명이 놀라서 어 하는 순간, 지독한 통증에 그만 주저앉고 말았다. 동완이 화안명의 배를 걷어찬 것이었다.

발목을 걷어채였을 때와는 차원이 달랐다. 숨이 턱 막히며 머리 속이 아찔했다. 동완이 뭐라 뭐라 말을 했지만 들리지 않았다. 얼마의 시간이 지나서 고통이 조금 엷어져서야 화안명은 생각했다.

'내가 뭘 잘못했기에 저 여자가 저렇게 화를 내는 걸까?'

어제와 달리 화안명은 속으로도 동완을 욕하지 못했다. 무서웠기 때문이다.

대들고 욕하는 건 수틀리면 한번 붙겠다는 각오가 있어야 가능하다. 또한 한 번 붙어서 지더라도 내가 입는 피해만큼 상대에게도 피해를 줄 수 있다는 자신감이 있어야 가능하다. 하지만 자신이 정한 한계를 훌쩍 뛰어넘는 사람이 있다면, 반발심이 사라지고 그 자리에 두려움이 생긴다.

화안명은 동완이 정말 무서웠다.

화안명과 동완이 같이 다닌 지 칠 일이 지났다. 지난 칠 일은 다람쥐 쳇바퀴 도는 것처럼 똑같은 나날이었다. 제대로 먹지도 씻지도 못하고 하루종일 걸었으며, 남은 시간은 무공 수련을 했다.

화안명은 죽을 맛이었다. 마치 걸핏하면 얻어맞던 1년 차 수련자 시절로 돌아간 것 같았다. 어쩌면 편한 7년 차 수련자 생활에 익숙해져서일지도 몰랐다. 동완에게 앓는 소리도 할 수 없는 게, 그녀 자신도 똑같은 생활을 했기 때문이다. 그 생활을 자신에게 강요한다는 것이 문제였지만. 그러다 보니 저절로 드는 생각이 하나 있었다.

'동 아가씨는 왜 이렇게 힘들게 살까? 누가 동 아가씨에게 수련을 강요하는 걸까?'

화안명은 자세히는 몰랐지만 동완의 신분이 꽤나 높다는 것은 짐작으로 알고 있었다. 칠 일 전에 동완이 강짜를 부리자 아무도 그녀를 말리지 못한 것만 보아도 확실했다.

'혹시 비천 단주님이 동 아가씨를 괴롭히는 걸까?'

마음 좋아 보이던 비천과 드세고 제멋대로인 동완을 생각하면 아니올시다였다. 누가 시킨다고 동완이 그대로 할 사람인가?

화안명은 아무리 생각해도 답이 나오지 않았다. 그렇다고 동완에게 물어볼 수도 없는 노릇이었다. 그랬다가는 바로 손이나 발이 날아올 게 뻔하니까.

해가 서쪽으로 조금 기울 무렵, 길고 지루하게 이어진 산맥 끝에 집이 옹기종기 모여 있는 마을이 보였다. 도회지에 비한다면 백 호 남짓의 마을은 분명 규모가 작았지만 산맥과 산맥 사이에 자리잡은 마을임을 감안하고 보면 규모가 꽤 큰 편이었다.

물경 칠 년 만에, 그리고 동완을 따라나선 지 칠 일 만에 처음으로 본 마을이어서 화안명은 꽤나 감격했다.

"여기가 금촌이다."

"아!"

동완은 걸으며 한마디 덧붙였다.

"네가 시험을 볼 곳이지."

시험이라는 말에 화안명의 달아올랐던 가슴이 빠르게 식었다.

7년 차 수련자의 시험은 간단했다. 한 사람을 혼자 힘으로 죽이면 되는 것이다. 방법은 자유였고, 기간은 한 달이었다. 화안명이 죽여야 할 사람은 노팔이라는 배교자였다. 소천 노사의 오두막에서 금촌까지 오는 데 칠 일이 걸렸으니 돌아가는 시간을 제하고 화안명에게 주어진 시간은 보름이었다. 보름 안에 한 사람을 죽이면 화안명은 시험을 통과하는 것이다. 시험을 통과하면 도를 가질 수 있고, 술을 마실 수 있고, 여자를 안을 수 있는 무사가 되는 것이다.

정말 쉬운 일이었다.

동완이 머리를 돌려서 빽 소리를 질렀다.

"뭐 하는 거야? 얼른 따라오지 못해!"

화안명은 멍하니 서 있는 사이 꽤나 벌어진 거리를 얼른 뛰어서 좁혔다. 화안명이 옆에 서자 동완은 기다렸다는 듯이 발로 화안명의 엉덩이를 걷어찼다.

반 시진을 내려가자 두 사람은 금촌에 도착했다.

산속 마을이었음에도 금촌은 꽤나 활기가 있었다. 마을을 가로지르는 길을 따라 점포가 늘어서 있었고, 지나가는 사람들의 얼굴 표정은 밝았다.

동완은 익숙한 걸음으로 객잔을 찾아 들어갔다. 점심을 먹기에는 늦고 저녁을 먹기에는 이른 시간이어서인지 객잔 안은 한산했다.

동완이 자리를 잡고 앉자 화안명이 쭈뼛거리며 마주 앉았다. 그러자 화안명 또래의 점소이가 헤헤, 웃으며 다가왔다.

"손님, 무엇을 드시겠습니까?"

말을 하는 점소이의 두 눈이 동완에게 한 번 닿자 떨어질 줄을 몰랐다. 당연한 일이었다. 산속에서 나고 자란 점소이가 어디서 이런 미인을 보았겠는가?

점소이의 행동에 화안명은 이유없이 우쭐해졌다.

동완이 말했다.

"염 노인은 아직 살아 있지?"

"예?"

동완은 인상을 썼다.

"염 노인 말이야, 염 노인."

점소이는 객잔 주인의 성이 염 씨라는 사실을 떠올렸다. 그러나 아무리 생각해도 이해가 되지 않았다. 주름살이 자글자글해서 내일 죽더라도 이상할 게 없는 노인과 찡그린 얼굴마저도 사랑스러운 미녀가 아는 사이라는 사실을. 더구나 미녀는 몇 날 며칠을 걸어왔는지 온몸에 먼지를 뒤집어쓰지 않았는가?

점소이가 멍청하게 서 있자 동완은 점소이의 멱살을 잡아서 가슴 앞으로 끌어당겼다. 코와 코가 닿을 정도로 얼굴이 가까워지자 점소이는 가슴이 두근두근 뛰었다.

"귓구멍에 뭘 처박았기에 못 알아듣는 거야! 염 노인이 살아 있느냐고 물었다! 목이 떨어져야 대답할 테냐?"

동완이 말을 하며 뿜어낸 살기에 점소이는 부들부들 떨었다. 저렇게 아름다운 여인이 하는 말이라면 아무리 험한 말이라도 웃으며 들을 수 있다는 게 점소이의 생각이었지만 생각과는 달리 몸은 그렇지 않은 모양이었다.

갑작스러운 소동에 객잔 안에 있던 손님들은 수군거리며 동완을 힐끗힐끗 보았다. 이를 본 동완이 일어서며 버럭 소리를 질렀다.

"어디 구경났어?!"

약속이나 한 듯 사람들은 일제히 머리를 숙였다. 동완의 손에 들린 검을 본 것이다. 남자라면 혹 모르지만, 여자가 검을 들고 다닌다면 한 가지 경우밖에 없었다. 무림인이었다. 마음에 들지 않는다는 이유로 살인을 하고, 피바다가 된 그곳에서 웃고 떠들며 술을 마신다는 무림인이었다. 특히 이곳은 악종 중에서도 악종이라는 영생교의 세력권이 아니던가?

당장이라도 검을 뽑아 들 것 같은 동완의 흉흉한 기세에 점소이는 바닥에 주저앉아 벌벌 떨었다. 점소이의 아랫도리로 물기가 번지는 것을 보니 오줌을 지린 듯했다.

동완의 작은 소동은 키 작은 노인이 나타나면서 끝이 났다.

"아가씨는 여전히 씩씩하시군요."

여자에게 있어 씩씩하다는 말은 그다지 좋은 말이 아니었지만, 그 말을 듣고 동완은 잠잠해져서 자리에 앉았다.

"뭐 하다 이제 나온 거야?"

마치 투정을 부리는 듯한 말투였다.

화안명은 눈앞의 키 작은 노인이 동완이 말한 염 노인이라는 것을 짐작했다.

"소식이라도 주고 오시지, 노복의 귀가 천 리 밖에까지 닿지는 않지 않습니까?"

염 노인은 주저앉아 있는 점소이의 어깨를 부드럽게 만졌다. 따뜻한 기운이 몸 안으로 들어오자 점소이의 놀랐던 가슴이 조금씩 진정되었다. 어리둥절한 점소이에게 염 노인이 말했다.

"너는 들어가서 쉬거라."

점소이는 동완을 힐끗 보고는 부리나케 주방으로 뛰어갔다. 아무리 미인이 좋다지만 목숨보다 좋을 수는 없었던 것이다.

염 노인은 점소이가 사라진 그 자리에 남은 물기를 보고는 얼굴을 찌푸렸다.

"이런 지저분한 녀석 같으니라구."

염 노인이 동완의 탁자에 앉자 손님들은 눈치를 살피며 하나둘 객잔을 빠져나갔다. 아마 오늘 객잔에 있었던 사람들은 두 번 다시 염 노인의 객잔을 찾지 않을 것이다. 염 노인이 동완과 아는 사이라는 것은 유유상종이라고, 염 노인도 무림인일 가능성이 높았기 때문이다. 보통 사람에게 있어 무림인은 산적만도 못한 존재였다. 산적은 산에서만 행패를 부리지만, 무림인은 마을 안에서도 행패를 부렸기 때문이다.

동완이 말했다.

"염 노인의 제자인 줄 알았는데 아니었던 모양이네?"

점소이를 두고 하는 말이었다.

염 노인이 말했다.

"무공만 안 가르쳤다 뿐이지 제자나 다름없습니다. 눈치 빠르고 싹싹해서 객잔을 그 녀석에게 물려줄 생각이니까요."

"그게 무슨 소리야? 제자로 생각하면 무공을 가르쳐 줘야지. 남아 있는 제자도 없잖아?"

염 노인은 씁쓸한 얼굴이 되었다.

"늙어서 더 이상 제자를 가르칠 기운이 없습니다. 아가씨께서 이해해 주십시오."

"아깝다, 염 노인의 열양장은 정말 일품인데. 아깝다."

"그럼 아가씨께서 한번 배워보시겠습니까?"

동완은 눈을 동그랗게 떴다.

"내가?"

염 노인은 기대하는 얼굴이 되어서 말했다.

"아가씨께서 노복의 진전을 잇는다면 가문의 영광이지요."

무림인에게 있어 훌륭한 스승을 만나는 것만큼 어려운 일이 훌륭한 제자를 만나는 일이었다. 염 노인에게는 총 세 명의 제자가 있었는데, 모두 흑사방과의 싸움에서 죽었다. 특히 마지막 제자는 가진 재주가 뛰어나 스무 살이라는 젊은 나이에 주작당주 동승의 친위단에 뽑혔다. 밝은 성품에 항상 무공 수련에 열심이어서 얼마나 염 노인의 마음을 기껍게 했던가? 죽은 두 제자에게는 미안한 일이지만 이놈을 만나게 하기 위해서 염라대왕이 두 제자를 데려간 것이라고 염 노인이 생각할 정도였다.

복이 지나치면 화가 된다고, 염 노인의 마지막 제자는 영광스러운 주작당주의 친위단이었기에 주작당주 동승이 죽은 칠 년 전 흑사방 뇌전당과의 싸움에서 그도 죽었다.

마지막 제자의 죽음은 육십 평생 결혼도 하지 않고 무학일로를 걸어온 염 노인에게는 너무나 충격적인 일이었다. 마지막 제자는 염 노인에게 제자이었으며 아들이었고, 꿈이었으며 희망이었다. 그래서 염 노인은 주군 주작당주 동승과 마지막 제자의 시체를 수습하자마자 단주 자리를 팽개치듯 버리고, 고향인 금촌으로 낙향해 무림인이라는 신분을 숨기고 작은 객잔을 열었다. 주군 주작당주 동승과 함께한 삼십 년이라는 시간이 너무나 허망하게 느껴졌던 것이다.

깊이 생각하는 동완의 얼굴을 보는 염 노인의 차갑게 식은 가슴이 칠 년 만에 두근두근 뛰기 시작했다.

수놓기를 좋아하는 내성적인 성격의 어린 동완에게 굳이 검을 쥐어준 사람은 주작당주 동승이었다. 흑사방과 문파의 명운을 건 일전을 수십 년째 치르고 있는 영생교였기에 주작당주의 영애라도 자기 한 몸 스스로 지킬 만큼의 무공은 익혀야 했던 것이다. 마치 솜이 물을 빨아들이 듯이 동완의 무공은 불과 몇 년 만에 믿을 수 없이 강해졌다. 그리고 딱 그만큼 동완의 성격도 변했다.

이윽고 동완의 입이 열렸다.

“염 노인, 주작당 소식은 종종 듣지?”

“그렇습니다.”

“그럼 비천 당주님이 아버님의 뒤를 이어서 당주가 된 것도 알겠네?”

“…그렇습니다.”

“그럼… 내가 전평 아저씨를 죽인 것도 알겠구나?”

염 노인은 대답하지 않고 동완을 가만히 보았다.

“왜 말을 안 해? 몰랐어? 몰랐던 거야?”

“…알고… 있었습니다…….”

“그런데 왜 아무 말 안 해? 염 노인과 전평 아저씨는 둘도 없는 친구였잖아?”

염 노인은 화를 내는 동완의 모습에 작게 미소 지었다.

“그래서 노복을 찾아오지 않으셨던 겁니까?”

“그래! 염 노인에게 혼날까 봐 못 왔어!”

“노복이 어찌 아가씨를 혼낼 수 있겠습니까? 아가씨가 어엿하게 성인이 되셨는데요. 전평, 그 녀석도 노복과 같은 생각을 했을 겁니다.”

동완은 사 년 전 전평과의 싸움을 떠올렸다.

전평과 마주 선 동완은 상황에 맞지 않게 가슴이 두근거렸다.

주위에 백여 명의 돌격단원이 자신과 친위단원들을 포위하듯 둘러싸고 있었지만 돌격단원도 친위단원도 아무도 서로를 향해 공격하지 않았다. 동완과 전평의 싸움을 기다리고 있는 것이었다. 말 한 번 섞어보지 않은 사람이 대부분이었지만 서로가 적이 아니라는 사실을 알고 있었기 때문이다.

전평은 염진과 함께 주작당의 최고 고수로 알려져 있었다. 비천이 많은 전공을 세웠지만 아직 어려서 두 사람에게는 미치지 못한다는 게 세간의 평이었다.

"아저씨, 이제 그만 해."

"아가씨, 제가 교아를 얼마나 아끼는지 주작당 사람이라면 모르는 사람이 없습니다."

"그래서 모욕당했다고 생각하는 거야?"

전평은 껄껄 웃었다.

"동가(童家)를 위한 일이라면 저와 교아가 받은 모욕은 모욕도 아닙니다. 제 심장은 동가에게 바친 지 오래입니다."

동완은 얼굴을 찌푸렸다.

"그러니까 그만두라고!"

"비천은 생각보다 훨씬 뛰어난 놈이었습니다. 지원단주로 있을 때는 쥐새끼처럼 움츠리고 있었던 겁니다. 이대로 몇 년이 더 지나면 동가는 주작당에서 사라집니다. 비천이 교아와의 혼사를 거절한 건 주작당을 장악할 자신이 있다는 뜻입니다. 어찌 저라고 아가씨와 검을 맞대고 싶었겠습니까?"

"알아, 아저씨가 무슨 말을 하는지는. 내가 지킬게. 비천 당주님이 손끝 하나 못 대게 할게. 그러면 되잖아?"

"아가씨!"

동완은 어울리지 않게 길게 한숨을 내쉬었다.

"이제 그만 승부를 보자고. 사람들이 기다리잖아."

동완의 마음은 확고한 듯했다. 싸움은 피할 수 없는 듯했다.

전평은 뒤쪽에서 돌격단원의 호위를 받고 있는 동진과 동위를 돌아보았다. 두 사람은 겁에 질린 얼굴이었다. 이길지 질지 오십 대 오십인 싸움은 처음이었으니 보통 사람에게는 당연한 일이었다. 당주의 아들이 보통 사람이라는 것이 문제였지만.

전평은 머리를 돌려서 눈앞의 동완을 보았다. 동완은 긴장한 기색은커

녕 되레 조금은 흥분한 기색이었다. 전평은 동승의 아들인 동진, 동위보
다 동승의 딸인 동완을 더 아꼈던 염진이 떠올랐다.

'빌어먹을 늙은이, 더도 덜도 말고 일 년만 있어주지.'

"아가씨, 얼마나 강해졌는지 보여주십시오."

두 사람은 순식간에 십여 합을 겨루었다. 백중지세였다.

가슴을 찔러 들어오는 동완의 금빛 연검을 전평은 막지도 피하지도 않
았다. 금해(金海)는 전평의 가슴을 관통했다. 검기가 실려 있었기에 가능
한 일이었다.

동완은 크게 놀랐다. 전평을 죽이겠다는 생각은 꿈에도 하지 않았다.

"왜… 왜……?"

전평은 흐뭇한 얼굴이 되었다.

"정말 강해지셨습니다. 과연 동가의 후손답습니다."

전평의 피가 금해를 타고 흘러내렸다.

동완은 전평이 살 수 없다는 것을 알았지만 금해가 관통한 부근의 혈
도를 짚어서 지혈을 했다.

전평이 그런 동완의 손을 움켜잡았다.

"아가씨, 아까 하신 말씀 잊지 마십시오."

전평은 피를 울컥 토해냈다.

"아가씨, 당주가 되십시오."

"염 노인과 비교하면 아버님의 무공은 어땠어?"

동완이 무슨 의도로 하는 말일까 하고 염 노인은 생각했다.

"노복은 물론 그 누구도 당주님의 검을 세 번을 받아내지 못했습니다."

"거짓말. 염 노인은 내가 아직도 열 살배기 꼬마인 줄 알아? 염 노인
이 아버님의 검을 세 번 받아내지 못했다면, 아버님은 뇌전당주의 검에

죽지 않으셨을 거야."

염 노인은 그렇다는 의미로 작게 미소 지었다.

"뇌전당주의 검은 정말 강해. 검성(劍聖)을 제외한 사천제일의 고수. 비천 당주님이 그러더군. 영생교가 흑사방을 이기지 못하는 건 뇌전당주가 있어서라고. 그리고 말하더군. 만약 영생교에 뇌전당주를 능가하는 고수가 있어서 그 고수가 뇌전당주를 꺾는다면, 흑사방은 더 이상 사천 지방에 남아 있지 않을 거라고."

"……"

"그래서 약속해 버렸지 뭐야. 내가 뇌전당주를 꺾어보겠다고. 십 년을 기약했는데 이제 삼 년 남았어. 비천당주님은 한다면 하는 사람이니까 나도 약속을 지켜야 해. 염 노인의 열양장은 정말 배우고 싶어. 하지만 나는 아직 아버님이 물려주신 검도 모두 내 것으로 만들지 못했는걸."

동완이 변명을 하고 있는 거라고 염 노인은 생각했다.

갑자기 동완은 무슨 생각이 났는지 화안명을 돌아보았다.

"그래, 이 녀석이 있었지?"

화안명은 동완이 자신을 보자 왜인지 불길한 예감이 들었다.

염 노인의 시선이 자연스럽게 화안명에게로 옮겨졌다. 화안명에게 관심을 가지지 않았을 때는 그저 동완의 호위무사로 여겼다. 그런데 지금 보니 화안명은 얼굴에 솜털도 가시지 않았다. 기껏해야 스무 살. 호위무사가 되기에는 너무 어린 나이였다.

"이번에 시험을 보는 화안명이야. 비천 당주님의 사제이지."

염 노인은 내심 발끈했다. 시험을 본다 하고 비천의 사제라면 호걸단 출신이다. 열양장은 일세 절학이었다. 지금이야 은퇴를 했다지만 왕년에는 영웅단 출신의 내로라하는 기재들이 열양장의 한 구절이라도 배우기 위해 염 노인의 거처를 발이 닳도록 들락거렸다. 싫으면 싫다 하지 비천한 호걸단 출신을 추천하는구나 싶었던 것이다.

동완의 말이 이어졌다.

"무공에 재능이 있어. 염 노인이 가르쳐 볼 만할 거야."

동완의 말에 화안명은 가슴이 덜컥 내려앉았다. 지난 칠 일 동안 몸에 맞지도 않는 무공 수련을 한다고 얼마나 고생을 했던가? 이제 무공 수련이라면 치가 떨리는 화안명이었다.

인간의 마음은 영악하기 그지없어서 동완의 무공에 재능이 있다는 이 한마디에 염 노인의 마음이 흔들렸다. 동완의 무공에 대한 천재성은 염 노인이 직접 보아서 잘 알았다. 자고로 천재는 천재를 알아본다고 하지 않던가? 곰곰이 생각해 보니 친위단주 동완이 직접 데리고 다닐 정도의 아이라면 비천도 기대하고 있다는 뜻이었다.

염 노인은 화안명의 전신을 훑어보았다. 근골은 평범하고, 눈은 맑았지만 총기가 있어 보이지는 않았다. 염 노인은 얼굴을 찌푸렸다.

"며칠 못 씻었더니 몸이 간지럽네. 나는 씻고 쉬어야겠어."

아직 이야기가 마무리되지 않았는데 동완이 일어섰다. 동완은 휘적휘적 주방으로 들어가더니 귀신을 본 얼굴이 된 점소이를 끌고 안채로 올라갔다.

화안명은 염 노인의 눈치를 살피며 조심조심 일어섰다. 한 발짝 걸음을 옮기려는데 염 노인의 목소리가 들렸다.

"이름이 화안명이라고?"

낮게 가라앉아서 마치 화난 목소리 같았다.

"예……."

"노부가 열양장을 가르쳐 주면 잘 배울 수 있겠지?"

화안명의 몸이 돌처럼 딱딱하게 굳었다.

염 노인은 화안명에게 살기를 뿜었다.

"왜 대답이 없지?"

"예? 예, 열심히 배우겠습니다."

화안명은 자신이 뭐라 말했는지도 몰랐다.

"그래, 열심히 배워야지. 암, 그래야 하고말고."

화안명은 자신이 열양장인지 영양장인지를 배우지 못하면 염 노인이 자신을 죽일지도 모른다고 생각했다. 그만큼 염 노인의 살기는 혼을 빼놓을 만큼 무서웠다.

다음날, 화안명은 시키는 사람이 없어도 일찍 일어나서 운기조식을 했다. 화안명이 운기조식을 마치고 눈을 뜨자 점소이가 기다리고 있는 게 보였다.

점소이가 허리를 굽실거리며 말했다.

"어르신, 마님께서 기다리고 계십니다."

"어르신? 마님?"

"마님께서 한참 전부터 기다리고 계십니다. 왜 이렇게 안 내려오느냐고 성화를 부리시며⋯⋯. 소인이 무슨 죄가 있겠습니까? 그저 소인 한목숨 살려주시는 셈치고⋯⋯."

점소이의 말을 화안명은 도무지 이해하지 못했다. 다만 점소이의 절박한 말투와 시퍼렇게 멍든 눈을 보여주는 행동에서 누가 객잔에 와서 난동을 피우고 있나 보다 짐작했다.

'바보 같은 녀석, 싸울 일이 있으면 나 말고 동 아가씨를 찾았어야지.'

화안명은 동완의 괴팍한 성격만큼 동완의 무공이 대단함을 알았기에 가벼운 마음으로 점소이를 따라 객잔으로 내려갔다.

객잔의 상황은 화안명의 예상과는 판이하게 달랐다. 동완과 염 노인은 상다리가 휘어질 정도로 음식을 차려놓고 과하다 싶을 정도로 아침 식사를 하고 있었다.

동완은 오리다리를 기름이 잔뜩 묻은 입술로 가져가며 말했다.

"왜 이제 내려온 거야? 저 녀석을 한참 전에 올려보냈는데."

동완이 '저 녀석' 하며 점소이를 힐끗 보자 점소이는 한겨울에 알몸으로 길에 서 있는 사람처럼 벌벌 떨었다.

"운기조식을 하고 있었습니다."

"그래? 별일이네?"

화안명은 자신의 자리로 짐작되는 빈 의자에 앉았다. 동완은 퉁퉁 불은 소면을 화안명의 앞으로 밀었다.

"한바탕 몸을 굴리고 나서는 잘 먹어둬야 해. 무사라고 몸이 강철로 만들어진 건 아니잖아? 그래야 계속 수련을 할 수 있는 거야."

화안명은 동완의 말이 앞뒤가 맞지 않는다고 생각했다. 소면이, 그것도 퉁퉁 불은 소면이 잘 먹은 음식이라고는 할 수 없지 않은가?

하지만 생각은 생각일 뿐이었다. 화안명은 동완의 말에 토를 달 만큼 용감하지 않았고, 말에 토를 달아서 매를 벌 만큼 멍청하지도 않았다. 무엇보다 어제 동완이 피곤하다며 저녁도 먹지 않고 일찍 자버리는 바람에 화안명 또한 저녁을 굶어서 배가 무척 고팠다.

화안명이 소면을 맛있게 다 먹자 동완이 만두를 권했다. 화안명이 소면보다 만두가 백 배는 맛있다고 생각하며 만두를 먹고 있는데 갑자기 동완이 음식을 먹다 말고 일어섰다.

자라 보고 놀란 가슴 솥뚜껑 보고도 놀란다고, 화안명은 동완이 일어서자 먹던 만두가 목에 걸릴 만큼 크게 놀랐다. 자신은 잘못한 일이 없었지만 언제 동완이 다른 사람의 잘잘못을 가려서 손을 쓴 적이 있었던가? 화안명이 아는 동완은 수틀리면 주먹부터 나가는 여인이었던 것이다.

화안명의 걱정과는 달리 동완은 염 노인을 보며 말했다.

"나, 잠시 나갔다 올 테니 이 녀석을 부탁해."

염 노인은 동완이 화안명의 시험 대상에 대해 알아보러 가는 것을 알았다. 동완의 무공이 결코 자신보다 아래가 아니었기에 염 노인은 일어나서 포권을 해 보이는 것으로 당부를 대신했다.

동완은 검을 챙겨 들고 객잔을 나갔다.

화안명은 동완이 사라지자 잘하면 오늘은 무공 수련을 안 해도 될지 모른다는 생각에 기분이 좋아졌다. 우선 찻잔에 차를 따라 목에 걸린 만두를 넘겼다. 그리고는 동완이 먹다 남긴 오리 구이를 자신의 앞으로 당겨다 놓았다. 다리와 가슴살 등 맛있는 부위는 동완이 다 먹어서 뼈만 앙상하게 남은 오리 구이였지만 이것도 어디인가?

화안명이 날갯죽지를 뜯어서 입에 넣는데, 염 노인이 화안명의 어깨를 툭 쳤다. 염 노인이 내공을 사용해서 쳤기에 화안명은 손에 들린 오리 날개를 놓치고 말았다. 오리 날개는 한눈에 보아도 지저분해 보이는 바닥에 떨어졌다.

"따라오너라."

화안명은 잠시 바닥에 떨어진 오리 날개를 고민스럽게 바라보다가 오리 구이로 시선을 옮겼다. 오리 구이에는 아직 날개가 한쪽 더 있었던 것이다.

화안명이 오리 구이로 손을 뻗는데 갑자기 등에서 서늘한 한기가 올라왔다.

"따라오라는 말 못 들었느냐?"

화안명이 슬쩍 돌아보니 염 노인이 죽일 듯한 눈으로 자신을 노려보고 있었다. 등 뒤에서 느껴졌던 서늘한 한기는 어젯밤에도 경험했던 염 노인의 살기였다. 화안명은 후다닥 일어서서 염 노인을 향해 뛰어갔다.

염 노인은 화안명을 객잔 뒤편 공터로 데리고 갔다.

염 노인은 화안명을 앞에 세워놓고 근엄한 얼굴로 말했다.

"노부의 이름은 염진이다. 강호의 친구들은 노부를 두고 열양신장이라 하지만 이는 과한 말이다. 강호를 통틀어서 신장이라 불릴 수 있는 사람은 마교의 교주 한 명밖에 없을 것이다. 하지만 이는 노부가 부족해서이지 열양장이 부족해서는 아니다. 네가 열양장을 완성한다면 너도 신장이라 불릴 수 있을 것이고, 마교 교주와 어깨를 나란히 할 수 있을 것이다."

화안명이 아닌 다른 청년이 이 말을 들었다면 얼굴이 상기될 만큼 흥분했으리라. 어쩌면 단신으로 수백의 적을 쳐부수고, 수천의 수하를 이끌고 천하에 군림하는 상상을 했을지도 모른다. 하지만 화안명이었기에 약간은 떨떠름하면서도 겁먹은 얼굴이 되었다.

화안명은 세상에 공짜란 없음을 알고 있었다. 염 노인이 말한 신장이나 마교 교주와 어깨를 나란히 하는 고수가 되려면 그만큼 노력을 해야 할 것이고, 결정적으로 화안명은 무공 수련이 싫었다. 예전에도 어렴풋이 무공 수련과 자신이 맞지 않는다고 생각했는데, 그 생각은 지난 칠 일 동안 동완에게 시달리면서 더욱 분명해졌다. 세상에서 하기 싫은 일을 죽도록 노력해야 하는 것만큼 고약한 일이 어디 있겠는가?

염 노인은 화안명의 반응이 자신의 예상과 다르자 조금 기분이 상했다. 화안명이 자신의 말을 믿지 못한다고 여긴 것이다.

"열양장은 내가공부에 기본을 두고 있다. 천하의 모든 무공은 외가 공부만으로는 한계가 있고, 내가공부를 이루어야만 상승의 경지에 이를 수 있다. 열양장이 절학이라 불리우는 이유가 여기에 있는 것이지."

염 노인의 말속에는 자부심이 가득했다.

염 노인의 말이 이어졌다.

"전수에 앞서 네 성취에 대해서 알아보아야겠구나. 너는 내공을 인도

해서 두 손에 모아보아라."

화안명이 가만히 있자 염 노인은 점점 화가 났다.

"너는 노부가 꼭 두 번 말해야만 움직이는구나. 더는 말 안 하겠다. 내공을 인도해서 두 손에 모아라."

염 노인은 당장이라도 사단을 낼 기세였다.

화안명은 생각했다.

'이 노인은 동 아가씨보다 더 억지가 심하구나. 가르쳐 주지도 않고 하라니. 이런 경우가 세상에 어디 있어?'

화안명은 염 노인의 심기자 좋지 않다는 것을 알았기에 조심스럽게 말했다.

"저기… 할 줄 모르는데요."

"지금… 뭐라고 했느냐?"

"할 줄 모른다고 했는데요."

"할 줄을 몰라? 허허, 내공을 손에 모으는 것도 할 줄 모른다고? 허허."

염 노인은 화안명의 입에서 상상 밖의 대답이 나온 탓에 허허 웃을 뿐 말을 잇지 못했다.

차라리 배우기 싫다 했으면 동완의 체면 때문에 죽이지는 못하더라도 흠씬 두들겨 주고 쫓아버렸을 것이다. 그런데 할 줄을 모른단다. 내공을 두 손에 모으는 것도 하지 못하는 녀석에게 열양장 십이식을 전수하려면 내심 생각했던 한 달, 두 달은 물론 일 년, 이 년으로도 어림없다. 족히 십 년은 가르쳐야 열양장의 모습이라도 갖출 수 있을 것이다.

'그냥 가르치지 말아버려?'

그럴 수는 없었다. 남자가 일구이언할 수는 없는 노릇이었고, 백 번 양보해서 남자이지만 피치 못할 사정으로 일구이언한다 해도 동완 때문에 그럴 수는 없었다. 동완은 주인의 딸이었다. 비록 주인은 죽었고 자신은 은퇴를 했다지만, 한 번 주인으로 모신 사람은 자신이 죽을 때까지 변함 없이 주인이었다. 이건 사파인의 자존심이었고, 염 노인의 자존심이었다.

'그래, 이놈이 스스로 배우기 싫다고 말하게 만드는 거야. 다행히 이놈은 무공에 뜻이 없어 보이니 일이 쉽게 풀릴 수도 있다.'

이런저런 생각을 하느라 찡그렸다, 굳어졌다, 미소 지었다 하는 염 노인의 얼굴에 화안명은 덜컥 겁이 났다. 염 노인이 무슨 생각을 하고 있는 것 같은데, 화안명은 그 생각이 자꾸 불길한 쪽으로 상상되었던 것이다. 그래서 화안명은 정말 하기 싫은 말을 억지로 했다.

"어르신, 가르쳐 주시면 열심히, 정말 열심히 배우겠습니다."

염 노인의 몸이 돌처럼 딱딱하게 굳었다.

"지금… 뭐라고 했느냐?"

나오는 목소리도 자연 딱딱했다. 마치 화난 사람의 목소리 같았다.

화안명은 우는 얼굴이 되어서 말했다.

"배우겠습니다. 가르쳐만 주시면 무슨 일이 있더라도 열심히 배우겠습니다. 믿어주십시오."

염 노인은 현기증이 났다. 무공이 절정의 경지에 오른 염 노인이 현기증을 느꼈다면 아무도 믿지 못하겠지만, 분명 지금 염 노인은 현기증을 느꼈다.

잠시 나갔다 온다던 동완이 돌아온 건 해가 지고 나서였다. 염 노인은 동완이 돌아오자 곧장 동완을 찾아갔다. 따지러 간 것이지만 그래도 주인의 딸이었기에 손에는 술병이 들려져 있었다.

동완은 술병을 보고 반색했다.

"안 그래도 술이 마시고 싶었는데."

동완과 염 노인이 탁자에 마주 앉았다.

염 노인이 동완에게 술을 한잔 따라주며 물었다.

"가신 일이 잘되셨습니까?"

동완은 잠시 멈칫하다가 술을 마시고는 말했다.

"알아볼 건 다 알아보았으니까 잘되었다면 잘된 것이겠지?"

염 노인은 동완이 무언가 걱정하는 기색이자 짐작되는 것이 있었다.

"예상보다 강한 자였던 모양이군요."

"강한 자? 그래, 꽤 강해 보이더라. 하지만 꼬마가 못 이길 정도는 아니었어. 그보다 염 노인이 술까지 들고 온 걸 보니 내게 할 말이 있어서 온 거 같은데, 아니야?"

동완이 염 노인에게 술을 따라주었다. 염 노인은 술잔을 잡고 잠시 생각을 정리했다. 같은 내용의 말이라도 어떻게 하느냐에 따라서 듣는 사람의 기분은 하늘과 땅 차이가 나기 때문이다. 염 노인은 술을 입 안에 털어 넣고는 조심스레 동완을 불렀다.

"아가씨."

동완은 말하라는 듯이 염 노인을 보았다.

"화안명이라는… 아이와 어떤 관계이십니까?"

염 노인이 고르고 고른 표현을 썼지만 동완은 대번에 염 노인의 생각을 알아차렸다. 그래서 동완은 깔깔 크게 웃었다. 동완은 한참을 웃고 나더니 재미있다는 얼굴로 말했다.

"그러니까 염 노인의 말은, 화안명이 내 정부라도 되는 거 아니냐는 뜻이야?"

동완이 정부라는 말을 꺼내며 직접적으로 되묻자 되레 염 노인의 얼굴이 붉어졌다. 아무리 무림인이라고 해도 여자가 해서 될 말이 있고 해서는 안 될 말이 있는 법이다.

"그게… 그렇습니다."

"염 노인은 내가 화안명을 감싸고도니까 보기 싫었던 모양이지?"

"그럴 리가 있겠습니까? 단지……."

"단지 뭐야?"

"화안명의 무공에 대한 재능이 노복의 기대에 미치지 못해서 의아했습니다."

"그래?"

"화안명은 두 손에 내공을 모으는 것조차 하지 못합니다."

동완은 머리를 갸웃했다. 일 년 전 화안명은 손에 들린 목도에 내공을 집중시켰다. 목도에 내공을 집중시키는 건 두 손에 내공을 모으는 것보다 훨씬 어려운 일이었다. 자신이 직접 보았기에 그 당시 상황이 속임수가 아니라는 건 장담할 수 있었다.

"하기는 했는데 하는 방법을 모르는 건가? 그럴 수도 있겠군. 예전에 노 대형도 그랬으니까."

노 대형이란 죽은 노관을 말하는 것이었다. 동완이 청룡당주의 아들을 비롯해서 무수한 청년들을 마다하고 호걸단 출신의 노관을 좋아해서 주작당주 동승은 골머리를 앓았다. 주작당주 동승과 노관은 같은 날 죽었는데, 만약 노관이 죽고 주작당주 동승이 살았다면 주작당주 동승은 염 노인을 불러 축배를 들었으리라.

동완의 말이 이어졌다.

"내가 노 대형을 처음 만난 건 열여덟 살, 노 대형이 스물한 살 때였어. 지금 생각하면 우습지만 그때는 내가 꽤나 강하다고 생각했었어. 겉멋만 잔뜩 든 애송이들을 상대로 승승장구하던 시절이었으니까."

동완이 십 년 전의 이야기를 하자 염 노인은 피식 웃었다.

지금도 성격이 괄괄한 동완이지만 십 년 전 한창 혈기왕성하던 동완은 천방지축 그 자체였다. 주위에서 기재라는 소리를 한 번이라도 들은 영웅단 청년들은 모두 동완에게 비무 신청을 받았고, 상대는 백이면 백 팔이나 다리가 부러져서 실려 나갔다. 드물기는 했지만 단전이 파괴되어서 폐인이 된 청년도 있었다. 오죽했으면 주작당주 동승이 사랑하는 외동딸을 고생 좀 해보라고 험한 일만 도맡아서 하는 지원단주 비천에게 보냈겠는가?

동완은 자기 잔에 술을 따라 한 잔 마셨다.

"노 대형의 첫인상은 정말 형편없었어. 한 달은 빨지 않은 것 같은 지저분한 옷을 입고 나를 신기한 듯이 빤히 보더라구. 뭐, 그래서 한판 붙게 된 것이고, 뭐, 그래서 친해지게 된 것이고, 뭐, 그래서 좋아하게 된 것이지만."

무패의 동완과 무명의 노관이 싸워서 동완이 졌다는 사실은 주작당 내에서 정말 유명한 이야기였다. 하지만 소문만 무성했지 노관과 동완의 입에서 그날의 싸움에 대해서 직접 들었다는 사람은 없었다. 수많은 사람이 노관에게 물었지만 그는 입을 꾹 다물고 한사코 이야기하지 않았고, 동완에게 직접 물을 만큼 간 큰 사람은 주작당 내에 없었다.

"아가씨가 졌다는 소문이 있던데 사실입니까? 솔직히 노복은 믿을 수가 없습니다."

"내가 졌냐구? 졌지. 그냥 진 것도 아니고 완패였어. 형상은 내 검을 열 번을 받아내지 못했는데, 반대로 나는 노 대형의 검을 열 번을 받아내지 못했지. 당시에는 정말 억울하고 분했어. 염 노인도 생각해 봐. 좀 그럴싸한 남자한테 졌으면 그러려니 하고 이해하겠지만, 거지가 달려와서 형님 할 것 같은 남자에게 져 버리니까 화가 나서 도저히 참을 수가 없겠더라구. 열여덟 살이라는 나이가 그런 나이잖아? 그래서 태어나서 처음으로 밤을 새워서 검을 수련하고 다음날 다시 도전했지. 그리고 또 져버렸어."

형상은 청룡당주의 큰아들로 무공에 대한 재능이 뛰어나 스무 살 때부터 영생교 후기지수 중에서 첫손 꼽히는 인물이었다. 젊고, 가문 좋고, 인물 훤칠하고, 무공이 뛰어난 형상은 당연하게 모든 여인의 시선을 한 몸에 받게 되었다.

타고난 천성이 어떤지는 모르겠지만, 스물두 살 무렵의 형상은 조금은 건방지고, 조금은 오만하고, 조금은 풍류를 즐기는 전형적인 명문가의 자제였다. 그러다 우연히 동완을 보게 되었는데, 막 피어나는 꽃봉오리처럼 싱싱한 열여덟 살 동완의 모습에 혹한 형상은 상대가 누군지도 알아보지 않고 수작을 부리다가 발끈한 동완이 검을 뽑아 드는 바람에 생각지도 않았던 비무를 하게 되었다.

가벼운 마음 탓도 있었지만 동완의 실력이 워낙 압도적이어서 형상은 단 팔 합 만에 오른 어깨에 검이 관통되는 중상을 입고 비무에서 패했다. 형상은 청룡당주가 애지중지하는 아들이었기에 청룡당주는 노발대발했다. 만약 주작당주의 딸이 아니었다면 동완은 무사하지 못했을 것이다.

"하루에 한 번씩 비무를 해서 한 달을 계속 지니까 억울하고, 분하고, 원통하고, 아무튼 그래서 막 눈물이 나더라구. 내가 땅에 주저앉아서 엉엉 우니까 노 대형이 조금 당황했던 모양이야. 생전 먼저 말을 걸지 않았는데 다가와서 이렇게 말하더라구. '왜 웁니까?' 정말 멋없는 사람이야, 노 대형은."

동완은 쓸쓸한 얼굴이 되어서 술을 한잔 마셨다.

"그래서 내가 말했지. 내가 왜 이기지 못하는 거지? 그랬더니 노 대형이 이렇게 말했어. '나와 당신의 실력은 사실 종이 한 장 차이입니다. 내가 계속 이기는 건 당신의 무공이 실전적이지 않아서입니다' 피, 당신이 뭐야, 당신이?"

동완은 다시 술을 한 잔 마셨다.

"그날 이후 나와 노 대형은 같이 무공을 수련했어. 같이 무공을 수련하면서 내가 노 대형에게 크게 놀란 점이 두 가지 있었지. 염 노인, 그게 뭔지 알겠어?"

염 노인은 대충 짐작 가는 것이 몇 개 있었다. 하지만 동완이 이야기하고 싶어하는 것 같았기에 머리를 저었다. 기다렸다는 듯이 동완의 말이 이어졌다.

"노 대형은 죽기 살기로 무공을 수련했어. 잠자는 시간, 밥 먹는 시간을 빼고는 모두 무공 수련에 시간을 보냈어. 대단하기는 하지만 놀랄 일은 아니야. 어렸을 때부터 그런 사람은 많이 보아왔으니까. 당시에 나는 이렇게 생각했지. 평범한 사람은 참 불쌍하다. 재능이 안 따라주니 몸이 고생한다. 참 어렸어, 그때의 나는."

동완이 술병을 잡아가자, 염 노인이 눈치채고 한발 먼저 술병을 잡아서 동완의 잔을 채워주었다. 동완은 술잔을 비우고 말을 이어갔다.

"내가 노 대형에게 놀란 첫 번째는 노 대형의 비천당주님에 대한 충성심이었어. 노 대형은 비천당주님이 어떤 무리한 일을 시켜도 군말 하나 없이 따랐어. 옆에서 보고 있는 내가 답답할 정도로 바보처럼 비천당주님을 믿었어. 죽는 순간에도 노 대형은 비천당주님께 죄송해했을 거야. 믿고 맡긴 임무를 수행하지 못했다고 말이야."

동완은 염 노인의 손에서 술병을 빼앗았다. 술병을 흔들어보고는 술이 얼마 없자 술병을 입에 대고 벌컥벌컥 마셨다. 동완은 술을 마시고 나서 소매로 입가를 쓱 닦았는데, 그 모습에 염 노인은 머리를 절레절레 저었다.

"내가 노 대형에게 놀란 두 번째는, 노 대형이 축기는 할 줄 알지만 운기는 할 줄 모른다는 사실이었어. 마치 화안명처럼 말이야. 나와 싸울 때 노 대형은 분명 검에 내공을 집중시켰었지. 그러지 않고서는 내 검을 받아내지 못하니까. 나를 놀리는 거 같아서 장난치지 말라고, 속지 않는다고 했더니 노 대형이 이렇게 말했지. ‘나는 무공에 대해서 장난치지 않습니다’ 내가 계속 의심하는 눈으로 보자 노 대형이 이렇게 덧붙여 말했지. ‘검을 쓰다 보면 저절로 내공이 움직여서 검에 내공이 모이는 것 같기는 합니다’ 상식적으로 말이 안 되지만 노 대형의 말은 사실이었어. 그때는 노 대형이 특별해서 그런가 보다 하고 생각했는데, 무강도 그렇고 화안명도 그런 것을 보니 호걸단 사람들은 운기를 배우지 않는 모양이야.”

동완은 술병에 남은 술을 마저 마셨다. 그리고는 술병 안을 애꾸눈으로 보기도 하고 술병을 뒤집어서 흔들기도 했다.

“염 노인, 술이 없어.”

염 노인은 쓴웃음을 지었다. 동완과 화안명의 관계에서 시작한 이야기는 노관이 끼어들자 동완은 술에 취해 버렸고, 이야기는 엉뚱한 곳으로 흘러가서 끝나 버렸다. 염 노인은 생각을 바꿔서 이것도 나름대로 괜찮다고 여겼다. 겉으로 드러내지는 않았지만 영생교 제일의 미녀라는 동완이 마음을 준 호걸단 출신의 노관이라는 청년에 대한 호기심이 일었던 것이다.

염 노인은 주방으로 가서 잘 익은 술 두 병과 동완이 좋아하는 오리 구이를 가지고 왔다.

동완과 염 노인은 서로 권하며 술을 마셨다. 가져온 술 중에서 한 병이 동이 났다. 염 노인은 술이 한 잔 한 잔 몸에 들어가자 동완과 화안명의 관계가 점점 더 궁금해졌다. 결국 염 노인은 조심스럽게 말을 꺼냈다.

“화안명은 특별한 재주가 있는 모양입니다. 아가씨의 총애를 한 몸에 받는 걸 보면 말입니다.”

“화안명? 특별하지. 염 노인은 그 녀석의 눈을 본 적 있어?”

동완은 술잔을 들어 술을 마시고 말을 이었다.

"티없이 맑은 눈 말이야. 꼭 닮았어, 노 대형을. 그 녀석이 호걸단이어서일까, 그 녀석이 검에 내공을 주입하는 걸 보아서일까? 마음에 남아서 떠나지 않아."

염 노인은 가슴이 답답해졌다.

'마음에 남아서 떠나지 않는 건 노관일까, 화안명일까. 아마 노관이겠지. 노관이 죽은 지 칠 년이 지났지만 아가씨는 아직도 그를 잊지 못하는구나.'

동완과 염 노인은 다시 서로 권하며 술을 마셨다. 가져온 술 중에서 남은 한 병의 반이 비워지기 전에 동완이 탁자에 엎어졌다.

염 노인은 동완을 안아 들어서 침상에 눕혔다. 이불을 동완의 턱밑까지 끌어 올려 덮어주고 나서도 염 노인은 쉽게 동완의 옆을 떠나지 못했다. 어렸을 적 자신을 친숙부처럼 따르던 동완이 안쓰러워서 견딜 수가 없었던 것이다.

'어렸을 적에는 예쁜 옷과 예쁜 노리개를 그렇게도 좋아하시더니 이제는 그 흔한 반지 하나 가지고 있지 않으시군요. 아가씨, 마음은 낮게 흐르는 물과 같은 것입니다. 흘려보내야 할 때 흘려보내지 못하면 고여서 썩어버린답니다. 겉에 있는 살도 썩으면 죽을 것처럼 아픈데 속에 있는 마음이 썩었으니 얼마나 아프겠습니까?'

다음날 아침, 염 노인은 화안명에게 우선 내공의 운기와 운용에 대해서 가르쳤다. 어제와는 달리 염 노인은 자신이 처음 내공 심법을 배울 때를 떠올리며 최대한 쉽고 자세하게 가르쳤다. 화안명 역시 열심히 배웠기에 화안명의 성취는 염 노인의 기대 이상이었다.

삼 일을 배우자 화안명은 염 노인 못지않게 내공의 운기와 운용에 능숙해져서 염 노인을 깜짝 놀라게 했다.

'아가씨의 말대로 이 녀석이 진짜 무공에 재능이 있는 건 아닐까?'

이 생각은 딱 하루 만에 그러면 그렇지로 바뀌었다. 염 노인이 열양장 제일초식 '화룡정점'을 열 번 넘게 보여주고 백 번 넘게 풀어 설명해 주어도 화안명은 채 반의 반 식도 따라하지 못했던 것이다.

이에 염 노인은 사 일 전에 했던 고민을 다시 해야 했다. 그러다 문득 떠오르는 초식이 하나 있었다. 바로 열양장 제십삼초식 '화사토령'이었다.

열양장은 원래 십이초식으로 이루어져 있었고, 알려진 바로도 십이초식이었다. 십삼초식 화사토령은 염 노인의 할아버지가 무당파의 도사에게 된통 당한 다음, 우리도 강함만을 추구하지 말고 부드러움으로 강함을 제압할 수 있어야 한다는 일갈과 함께 면벽 십 년 끝에 만들어낸 초식이었다. 무공은 하늘에서 내린다는 말이 있듯이, 화사토령은 좋게 말하면 미완성이었고 나쁘게 말하면 실패작이었다. 염 노인의 할아버지는 무당파의 '사량발천근'을 본따서 만들려 했지만 나온 것은 '이화접목'의 묘였다. 그것도 사파에서도 사용하기를 꺼려 한다는 극단적인 '이화접목'이었다.

화사토령은 간단한 구결의 심법을 운용한 상태에서 장과 장, 혹은 검과 검이 맞부딪치면 상대의 내공을 자신의 단전으로 끌어당긴다. 그렇게 끌어당긴 상대의 내공에 자신의 내공을 더해서 상대를 공격하는 수법이었다. 상대가 아무리 강하다고 해도 싸우면서 손 한 번, 검 한 번 맞닿지 않을 수는 없는 노릇이다. 만약 화사토령에 아무런 부작용이 없었다면 열양장은 십삼초식으로 바뀌었을 것이고, '천하제일장법'이라고 불렸을 것이다.

화사토령의 유일한 단점이자 분명히 존재함에도 묻혀진 이유는 '이화접목'의 묘로 상대의 내공을 자신의 단전으로 끌어당겼을 때 상대의 내공이 자신의 내공보다 강할 경우 단전이 깨어져 버린다는 엄청난 부작용이 있었기 때문이다. 무림인에게 있어 단전은 오른손보다도 더 소중한 것이었다. 오른손이 잘리면 왼손으로 검을 들면 되지만 단전이 깨어지면 어디에도 내공을 모을 수 없다.

염 노인은 생각했다.

'저 녀석은 외공에는 손톱만큼도 재주가 없지만 내공에는 제법 재주가 있다. 같은 또래에서 저 녀석만큼 내공을 쌓은 사람은 손에 꼽을 정도일 것이다. 비록 화사토령이 부작용 때문에 사장되었지만, 부작용을 잘 이해하고 사용한다면 충분히 절학 소리를 들을 수 있는 무공이다. 외공은 형편없고 내공은 뛰어나다. 천하에서 저 녀석만큼 화사토령을 사용하기에 좋은 조건을 가진 사람은 없을 것이다.'

염 노인은 결심을 하고 화안명을 앞으로 불렀다.

하루종일 이것도 제대로 못하냐며 혼이 났기에 염 노인의 앞으로 가는 화안명의 걸음은 천근같았다. 또 뭔가 혼을 내려나 보다 했던 것이다.

"너도 알 것이다. 네가 무공에 재능이 없다는 사실을."

만약 화안명 또래의 다른 청년이 이 말을 들었다면 하늘이 무너져 내리는 심정이지만 화안명은 이제야 그걸 알았느냐는 얼굴이 되어서 머리를 크게 끄덕였다.

"하지만 너도 강해지고 싶을 것이다. 그렇지 않느냐?"

화안명은 사 일 전 염 노인의 얼굴이 떠올라서 감히 아니라고 말하지 못했다. 대신 기어들어 가는 작은 목소리로 말했다.

"그렇습니다."

"그렇다면 노부에게 방법이 하나 있다. 대단히 위험하기는 하지만 잘만 사용하면 천하의 어떤 무공보다 강한 위력을 발휘한다. 어쩌겠느냐? 배우겠느냐?"

화안명은 주저하며 대답하지 못했다. 싫다 하고 싶었지만 염 노인의 기세가 심상치 않아 대답을 하지 못한 것이다.

"배우는 것 자체로 위험한 것은 아니다. 사용하지 않으면 위험하지 않다. 또한 너보다 못하거나 너와 비슷한 실력을 가진 자에게 사용하면 위험하지 않다. 위험한 경우는 너보다 강한 자에게 사용할 때뿐이다. 어쩌겠느냐? 배우겠느냐?"

화안명과 비슷한 실력을 가진 자가 화안명보다 내공이 높을 리 없다는 생각에서 한 말이었다.

화안명은 사용하지 않으면 위험하지 않다는 말에 머리를 끄덕였다. 그리고 내심 다짐했다. 어쩔 수 없이 배우기는 하지만 무슨 일이 있어도 사용하지 않겠다고.

화안명이 승낙하자 염 노인은 무거운 짐을 내려놓은 것처럼 홀가분해졌다. 화사토령은 초식이 아니라 일종의 심법이었기에 화안명이 어렵지 않게 배울 거라고 예상한 것이다.

염 노인의 기대대로 화안명은 단 하루 만에 화사토령의 모든 것을 배웠다. 상대의 내공을 단전으로 끌어들이는 방법과 끌어들인 내공에 자신의 내공을 더하는 방법, 하나로 합쳐진 두 내공으로 상대를 공격하는 방법까지 염 노인이 완벽하다고 여겨질 만큼 화안명은 화사토령을 익혔다. 염 노인조차 혀를 내두를 만큼의 속도와 성취였다.

'아가씨의 말대로 이 녀석은 천재는 천재다. 단, 내공에 관해서만. 이 녀석의 외공에 대한 재능이 평범한 정도만 되었어도 능히 절정고수가 되었을 텐데. 반쪽짜리 천재라고 해야 하는 건가?'

화안명의 성품이 간사함과는 거리가 멀어 보였기에 염 노인은 더욱 안타까웠다. 훗날 동완이 자신에게 도움을 주고 호의를 보였다는 사실을 깨달으면, 분명 화안명은 동완의 한 팔이 되어줄 것이기 때문이었다.

화안명이 염 노인에게 무공을 배운 지 오 일이 지났다. 금촌에 온 이후의 어느 날 아침처럼 화안명은 운기조식을 마치고 아침을 먹으러 객잔으로 내려갔다. 마침 아침 식사가 내어져 오고 있었다.

화안명이 빈자리에 앉아 잡채에 젓가락을 내미는데 동완이 말했다.

"너는 아침을 먹고 나를 따라와라."

화안명은 젓가락을 허공에 세워놓은 채 동완을 돌아보았다.

"네가 금촌에 온 이유를 잊었어? 시험을 보러 가야지."

동완은 염 노인을 보며 말했다.

"염 노인, 그동안 고생 많았어."

화안명에게는 청천벽력 같은 말이었다. 화안명에게 있어 시험은 이렇게 갑자기 아무렇지도 않다는 목소리로 말할 성질의 문제가 아니었다. 화안명은 호흡을 고르고 말했다.

"마음의 준비를 할 시간이 필요합니다."

아니, 이렇게 말하려 했다. 숨을 고르는 사이 염 노인이 먼저 입을 열지 않았다면 말이다.

"아가씨, 저 녀석에게 아직 가르치지 않은 것이 있습니다."

"괜찮아, 여기까지만 해도. 어차피 염 노인도 열양장 십이초식을 다 가르칠 생각은 아니었을 거 아냐?"

"중요한 것이라서 그렇습니다. 반 시진이면 됩니다."

"그래? 그럼 그렇게 해."

화안명은 음식이 입으로 들어가는지 코로 들어가는지 모르게 아침 식사를 끝냈다.

염 노인은 화안명을 데리고 객잔 뒤편에 있는 공터로 갔다.

염 노인이 말했다.

“아가씨의 말로는 네가 죽여야 할 사람이 너와 비슷한 실력이라고 했
다.”

“…….”

“아직 싸움이 시작되지도 않았는데 벌써 얼어 있으면 어쩌자는 거냐?
싸움은 기세가 삼 할이다. 실력이 비슷한 사람끼리의 싸움은 이기겠다는
마음이 강한 사람이 이긴다는 뜻이다.”

“…….”

“노부의 앞으로 나오너라.”

화안명이 쭈뼛쭈뼛 염 노인의 앞으로 걸어갔다. 두 사람 사이의 거리
가 석 자 정도 되자 염 노인이 화안명을 멈추게 했다. 염 노인은 화안명
을 향해 오른손을 내밀며 말했다.

“노부가 가르쳐 준 화사토령을 이용해서 노부를 공격해 보아라.”

화안명은 정신이 번쩍 났다. 염 노인이 분명히 말하지 않았는가? 자신
보다 강한 사람에게는 화사토령을 절대로 써서는 안 된다고.

‘염 노인이 나를 죽이려는 걸까? 그래, 들은 적이 있어. 제자가 다른
사람에게 죽느니 차라리 자기 손으로 죽인다는 미친 늙은이가 종종 있다
는 이야기를.’

화안명은 화사토령 대신 손에 내공을 집중해서 염 노인의 손바닥을 쳤
다. 염 노인이 화사토령을 익히지 않고 화안명에게 가르쳐 주었다면 혹
시 모를까, 화안명의 잔재주는 염 노인의 심기를 긁어놓았을 뿐이다. 염
노인은 얼굴을 찌푸리며 손에 내공을 집중해서 화안명을 밀쳐 넘어뜨렸
다.

“제대로 하지 못하느냐! 실제 싸움에서도 이렇게 할 것이냐!”

화안명이 주저앉아서 어쩔 줄 몰라 하자 염 노인은 한숨을 길게 내쉬
었다. 그사이 화안명에게 정이 들었던 모양이다.

"잘 들어라. 비슷한 실력이라면 백이면 백 네가 진다. 상대는 죽기 살기로 덤빌 것이고, 살인도 경험해 보았을 것이다. 싸움을 통틀어 너에게는 많아야 한두 번의 기회가 주어질 뿐이다. 그 기회를 살리지 못하면 너는 죽는다. 내 앞으로 와서 서거라."

염 노인을 아는 영생교 제자가 지금 염 노인이 하는 말을 들었다면 먼저 자신의 눈과 귀를 의심했을 것이다. 그만큼 지금 염 노인은 자신의 폭급한 성격을 애써 억누르며 말하고 있었다.

화안명이 조금 전과 같은 위치에 서자 염 노인은 말을 이었다.

"한두 번의 기회에 네가 가장 확실하게 이길 수 있는 방법은 화사토령을 사용하는 것이다. 노부는 단 일성의 내공만을 사용할 테니 너는 노부를 화사토령으로 공격해 보아라."

진작에 이렇게 알아들을 수 있도록 설명해 주었으면 얼마나 좋은가? 화안명은 속으로 투덜거리며 화사토령을 운용해서 염 노인의 손바닥을 쳤다.

염 노인의 손과 화안명의 손이 부딪쳤다. 맞부딪친 화안명의 손에서 강한 흡인력이 발생해 염 노인의 손에 모인 내공을 단전으로 끌어당겼다. 염 노인의 내공이 단전에 더해지자 화안명은 단전이 꽉 차는 듯한 느낌을 받았다. 외공이 몸과 교감한다면 내공은 정신과 교감한다. 단전에 내공이 충만해지자 화안명은 몽롱함과 비슷한 황홀함을 느꼈다.

염 노인이 소리쳤다.

"너무 늦다!"

화안명은 퍼득 정신을 차리고 단전에 모인 자신의 내공과 염 노인의 내공을 합쳐서 맞부딪친 손으로 뿜어냈다. 염 노인은 화안명의 장력을 흘려 버리고는 화안명을 질책했다.

"생과 사는 찰나의 순간에 갈린다. 네가 화사토령을 사용하면 상대는 자신의 내공이 갑자기 사라져 버린 사실에 놀라서 당황할 것이다. 상대가 당황한 그 순간이 너에게는 절호의 기회다. 생사결을 많이 경험한 자일수록 침착함을 빨리 회복한다. 이번처럼 네가 내공을 흡수한 다음 장력을 쏘아내는 데에 시간이 많이 걸린다면, 그사이에 있을 상대의 공격에 너는 죽게 될 것이다."

화안명은 염 노인의 말에 진심으로 수긍했기에 머리 숙여 대답했다.

"명심하겠습니다."

화안명의 태도가 마음에 들었는지 염 노인은 머리를 끄덕이며 말했다.

"조금 있다 다시 한 번 해보자."

염 노인은 잃어버린 내공을 회복하기 위해 운기조식을 했다. 화사토령이 흡기공을 목적으로 만들어진 무공이 아니었기에 염 노인이 일성의 내공을 회복하는 데에 일각이면 충분했다.

화안명은 총 다섯 번을 더 화사토령을 시전하고 나서야 염 노인으로부터 '지금의 감각을 잊지 마라' 라는 말을 들을 수 있었다.

반 시진을 예정한 수련은 한 시진이 지나서야 끝이 났다. 해는 어느덧 중천에 떠올라 있었다.

화안명과 염 노인이 객잔으로 돌아오자 기다리던 동완이 다가왔다.

염 노인이 동완에게 머리를 숙이며 말했다.

"노복이 무능해서 시간을 맞추지 못했습니다."

동완은 화안명을 잠시 보다가 말했다.

"무능한 건 염 노인이 아니라 이 녀석이지. 그래도 성과는 있었나 보네?"

화안명의 눈빛이 달라진 것을 두고 하는 말이었다. 객잔을 나갈 때 화안명의 눈빛이 겁에 질린 눈빛이었다면, 지금 화안명의 눈빛은 자신감있는 눈빛이었다.

염 노인이 말했다.

"점심 식사를 준비할까요?"

"아니야. 나가서 먹을 거야."

"저녁 식사를 준비해 놓겠습니다."

"그래, 술도 잊지 말고."

동완이 화안명을 돌아보며 말했다.

"도를 가지고 와라."

화안명이 방에 올라가서 도를 가지고 오자 동완은 객잔을 나섰다. 화안명은 염 노인에게 인사를 하고 동완의 뒤를 따라 나섰는데, 앞서 가는 동완의 손에 두 자루의 검이 들려 있어 의아했다.

동완은 화안명을 데리고 금촌을 가로지르는 대로를 따라 북쪽으로 걸어갔다. 북쪽으로 올라갈수록 행인의 수가 조금씩 줄어들었다. 동완이 걸음을 멈춘 곳은 '노씨 포목점'이라는 간판이 걸려 있는 작고 낡은 포목점 앞이었다.

포목점 안에는 손님 두 명이 옷을 고르고 있었다. 동완과 화안명이 포목점 안으로 들어서자 손님에게 옷을 골라주고 있던 삼십대 초반의 남자가 동완에게 허리를 숙여 인사했다.

"아가씨, 또 오셨네요?"

동완은 목례로 남자의 인사를 받고 옆에 있는 화안명에게만 들릴 작은 목소리로 말했다.

"저자를 잘 보아둬."

동완이 대답을 기다리지 않고 남자에게 걸어갔기에 화안명은 동완을 따라가며 동완이 말한 남자를 보았다. 삼십대 초반의 남자는 보통 키에 평범한 외모를 하고 있었다. 눈가와 입가에 비굴해 보이는 웃음을 짓고 있었지만 간사하다는 느낌보다는 선량하다는 느낌이 강했다. 길을 걷다 보면 하루에 수십 번을 볼 수 있을 것 같은 인상이었다.

동완은 남자의 앞에 서더니 다짜고짜 말했다.

"내 옷은?"

"제 마누라가 세상에서 제일 아름답게 만들고 있습니다."

"세상에서 제일 아름답지 않아도 돼. 가서 내 옷을 가지고 와라."

"아가씨, 약조한 시간은 내일이지 않습니까?"

"네 마누라가 옷을 짓고 있는지 놀고 있는지 내가 어떻게 아느냐?"

"어이쿠, 그럴 리가 있습니까? 여보, 잠깐 이리 나와보시오."

포목점 뒤쪽의 문이 열리더니 삼십대 초반의 여인이 열 살 남짓의 계집아이의 손을 잡고 걸어나왔다. 여인을 향해서 동완이 눈을 부라리자 여인은 사시나무 떨 듯 벌벌 떨었다.

"오 일이 지났는데 옷 한 벌 짓지 못하다니, 너는 놀았던 게 틀림없다! 그렇지?"

"그… 그럴… 리가 있겠… 습니까? 저는… 저는……."

여인은 동완의 기세에 눌려서 말을 제대로 잇지 못했다.

"내일까지다. 알겠느냐?"

여인은 정신없이 머리를 끄덕였다. 여인의 손을 잡고 있던 계집아이도 겁이 났는지 울먹울먹한 얼굴이 되어서 금방이라도 울음을 터뜨릴 것 같았다.

남자는 잽싸게 동완과 여인 사이로 들어가서 등으로 동완의 시선을 막았다. 남자는 여인의 등을 부드럽게 쓰다듬으며 말했다.

"부인, 들어가서 좀 쉬도록 하세요."

남자는 여인의 몸의 떨림이 조금 잦아들자 이번에는 계집아이의 머리를 쓰다듬었다.

"양아야, 엄마를 모시고 안으로 들어가거라."

여인과 계집아이가 안채로 들어가고 문이 닫히자 남자는 돌아서서 동완을 보며 예의 비굴한 웃음을 지었다.

"아가씨, 내일까지는 하늘이 두 쪽 나도 옷을 완성해 놓겠습니다."

동완은 작게 머리를 끄덕였다.

"그래, 믿어보지."

동완은 화안명을 데리고 포목점을 나갔다. 동완과 화안명이 포목점을 나가자 구석에서 벌벌 떨고 있는 두 손님은 길게 안도의 숨을 내쉬었다. 남자는 두 손님에게 다가가서 안심시켜 주는 것 또한 잊지 않았다.

동완은 화안명을 데리고 금촌을 가로지르는 대로를 따라 남쪽으로 걸어갔다.

동완과 나란히 걸으며 화안명이 말했다.

"동 아가씨, 옷을 맞추신 겁니까?"

"옷?"

"예, 동 아가씨와 점원이 하는 말을 들어보니 그런 것 같아서요."

동완은 화안명을 보며 피식 웃었다.

"그래, 옷을 맞췄다. 무려 금 한 냥짜리 옷이지. 그러니 세상에서 제일 아름답게 만들어야 하는 것이고. 꼬마야, 그리고 그 사람은 점원이 아니고 주인이야. 이름은 노준이고, 원래 이름은 노팔이지."

동완의 말에 머리를 끄덕이던 화안명은 노팔이라는 말에 걸음을 멈추고 동완을 보았다.

"노팔… 이라면 혹시……?"

동완은 계속 걸어가며 말했다.

"그래, 네 녀석이 죽여야 하는 사람이야."

화안명은 자신이 죽여야 할 사람이 칠 척 장신에 어깨가 떡 벌어지고 수염으로 입이 안 보이는데다가 손에는 참마도나 귀두도를 들고 있을 거라 생각했다. 어렸을 적 보아왔던 악인의 모습은 그러하였으니까. 무의식중에 자신이 죽여야 할 사람이 악인일 거라 생각한 것이다.

멍하니 있던 화안명은 동완이 멀리 음식점으로 보이는 삼층 건물로 들어가는 것을 보고 뛰어갔다. 점심을 먹을 시간이었고, 늦게 갔다가는 퉁퉁 불은 소면을 먹어야 할 게 분명했기 때문이다.

소회루에 들어선 화안명은 소회루의 으리으리함에 눈이 휘둥그레졌다. 일층에 스무 개도 넘는 탁자가 있었고, 탁자마다 사람들로 꽉꽉 들어차서 빈자리를 찾기 힘들었다. 눈에 보이는 점소이만 해도 네다섯 명이 음식을 나르고 있었다.

화안명은 소회루 입구에 서서 동완을 찾았다. 넓은 소회루 안을 두 번이나 훑었지만 동완은 보이지 않았다.

화안명이 하는 행동이 촌놈의 전형적인 모습이었기에 지나가는 사람이나 점소이들은 화안명을 힐끗힐끗 보며 자기들끼리 뭐라 뭐라 수군거렸다.

이때 자신의 키만큼이나 비대한 배를 가진 중년인이 화안명을 향해 헐레벌떡 뛰어왔다. 얼마 뛰지 않은 것 같은데 중년인은 손등으로 땀을 훔치며 말했다.

"혹시 화안명 소협이십니까?"

화안명은 생전 처음 보는 사람의 입에서 자신의 이름이, 그것도 뒤에 소협이라는 거창한 호칭을 붙여서 나오자 의아한 눈으로 중년인을 보았다.

"예, 제가 화안명 소협인데요."

중년인은 살다 살다 자신의 이름 뒤에 소협을 붙이는 사람은 처음 보았다. 중년인은 억지로 웃음을 참는 얼굴이 되었다가 화안명이 자신을 보고 있자 정색을 하고 말했다.

"동완 아가씨께서 삼층에서 기다리고 계십니다. 소인을 따라오십시오."

소회루 같은 큰 객잔은 위층으로 올라갈수록 음식값이 올라간다는 사실을 화안명은 몰랐기에 중년인의 뒤를 따라가며 이렇게 생각했다.

'동 아가씨가 일층에는 자리가 없어서 삼층으로 간 모양이구나.'

계단을 올라가며 이층을 보니 손님이 절반 정도 차 있었다. 삼층에는 손님이 동완밖에 없었는데, 이를 보고 화안명은 생각했다.

'삼층에 있는 손님을 동 아가씨가 모두 쫓아낸 모양이구나. 밥을 먹으며 사람들이나 구경하려고 했는데 모두 틀렸구나.'

화안명이 동완의 맞은편 자리에 앉자 중년인은 동완의 옆에 공손히 시립했다.

동완이 말했다.

"강 조장, 수고했어. 강 조장은 가서 쉬고 다른 아이를 올려보내도록 해."

중년인은 비대한 배를 가지고 있다고 믿을 수 없게 허리를 직각으로 구부리고 말했다.

"말씀 거두어주십시오. 소인이 단주님을 모실 수 있게 해주십시오."

"그럼 그렇게 해."

중년인은 다시 한 번 허리를 굽히고 말했다.

"감사합니다."

동완은 화안명을 보며 말했다.

"먹고 싶은 거 있으면 시켜."

동완과 함께 다닌 지 근 보름이 지났지만 음식 주문을 화안명에게 시킨 것은 이번이 처음이었다. 화안명은 뛸 듯이 기뻐하며 중년인을 보며 말했다.

"소고기, 돼지고기, 오리고기, 닭고기, 그리고… 그리고… 일단 그것부터 주세요."

중년인은 말문이 막혔다. 저 촌놈에게 소고기, 돼지고기, 오리고기, 닭고기로 만들 수 있는 요리가 몇 가지인지를 어떻게 하면 동완의 심기를 안 건드리면서 설명해 줄 수 있을까 고민하는데 동완이 먼저 입을 열었다.

"그렇게 고기가 먹고 싶어?"

"그게… 그게… 동 아가씨가 싫으시면 소면하고 만두를 시킬게요."

"아니다. 강 조장."

"하명하십시오."

"소회루에서 소고기, 돼지고기, 오리고기, 닭고기로 만들 수 있는 요리가 모두 몇 가지지?"

중년인은 바로 대답할 수 있었지만 동완에게 틀린 대답을 할까 봐 다시 한 번 계산을 해보고 대답했다.

"모두 열여섯 가지입니다."

"그럼 열여섯 가지 요리를 다 내어오도록 해."

"명을 따르겠습니다."

중년인은 뒷걸음질로 동완의 앞을 물러 나오며 화안명의 정체가 궁금했다.

'저 촌놈이 노 현제를 대신할 동 단주님의 새로운 정인일까? 그렇다면 잘된 일이다. 하지만… 하지만……'

중년인은 죽은 노관을 떠올리자 깊은 한숨이 새어 나왔다.

동완이 말했다.

"노팔을 본 소감이 어떠냐?"

"잘 모르겠습니다. 다만 악인은 아닌 것 같았습니다."

"악인?"

"예."

"너는 네가 죽여야 할 사람이 천하에 다시없는 악인인 줄 알았던 모양이지?"

같지는 않았지만 비슷했다. 동완의 말에서 천하에 다시없는만 빼면 화안명의 속마음이었다.

동완의 말이 이어졌다.

"꼬마야, 세상에는 악인도 없고 선인도 없다. 세상에 둘도 없는 착한 사람이 너를 죽이려 한다면, 너는 그 사람을 선인이라 부를 수 있겠느냐? 네가 어떻게 생각하든 네가 노팔을 죽일 마음으로 검을 뽑아 들면 노팔은 너를 세상에 둘도 없는 악인이라고 여길 것이다. 굳이 있다면 살아남은 사람과 죽은 사람만 있을 뿐이야."

이때 중년인이 음식을 날라왔다. 두 사람의 대화는 자연스럽게 끝이 났고, 부지런히 젓가락을 놀렸다. 음식이 바닥을 보이자 동완이 물었다.

"투기, 혹은 살기라는 말을 들어보았어?"

화안명이 머리를 젓자 동완은 화안명에게 살기를 뿜어냈다. 화안명은 깜짝 놀라서 젓가락을 떨어뜨렸다. 그러자 동완은 살기를 거두었다.

"이것이 투기, 혹은 살기다."

지난 보름 남짓 동안 화안명은 동완과 염 노인에게 종종 이것을 경험했기에 바로 머리를 끄덕였다.

"강호에는 이런 말이 있다. 실력이 비슷하다면 이기려는 마음이 강한 사람이 이긴다. 네가 나의 살기에 벌벌 떠는 것은 나를 이기겠다는 마음이 없어서야. 다시 말해, 나를 이길 수 있다는 자신감이 없는 거지. 겁먹은 호랑이는 날뛰는 하룻강아지에게 물려 죽는 법이다."

　다시 중년인이 음식을 날라왔다. 다시 두 사람의 대화는 자연스럽게 끝이 났고, 다시 부지런히 젓가락을 놀렸다. 다시 음식이 바닥을 보이자 동완이 말했다.

　"너와 노팔의 싸움은 어떻게 시작될까?"

　"제가 도를 뽑고 노팔이 검을 뽑으면 시작되지 않을까요?"

　"비무의 경우는 그렇지. 하지만 이건 비무가 아니라 씨움이다. 싸움은 네가 노팔을 죽이겠다 마음먹고, 노팔이 너를 죽이겠다 마음먹으면 시작된다. 이곳을 나가서 노팔을 보게 되면 너는 노팔의 표정, 손짓, 몸짓에 정신을 집중해야 하며 단 한순간도 정신을 흐뜨려서는 안 된다. 방심한 상대를 한칼에 죽이는 것을 보고 사람들은 비겁하다 한다. 맞아, 비겁해. 하지만 비겁한 수법에 죽은 사람은 상대를 가리켜 비겁하다 말할 수 없다. 말은 살아 있어야 할 수 있는 거니까."

　화안명은 무겁게 머리를 끄덕였다. 동완의 말이 이어졌다.

　"너와 노팔의 싸움은 어떻게 끝날까?"

　"저와 노팔 중에서 한 명이 죽으면 끝납니다."

　"맞아, 꼬마야. 죽기 싫으면 노팔을 죽여라. 못 죽이면 죽기 싫어도 네가 죽는다."

　화안명은 동완의 계속되는 말에 조금씩 노팔과의 싸움이 실감났다. 그리고 살인에 대한 본능적인 거부감과 죽음에 대한 막연한 불안감에서 조금은 벗어날 수 있었다. 화안명의 어울리지 않는 진지하고 무거운 표정에 동완은 이러면 안 되는 줄 알면서도 피식 웃고 말았다.

　해가 서쪽 하늘에 반쯤 기울었을 무렵, 동완은 화안명을 데리고 소회루를 나왔다. 곧장 포목점으로 가리라는 화안명의 예상과는 달리 동완은 금촌을 벗어나서 한적한 소로를 따라 일각 정도 동쪽으로 걸었다. 소로는 세 갈래로 갈라졌고, 그 갈림길의 왼편에는 커다란 느티나무가 있었다. 동완은 느티나무 아래에서 걸음을 멈추었다.

화안명의 의아해하는 마음을 아는지 동완이 말했다.

"노팔은 매일 이 시간이 되면 옷감을 가지러 아랫마을로 가더군. 마을 안에서 칼부림을 하는 것보다 이 편이 나을 것 같아서."

화안명은 마음이 급해졌다. 소회루를 나올 때만 해도 빨리 가서 노팔을 죽이고 시험을 끝마치고 싶었는데, 이제 곧 노팔이 온다니 갑자기 긴장되었던 것이다.

동완은 소매에서 죽엽청 한 병을 꺼내더니 입에 대고 몇 모금 마셨다. 그리고는 화안명에게 내밀었다.

"한 모금 마실 테냐?"

술을 밥보다 좋아하는 화안명이었지만 이 순간만큼은 술을 마시고 싶은 생각이 눈곱만큼도 들지 않았다. 화안명이 말없이 머리를 젓자 동완은 피식 웃었다.

"남자라면 고기보다 술을 더 좋아해야지. 애도 아니고 언제까지 고기만 찾지 말고."

동완의 말에 화안명은 동관식과 하림이 떠올라서 피식 웃었다.

'만약 동 아가씨가 동관식이나 하림을 봤다면 기절을 했겠구나.'

멀리서 작은 점 하나가 길을 따라 내려오는 게 보였다. 작은 점은 조금씩 커졌고, 이내 노팔이 되었다.

동완이 중얼거리듯 말했다.

"노팔이 오는군. 시간이 참 철저한 친구야."

화안명은 머리를 작게 끄덕이며 손 안의 검을 힘껏 움켜쥐었다.

노팔은 느티나무 아래 두 사람이 서 있는 것을 멀리서 보고 처음에는 대수롭지 않게 여겼다. 그러다가 햇살에 검이 빛나는 것을 보고 얼굴을 찌푸렸다. 노상강도려니 했던 것이다. 그러나 이내 두 사람이 동완과 화안명이라는 것을 알고는 얼굴이 딱딱하게 굳었다. 노팔은 걸음 속도를 빨리 해서 느티나무 옆을 지나치려 했다. 하지만 동완과 화안명이 길 위로 올라와서 길을 막는 것을 보고는 되레 걸음 속도를 늦추었다. 혹시라도 있을지 모르는 기습을 대비한 것이었다. 상대편에서는 분명 자신을 알아보고 길을 막았다. 이제 상대편이 길을 막은 것이 고의인지 고의가 아니인지를 알아보고 그에 맞는 행동을 해야 했다.

노팔은 동완을 향해 공손하게 머리를 숙여 인사했다.

"아가씨를 여기서 뵙는군요."

동완이 말했다.

"여기서 기다렸거든."

"옷은 내일까지 꼭 완성하겠습니다. 정말 죄송하게 되었습니다. 아가씨께서 너그럽게 용서해 주십시오."

동완은 머리를 저으며 말했다.

"옷 이야기는 하지 말자. 나는 노준이 아니라 노팔을 찾아온 거니까."

노팔의 비굴한 웃음이 일순간 사라졌다. 노팔은 억지로 다시 비굴한 웃음을 지으며 말했다.

"무슨 말씀이신지… 소인은 알아들을 수가 없군요."

"그럼 내가 알아들을 수 있게 말해주지. 나는 영생교 주작당 소속 동완이다. 이 녀석은 호걸단 출신이고, 이번에 시험을 보러 왔지. 시험의 내용은 노팔이라는 배교자를 찾아 죽이라는 거야. 어때? 이제는 알아들을 수 있겠어?"

노팔은 눈을 질끈 감았다. 영생교를 도망나온 지 십 년이 지났다. 십 년 동안 추적의 손길이 없어서 자신을 포기한 줄 알았다. 그런데 십 년이 지나서 암살자가 찾아온 것이다. 도망나온 지 얼마 안 된 홀몸이었을 때 죽이러 왔다면, 자신이 죽든 상대가 죽든 깨끗하게 결판을 보았을 것이다.

'저 계집과 꼬마 놈은 부인과 양아를 보았다. 영생교의 악종들은 내가 죽으면 부인과 양아도 죽일 게 틀림없다. 내가 죽더라도 저 두 놈은 죽여야 한다.'

노팔은 눈을 뜨며 동완을 쏘아보았다.

"너무 늦게 찾아왔습니다."

"그러게 말이야. 십 년이 지났으면 그냥 놓아주어도 될 텐데."

동완은 손에 들린 검을 노팔에게 던져 주었다.

"나도 안타깝게 생각한다. 하지만 명령은 명령. 대신 내 이름을 걸고 두 가지는 약속하지. 네 마누라와 딸아이의 목숨은 살려준다. 그리고 이 녀석과 일 대 일로 싸워서 이기면 네 목숨도 살려준다. 오늘 살아서 돌아간다면 다시는 암살자가 찾아오는 일은 없을 거야."

노팔은 십 년 동안 잡지 않아 낯선 검을 손에 쥐어보며 말했다.

"그 말, 진심입니까?"

동완은 대답 대신 한 걸음 뒤로 물러섰다.

노팔에게는 더 이상 다른 선택이 없었다. 동완의 말이 진심이든 진심이 아니든, 사실이든 사실이 아니든 눈앞의 두 놈을 죽여야 하는 것이다. 계집이 자신을 얕보고 처음부터 같이 손을 쓰지 않는다면 오히려 잘된 일이었다. 노팔은 검을 뽑아 들고 검집을 땅에 버렸다. 땅에 떨어진 검집은 노팔의 각오를 말하고 있었다.

"그 말, 믿겠습니다."

말이 끝나기가 무섭게 노팔은 화안명과의 거리를 한 걸음만에 없애 버리고 화안명의 가슴을 향해 검을 베어갔다.

화안명은 노팔이 '너무 늦게 찾아왔습니다' 라고 말하는 순간부터 노팔에게 모든 신경을 집중하고 있었기에 노팔의 이번 공격을 어렵지 않게 막아냈다. 화안명은 염 노인의 가르침으로 도에 내공을 집중시키는 것을 자신의 뜻대로 할 수 있게 되었기에, 이번 겨룸에서 화안명의 도가 노팔의 검을 한 자가량 튕겨냈다.

노팔의 검과 검을 잡은 손이 하늘을 보았기에 노팔의 가슴이 텅 비어 버렸다. 화안명은 그 틈을 놓치지 않고 노팔의 가슴을 향해 도를 찔러갔다.

노팔은 무표정한 얼굴로 자신의 가슴을 찔러오는 화안명의 도를 보았고, 그 검을 피하거나 막지 않고 손 안의 검으로 화안명의 머리를 베어갔다. 동귀어진의 수법이었다. 하지만 화안명의 도는 빨랐고 노팔의 검은 느렸다.

동완은 생각했다.

'끝났다. 몸이 생각을 따라가지 못하는 걸 보니 노팔은 십 년 동안 검을 놓았던 모양이구나.'

노팔의 검이, 햇빛을 담아 반짝이는 검이 자신의 머리를 향해 날아오자 화안명은 덜컥 겁이 났다. 만약 소천 노사의 오두막에서처럼 목도였다면 겁이 나지 않았을 테지만, 지금 두 사람이 들고 있는 건 진검과 진도였다. 엄청나게 집중을 하고 있었기에 그 찰나의 순간에 노팔의 무표정한 얼굴이 언뜻 보였다. 노팔은 진심이었다. 같이 죽자는 게 틀림없었다.

화안명은 죽기 싫었다. 화안명은 머리를 옆으로 트는 동시에 노팔의 가슴을 찔러가던 도를 거두어들여서 노팔의 검을 쳐냈다. 화안명으로서는 다시 하라고 해도 못할 정도로 좋은 판단과 엄청난 움직임이었지만 동완은 한숨을 내쉬었다.

'겁쟁이 녀석, 다 이긴 싸움을 망쳐 버렸구나.'

노팔은 연속해서 세 번을 찌르고 베어갔다. 화안명은 막을 엄두를 내지 못하고 연신 뒤로 물러섰다. 노팔은 이번 기회에 끝장을 보려고 마음 먹었는지 머리, 가슴, 배 등 요혈을 무방비 상태로 드러내고 공격에만 전력을 기울였다. 방어는 포기하고 공격만 하자 노팔의 검은 족히 두 배는 빠르고 날카로워졌다.

이어지는 노팔의 삼검에 화안명은 손과 어깨를 베였다.

동완이 보기에 화안명은 당황하고 있었다. 연신 뒤로 물러서기만 하는 것과 발이 흐트러진 것만 보아도 분명했다.

싸움의 흐름은 당장이라도 화안명이 노팔의 검에 맞고 피를 흘리며 쓰러질 것 같았는데, 화안명은 용케도 십여 초식을 피해냈다.

화안명은 노팔이 커 보였다. 마치 동완이나 염 노인을 보는 것 같았다. 검도 엄청나게 빠르고 무척이나 위력적으로 보였다.

'이렇게 죽을 수는 없어! 이렇게 죽을 수는 없어!'

노팔의 검이 가슴을 향해 찔러 들어오는 게 보였다.

'하림을 보지도 못하고 죽을 수는 없어!'

순간 화안명의 몸에서 살기가 뿜어져 나왔다. 이십여 초식을 피한 끝에 처음으로 화안명은 노팔의 검을 향해 자신의 도를 마주 휘둘렀다.

챙—!

검과 도가 부딪치자 노팔은 얼굴을 찌푸렸다. 검을 잡은 손목이 부러질 것처럼 아파왔기 때문이다. 노팔은 피투성이가 된 화안명을 노려보았다.

"이 애송이 녀석이!"

화안명은 뭐에 씌인 사람처럼 노팔을 향해 미친 듯이 도를 휘둘렀다. 그 기세가 놀라워서 노팔은 동귀어진이고 뭐고 생각할 겨를도 없이 막기에 급급했다. 십여 초식 동안 화안명이 공격을 했고, 노팔이 방어를 했다. 화안명의 도는 위력적이기는 했지만 피를 많이 흘린 탓에 정확하지 못했다. 폭풍같이 몰아치던 화안명의 공격이 끝이 났다.

화안명은 멈춰 서서 거친 숨을 몰아쉬었고, 노팔도 멈춰 서서 거친 숨을 몰아쉬었다.

잠시 정적이 흘렀다.

동완은 생각했다.

'다음 한 번의 겨룸에서 승부가 날 것이다.'

누가 약하고 누가 강하고는 이제 소용없었다. 이길, 그리고 질 확률은 반반이었다.

순간 동완의 머리 속을 스치고 지나가는 기억이 하나 있었다.

칠 년 전 흑사방 뇌전당과의 싸움 직전 동완은 노관을 찾아갔었다. 노관은 누가 보기에도 죽을 수밖에 없는 임무를 맡았다. 부하 스무 명을 데리고 뇌전당의 진격을 저지하는 임무였다. 동완은 노관에게 가지 말라고 임무를 맡지 말라 말하고 싶었지만 그러지 못했다. 도망칠 수 있으면 도망치라고, 노관이 절대로 그럴 리 없다는 걸 알면서도 그 말밖에 할 수 없었다. 그러고 나서 얼마나 후회했던가? 노관이 죽었다는 소식을 듣고 얼마나 많이 울었던가?

지금 동완이 검을 쓰면 노팔은 반항 한 번 못해보고 죽을 것이다. 검집에서 검을 뽑고, 검에 내공을 주입해서 검기를 끌어올리고, 검기가 깃든 검으로 노팔을 잘 겨냥해서 한 번 휘두르면 노팔은 죽고 싸움은 끝날 것이다. 하지만 동완은 그러지 않았다. 조금은 긴장된 얼굴로 두 사람의 마지막 대결을 기다렸다.

'그래, 알아도 하지 못하는 일은 분명히 있어. 나중에 후회할 줄 알면서도 그렇게 할 수밖에 없는 일은 분명히 있어.'

화안명은 피를 많이 흘린 탓에 정신이 몽롱했다. 이기든 지든 빨리 끝내고 쉬고 싶었다. 노팔이 기합 소리와 함께 내지른 검이 느릿하게 다가

오는 것이 눈에 보였다. 화안명은 도를 마주 휘둘렀다. 도와 검이 부딪쳤다. 전 같으면 노팔의 검이 튕겨 나갔을 텐데, 이번에는 되레 힘으로 밀고 들어왔다. 보아하니 자신을 죽이기 위해 젖 먹던 힘까지 모두 그러모은 모양이었다. 화안명은 욕이 튀어나왔다.

"빌어먹을 자식!"

욕을 내뱉으니 떠오르는 기억이 하나 있었다. 열양장을 가르치다가 자신이 제대로 못 따라하면 화가 나서 욕을 하던 염 노인의 모습이었다.

"한두 번의 기회에 네가 가장 확실하게 이길 수 있는 방법은 화사토령을 사용하는 것이다."

화안명은 노팔이 자신보다 강할지도 모른다는 불안함을 가진 채 화사토령의 구결을 운용했다. 맞닿은 자신의 도를 밀어붙이던 노팔의 검에서 홍수 때 강물이 흐르듯이 거칠게 노팔의 내공이 단전으로 흘러들어 왔다. 노팔의 전신 내공은 염 노인의 일성 내공과 비할 바가 아니었다. 족히 세 배는 될 듯했다. 노팔의 내공이 더해지자 화안명의 단전은 터질 듯이 부풀어올랐다. 고통스러운 것은 아니었지만, 되레 상쾌함에 가까운 몽롱함이었지만 화안명은 현기증이 나며 정신이 아득해졌다.

화안명은 어떻게 도를 휘둘렀는지 모르게 자신의 내공에 노팔의 내공을 더해서 도를 휘둘렀다. 화안명의 도는 노팔의 검을 허공으로 두 자가량 들어올려 버리고 그대로 노팔의 가슴을 길고 깊게 갈라 버렸다.

화안명은 도를 휘두른 그 자세로 잠시 서 있다가 모로 쓰러져 버렸다. 쓰러진 화안명의 몸 위로 가슴이 잘려 두 조각이 된 노팔의 시체가 덮어졌다.

동완은 정신을 잃은 화안명을 수습할 생각도 않고 멍하니 서 있었다.

정신을 차린 동완의 입에서 중얼거림이 흘러나왔다.

“도기… 분명히 도기였어.”

화안명은 갈증을 느끼고 눈을 떴다. 동창에서 붉은 노을이 번져 들어왔다. 화안명은 자신의 몸이 발가벗겨져 있고 군데군데 붕대가 감겨 있는 것을 보고 실소했다.

“그래도 살았구나……”

이때 머리 위에서 동완의 목소리가 들려왔다.

“깨어났구나.”

화안명은 쓰러진 자신을 동완이 구해와서 치료해 주었다는 사실을 깨닫고 감사의 말을 하려 했다. 그러다가 자신의 몸이 알몸이라는 사실을 깨닫고는 급히 아랫도리를 가리려 이불을 찾았다. 하지만 아무리 찾아도 이불을 어디에 치웠는지 보이지 않았다.

이를 보고 동완이 피식 웃었다.

“꼴에 남자라고.”

동완은 구석에 던져 두었던 화안명의 바지를 던져 주었다.

“상처가 아직 아물지 않았으니 우선 바지만 입어.”

화안명은 얼굴을 붉히고 뒤돌아서 바지를 입었다.

화안명이 바지를 입고 돌아서자 동완이 말했다.

“어디 아픈 곳은 없느냐?”

군데군데 쓰리고 따끔거리기는 했지만 특별히 아픈 곳은 없었다. 오히려 단전은 충만했고, 전신에 기운이 넘쳤다.

“괜찮습니다.”

동완이 침상을 가리키며 말했다.

“앉아서 운기조식을 해보거라.”

화안명은 동완이 가리킨, 자신이 누워 있던 침상에 가부좌를 틀고 앉았다. 주위를 둘러보니 낯익은 것이 염 노인의 객잔이었다. 화안명은 눈을 감고 대자연의 기를 호흡을 통해 들이마시며 단전을 떠올렸다. 단전이 손에 잡힐 듯 뚜렷하게 느껴지자 화안명은 깜짝 놀라서 눈을 떴다.

동완은 자신의 예상이 맞았음을 알고 머리를 끄덕이며 말을 이었다.

"축기는 됐고, 운기를 해보아라."

화안명은 염 노인이 가르쳐 준 대로 단전의 내공을 자신의 의지로 움직여 보았다. 그런데 이상하게도 단전의 내공 중에서 반은 쉽게 움직여졌는데 나머지 반은 돌덩어리처럼 단전에 내려앉아서 꼼짝도 하지 않았다. 화안명은 땀을 뻘뻘 흘리며 몇 번의 시도 끝에 돌덩이처럼 꼼짝도 하지 않는 나머지 반의 내공도 움직일 수 있었다. 하지만 조금이라도 집중력이 흐트러지면 그 내공은 단전으로 되돌아가 버렸다. 화안명은 근 이각 동안 내공과 씨름한 끝에 겨우 일주천을 할 수 있었다.

화안명이 내공을 단전에 갈무리하고 눈을 뜨자 동완이 말했다.

"잘 되지 않는 모양이지?"

화안명은 운기조식을 배운 이후 이런 적이 없었기에 시무룩한 얼굴로 머리를 끄덕였다.

동완의 말이 이어졌다.

"노팔과 싸우기 전과 지금을 비교하면 내공이 두 배 정도 늘지 않았어?"

화안명은 동완의 말에 깜짝 놀라서 동완을 올려다보았다.

"네가 노팔을 죽일 때 마지막으로 도를 썼던 순간을 기억하느냐?"

화안명은 머리를 저었다. 너무 지쳐서 무의식중에 도를 휘둘렀다. 어쩌면 정신을 잃고 알 수 없는 무엇이 도를 휘둘렀는지도 몰랐다.

"그때 너는 도기를 사용했다. 백 번도 넘게 그 순간을 떠올려 보고 백 번도 넘게 그 상황을 생각해 보았지만, 그건 분명 도기였어. 도기가 아니라면 보도가 아닌 이상 네 힘으로 척추뼈를 끊지 못한다. 있을 수도 없고 있어서도 안 되는 일이지. 도기는 단순히 내공이 높다고, 단순히 도법에 조예가 깊다고 쓸 수 있는 게 아니거든. 도기를 쓰려면 내공과 외공의 조화를 이루어야 한다. 내공의 흐름이 자유로워야 하고, 도에 자신의 뜻을 실을 수 있어야 한다.”

동완은 말을 멈추고 무언가 생각에 잠겼다. 검기를 사용할 수 있는 절정의 경지에 오른 자신도 정의 내리지 못한 일을 무학에 대해서 햇병아리나 다름없는 화안명이 그 까닭을 알 리 없었다. 이미 수없이 결론 내려진 대답이 또 한 번 결론으로 나온 것이다.

“너의 내공이 두 배로 늘었다고 추측한 건 두 가지 이유 때문이야. 첫째는 너의 내공이 도기를 사용하기에는 턱없이 부족하다는 거지. 둘째는 내가 이상하게 여겨 염 노인에게 말했더니, 염 노인이 화사토령이라는 재밌는 수법을 말해주더군. 화사토령은 흡기공이 아니지만 흡기공과 같은 효과를 보일 확률이 아예 없는 건 아니라는 거야. 만 번에 한 번, 혹은 그 이상.”

동완의 말에 화안명은 자신의 내공이 크게 늘어난 이유와 말을 듣지 않던 절반의 내공의 정체를 알 수 있었다. 화안명은 내공의 효능에 대해 어느 정도 알았기에 저절로 입가에 미소가 그려졌다. 무공 수련이나 싸우는 건 싫었지만 강해져서 나쁠 이유는 없었기 때문이다.

이를 보고 동완이 말했다.

“좋아할 필요 없어. 내공이 늘어난 건 단기적으로 보면 좋은 일이지만 장기적으로 보면 나쁜 일이니까. 운기를 해보았으니 알겠지만 흡수한 내공은 너의 원래 내공과 합쳐지지 않고 따로 움직인다. 내공의 양은 늘었지만 내공의 질은 그대로라는 거지. 최악의 경우, 성질이 다른 두 개의 내공이 몸 안에서 충돌을 일으키면 주화입마에 빠질 수도 있어.”

화안명은 주화입마라는 말에 우는 얼굴이 되었다.

내공을 익힌 무림인이 제일 무서워하는 일이 주화입마였다. 대자연의 기운을 몸 안으로 받아들이는 축기에서 시작된 내가공부는 무림과 함께 발전해서 종내에는 수백, 수천의 내공 심법이 만들어졌다. 수많은 연구와 실험을 통해 대자연의 기운을 다루는 기술이 엄청난 발전을 이루었지만 대자연의 기운을 완벽하게 통제하는 내공 심법은 만들어지지도, 만들어질 수도 없었다. 주화입마란 몸 안으로 들어와서 내공으로 바뀐 대자연의 기운이 인위적으로 만들어진 통제를 벗어나서 내공 심법으로 수습할 수 없는 경우를 말했다. 주화입마에 빠지면 가벼우면 내공을 잃었고 심하면 목숨을 잃었으며, 대부분 병신이 되었다. 통제를 벗어나서 마구 날뛰는 내공이 단전을 비롯해서 주요 혈도에 큰 충격을 주었기 때문이다.

이를 보고 동완이 말했다.

"그렇게 우는 얼굴을 할 필요도 없어. 주화입마는 검을 들기 시작하는 순간 숙명적으로 따라오는 것이니까. 보통 사람이 할 수 없는 일을 하려면 그 정도의 후환은 감수해야지. 주화입마를 막을 수 있는 방법은 없지만 주화입마를 피하려고 노력하는 방법은 있다. 너는 앞으로 아침저녁으로 축기에 힘쓰고, 틈틈이 운기에 노력해서 너의 내공이 흡수한 내공보다 많아지게 노력하는 동시에 흡수한 내공을 너의 내공에 더할 수 있게 힘써야 한다. 하루라도 축기와 운기를 하지 않으면 그만큼 주화입마에 가까워지는 것을 명심하고."

화안명은 미친 듯이 머리를 끄덕였다.

"그리고 이건 노파심에 하는 말이지만, 너는 무슨 일이 있어도 화사토령을 두 번 다시 사용해서는 안 된다. 만약 한 번 더 성질이 다른 내공이 더해지면 대라신선이 와도 죽음을 면치 못할 거야. 내일 아침 길을 떠날 테니 쉬어두어라."

동완은 말을 마치고 방을 나갔다. 화안명은 배가 무척 고팠지만 주화입마가 걱정되어서 가부좌를 틀고 운기조식을 했다.

다음날 아침, 화안명은 운기조식을 마치고 객잔으로 내려갔다. 주화입마가 겁이 나 한 번 할 거 두 번 하느라 보통 때보다 조금 늦은 시간이었다.

생각대로 동완과 염 노인이 탁자에 앉아서 식사를 하고 있었다. 화안명이 빈자리에 앉아서 퉁퉁 불어터진 소면을 먹는데 염 노인이 오리구이를 끌어다가 화안명의 앞에 놓았다. 그것도 손 한 번 안 댄 오리구이였다. 화안명이 슬쩍 동완의 눈치를 살피자 염 노인이 말했다.

"너 주려고 따로 만든 것이니 걱정 말고 먹어라."

염 노인의 말에 화안명은 당장 소면 그릇을 놓고 오리다리를 죽 뜯어서 입에 넣었다. 배가 고파서 그런지 더 맛있었다.

염 노인이 말했다.

"화사토령을 너에게 가르친 건 노부가 잘못한 듯싶다. 어제 아가씨께서도 말했겠지만 두 번 다시 화사토령을 사용하지 말거라."

화안명은 오리다리를 먹느라 정신이 없어서 염 노인의 말에 건성으로 머리를 끄덕였다. 이 모습에 염 노인이 발끈해서 뭐라 혼을 내려는데 동완이 말했다.

"노팔의 처와 자식은 염 노인이 보살펴 줘. 공짜로 먹여주고 재워줄 필요는 없어. 그냥 여기로 불러서 일을 시켜."

염 노인은 화안명에게서 시선을 돌려 동완을 보며 말했다.

"그렇게 하겠습니다."

동완은 손짓을 해서 점소이를 불렀다. 점소이는 겁먹은 얼굴로 동완의 앞에 공손하게 섰다.

"그동안 시중을 드느라 고생했어."

동완은 품에서 아기 주먹만한 은원보 한 덩이를 꺼내서 점소이에게 주었다. 너무 큰돈이었기에 점소이는 차마 받지 못하고 우물쭈물했다.

"이건… 이건……."

이를 보고 염 노인이 말했다.

"인사드리고 받아두어라."

점소이는 머리를 연신 조아리며 은원보를 받았다.

"감사합니다, 감사합니다."

동완이 일어서자 염 노인이 따라 일어섰다.

"이제 가십니까?"

"저 녀석이 일주일이나 정신을 잃고 있었으니, 오늘 가지 않으면 늦어버리겠어."

"언제 또 오십니까?"

"당분간은 힘들고… 할 일을 하고 한가해지면."

동완이 말한 할 일이란 뇌전당주와의 싸움을 말하는 것이었다.

"노복, 이제 살날이 얼마 남지 않았습니다."

동완은 염 노인을 힐끗 보았다. 늙은 두 눈에 눈물이 맺혀 있었다.

"뇌전당주와 싸우러 가기 전에 한번 들르도록 할게."

"꼭 오셔야 합니다."

동완은 작게 머리를 끄덕이고 화안명을 돌아보며 말했다.

"이 녀석아, 언제까지 먹고 있을 거냐? 해가 중천에 뜰 때까지 먹을 테냐?"

이제 막 아침을 먹기 시작한 화안명으로서는 무척 억울했지만 어쩔 수 없이 다리 두 개밖에 먹지 못한 오리구이를 놓고 일어서야 했다.

멀리 소천 노사의 오두막이 보이자 화안명은 가슴이 두근두근 뛰었다.

칠 년 만에 마을을 보았을 때의 감동보다도 오히려 큰 두근거림과 설레임이었다. 거기에는 무언가 해냈다는 성취감도 한몫 했다.

'하림은 성공했을까?

동완이 말했다.

"이 길을 따라 올라가면 된다."

화안명은 의아한 마음에 동완을 돌아보았다.

"들렀다 가시지 않으세요?"

"내가 가서 뭐 하겠어? 아는 사람도 없는데."

"그럼 가시는 거예요?"

"가지 않으면? 여기서 너랑 같이 살까?"

동완이 몸을 돌려서 반대편 길로 걸어갔다. 동완의 뒷모습에, 그래도 여자라고 가냘픈 뒷모습에 화안명은 가슴이 찌르르 울렸다. 묘한 아쉬움에 화안명이 동완의 등을 향해 소리쳤다.

"우리… 다시 만날 수 있을까요!"

동완이 걸음을 멈추고 뒤돌아보았다. 어느 사이 화안명과 동완은 제법 멀어져 있었다. 동완이 피식 웃는다고 화안명은 느꼈다.

"네가 나만큼 강해지면."

말을 마치고 동완은 몸을 돌려서 길을 갔다. 동완의 뒷모습이 나무 사이에 가려 안 보일 때까지 화안명은 그 자리에 서서 동완을 배웅했다.

왜인지 침울해진 것 같아서 화안명은 기지개를 한 번 켜고 소천 노사의 오두막으로 올라갔다. 화안명은 낯익은 사립문을 지나서 서청 소사의 오두막으로 걸어갔다. 점심때를 약간 지난 시간이어서 화안명의 예상대로 서청 소사의 오두막에는 서청 소사가 있었다.

오두막의 앞마당에서 검법을 수련하던 서청 소사는 화안명을 발견하곤 검을 거두어들였다. 화안명이 머리 숙여 인사하자 서청 소사는 포권을 했다.

"한 달이 다 되었는데도 오지 않아 노사님께서 걱정이 많으셨습니다."

화안명은 머리를 긁적였다.

"제가 못나서 부상을 입는 바람에 조금 늦었습니다."

화안명은 품에서 동완이 써준 초로 봉한 편지를 꺼내서 서청 소사에게 내밀었다.

"동 아가씨께서 전해드리라 하셨습니다."

서청 소사는 잠시 생각하다가 편지를 받지 않았다.

"노사님께 직접 건네드리는 게 좋을 것 같습니다. 지금 노사님께 가시죠."

서청 소사가 앞장섰고, 화안명이 뒤따랐다. 소천 노사의 오두막을 향해 걸으며 화안명이 말했다.

"다른 아이들은 모두 돌아왔나요?"

"그렇습니다. 독고성과 하림이 먼저 왔고, 동관식과 양희가 나중에 왔습니다."

"다행이에요, 정말 다행이에요."

소천 노사는 오두막 앞 화원에 가부좌를 틀고 앉아서 눈을 감고 있었다.

화안명은 소천 노사의 앞으로 나아가서 허리 숙여 인사했다.

"소천 노사님을 뵙습니다."

소천 노사는 슬며시 눈을 떴다. 화안명을 보고는 몸을 일으켰다.

"돌아왔구나."

소천 노사가 천천히 오두막 안으로 들어가자 서청 소사와 화안명이 뒤따라 오두막 안으로 들어갔다.

소천 노사가 자리에 앉자 화안명은 소천 노사에게 오두막을 떠날 때 받았던 도와 동완이 써준 초로 봉한 편지를 내밀었다. 소천 노사는 말없이 편지를 뜯어보았다. 소천 노사는 편지를 두어 번 더 읽더니 입을 열었다.

"고생이 많았구나."

그사이 서청 소사가 차를 내어와서 소천 노사와 화안명 앞에 놓았다. 소천 노사가 말없이 찻잔을 들었기에 화안명도 찻잔을 들어서 마셨다.

이윽고 차를 다 마신 소천 노사가 몸을 돌려 병풍 뒤에서 도 한 자루를 꺼냈다. 그리고는 그 도를 화안명에게 주었다.

"무사가 된 증거로 주는 도다."

화안명은 조심스럽게 도를 뽑아보았다. 도신은 티끌 하나 없이 잘 제련되어 있었고, 도 날은 은은한 햇살에도 빛날 만큼 잘 벼려져 있었다. 천하의 명도는 아니었지만 꽤 오랜 시간 공을 들인 도였다.

"도집에 나를 뜻하는 표식이 새겨져 있으니 혹시라도 강호에서 같은 모양의 도를 보면 뜻이 같지 않아도 한 번 양보해 주고, 뜻이 같다면 동문의 정으로 대하도록 해라."

소천 노사의 말에 화안명은 도집을 보았다. 도집의 중앙에는 작은 원 안에 산이 두 개 겹쳐져 있는 문양이 음각되어 있었다.

"노사님 말씀, 명심하겠습니다."

화안명과 서청 소사는 소천 노사의 오두막을 나와서 길을 따라 걸었다. 갈림길에 이르자 서청 소사가 말했다.

"동관식과 양희는 뒷산에 간다고 했습니다. 화안명이 오늘 돌아올 것 같다며 꿩을 잡는다 했습니다."

"말씀, 감사합니다."

화안명은 말은 이렇게 했지만 내심 둘이 허튼짓을 하러 뒷산에 갔다고 생각했다.

서청 소사와 헤어진 화안명은 뛸 듯 걸어서 7년 차 수련자의 오두막으로 갔다. 하림을 보기 위해서였다. 오두막 앞에 이르러서 화안명은 발소리를 죽여 조심조심 걸었다. 하림을 놀래켜 주려는 생각에서였다. 아마 하림은 자신을 보면 정말 좋아할 것이다. 어쩌면 눈물을 글썽일지도 몰랐다.

화안명은 기대감에 숨을 한 번 고르고 천천히 문을 밀어서 열었다. 문이 반쯤 열렸다. 그 사이로 하림이 보였다. 그리고 독고성도 보였다. 오두막 안의 광경에 화안명은 문을 열던 모습 그대로 석상처럼 굳었다.

알몸의 하림 위에 알몸의 독고성이 올라타 있었다. 화안명은 한 번도 경험이 없었지만 지금 눈앞에서 하림과 독고성이 하는 행위가 무엇인지는 잘 알았다. 종종 자신과 하림이 이런 행위를 하는 꿈을 꾼 적이 있었기 때문이다.

머리 속이 윙윙 울었다. 가슴속에서 무언가가 불같이 치밀어 올랐다.

화안명은 소천 노사가 준 도를 찾아 쥐었다. 독고성을 베어버리고 싶었다. 독고성을 죽이고 싶었다. 화안명의 몸에서 살기가 뿜어져 나왔다.

화안명이 도를 반쯤 뽑아 드는 순간, 우연인지 필연인지 하림과 눈이 마주쳤다. 하림은 담담하게 화안명을 보았다. 조금도 놀라지도, 조금도 화내지도, 조금도 불쌍해하지도 않았다. 평소와 조금도 다름없이 화안명을 보았다.

화안명은 맥이 탁 풀렸다. 하림은 단 한 번의 눈빛으로 많은 것을 이야기한 것이다. 화안명은 모든 것이 무가치하게 느껴졌다. 공허함에 가까운 허무함이 찾아들었다.

"명 오라버니, 우리 꼭 무사히 돌아와요. 그래서 다시 만나요."

한 달이라는 시간 동안 변한 건 화안명의 앞서가는 마음뿐이었던 것이
다.

화안명은 문을 박차고 오두막을 뛰쳐나왔다. 화안명의 눈에서 눈물이
흘러나와서 볼 위를, 어깨 위를 적셨다. 어디로 가는지도 모르고 화안명
은 무작정 달려나갔다. 가슴이 너무 아파서, 가슴을 너무 아프게 한 하림
에게서 조금이라도 멀어지고 싶었던 모양이다.

화안명이 정신을 차린 건 이 년 전 겨울에 왔던 붉은색 바위 위에서였
다. 주위를 둘러보다가 자신이 어디 있음을 알아차리고 화안명은 실소했
다. 이 년 전에도, 그리고 지금도 자신은 겁이 나면 일단 도망부터 치는
모양이었다.

화안명은 일단 바위에 앉아서 산 밑 풍경을 보았다. 이 년 전이나, 그리
고 지금이나 이곳 풍경은 변함이 없었다. 높고 낮은 산도 그대로였고, 들
판으로 흐르는 강도 그대로였다. 굳이 변한 게 있다면 겨울이 봄이 되었다
는 것이고, 또한 굳이 변한 게 없다면 하림에 대한 화안명의 마음이었다.

화안명은 가만히 앉아서 아무 생각도 하지 않고 조금은 멍하니 산 밑
풍경을 보았다. 따뜻함과 차가움이 섞인 바람이 귀 옆을 지나가고, 땅 내
음과 나무 내음이 섞인 내음이 코밑을 지나갔다. 화안명이 자연에 취해
있는데 뒤에서 인기척이 났다.

화안명은 혹시나 하는 마음에 돌아보았다. 거기에는 두 명의 여인이
서 있었다. 두 명의 여인 모두 스물 안팎으로 보였는데 옷차림이 무척 화
려했다. 옷차림이 아니더라도 두 여인은 처음 보는 여인이 확실했다. 수
련자 오두막에서 스물 안팎의 여인은 단 세 명뿐이었고, 하림, 양희, 정

영 모두 화안명이 얼굴을 알고 있었기 때문이다. 화안명은 흥미를 잃고 다시 산 밑으로 시선을 돌렸다.

화안명의 행동이 의외였는지 두 여인은 두런두런 이야기를 나누었다. 이윽고 한 여인이 화안명에게 다가와서 말했다.

"이봐요."

화안명이 머리를 돌려 말을 꺼낸 여인을 보았다.

"불렀으면 말을 해야 할 거 아니에요? 혹시 벙어리예요?"

"무슨 말을 하라는 겁니까?"

"그러니까… 이름이라든가, 직위라든가."

이때 뒤에서 가만히 보고 있던 여인이 앞으로 나와서 말했다.

"무엇을 보고 있나요?"

화안명은 시선을 돌려 새롭게 말을 꺼낸 여인을 보았다. 얼굴이 보름달처럼 동그랗고 볼살이 통통한 것이 귀여운 인상이었다.

"그냥… 이것저것……."

거짓말이었다. 산 밑 풍경을 보았지만 기억나는 것이 없어서 한 말이었다. 굳이 무엇을 보았다면 풍경에 반사되어 흐릿하게 비춰지는 자기 자신일 것이다.

볼살이 통통한 여인이 화안명의 옆에 와서 앉았다.

"이곳에 자주 오나 봐요?"

"이따금씩."

거짓말이었다. 이 년 전에 한 번 왔고 오늘이 두 번째였지만 길게 설명하기 귀찮아서 한 말이었다.

볼살이 통통한 여인은 무릎을 세우고 두 손으로 무릎을 안았다.

"나도 이따금씩 와요. 오늘처럼 기분이 우울할 때, 머리로는 풀 수 없는 문제가 있을 때."

화안명은 자기도 모르게 머리를 끄덕였다. 이를 보고 볼살이 통통한 여인이 말했다.

"그쪽도… 그렇나요?"

"비슷하지만 다릅니다. 우울하기보다는 화가 날 때, 풀 수 없는 문제보다는 인정할 수 없는 대답이 나왔을 때."

화안명의 입가에 자조 섞인 미소가 지어졌다.

"내가 작고, 또 작고, 또 작고… 그렇게 느껴지면… 세상이 나보다 더 작아 보일 수도 있나 궁금하면."

이때 새 한 마리가 하늘을 반으로 가르며 날아와서 볼살이 통통한 여인 뒤편에 시립해 있는 여인의 어깨에 내려앉았다. 여인은 새의 발목에 달린 대롱에서 작은 쪽지를 꺼내서 읽었다. 쪽지를 읽고 나서 여인은 볼살이 통통한 여인을 보며 입술을 오물거렸다.

볼살이 통통한 여인이 말했다.

"혹시 알아요? 이곳은 해가 그냥 지는 법이 없어요. 그래서 이따금 오게 돼요. 매번 다르니까 매번 오게 되나 봐요. 시간이 된다면 노을을 꼭 보고 가세요. 노을이 피었다 지면 가슴속의 앙금도 사그라질지 모르잖아요."

말을 마치고 볼살이 통통한 여인이 일어섰다. 화안명이 돌아보자 볼살이 통통한 여인은 살짝 눈으로 웃었다. 그것이 작별 인사였던 모양이다. 두 여인은 화안명을 뒤로하고 숲 속으로 걸어가더니 이내 사라졌다.

화안명은 가만히 앉아서 노을이 피기를 기다렸다. 한 시진이 지나서 해가 서산 뒤로 지고 하늘에 붉은 노을이 그려졌다. 붉은 노을은 주황색으로 옅어졌다가 이내 어둠 속으로 사라졌다. 노을이 있던 자리에 하나 둘 별이 생겨났다. 원래부터 별밖에 없었다는 듯이 하늘이 별 무리로 가득해지자 화안명은 몸을 일으켰다.

노을이 피었다 지면 가슴속의 앙금이 사라지는지는 모르겠지만, 시간이 하나둘 지나면 가슴속 상처의 아픔은 사라지는 노을처럼 옅어진다. 화안명은 한 시진 반 전에 하림이 그러했듯 담담한 얼굴로 산을 내려갔다.

화안명이 7년 차 수련자의 오두막 앞에 도착했을 때 아이들은 횃불까지 피워 들고 화안명을 기다리고 있었다. 복장 하며 얼굴 하며, 화안명이 지금 돌아오지 않았다면 산을 다 뒤져서라도 화안명을 찾을 기세였다.

동관식이 얼굴 가득 화난 표정으로 말했다.

"어디 갔다 온 거야?"

화안명은 피식 웃었다. 동완이 자주 짓는 웃음이었는데 어느 사이 화안명이 보고 배운 모양이었다.

"아무도 없기에 산책 좀 다녀왔어. 그보다 횃불은 뭐야? 설마 나를 찾으러 갈 생각이었던 건 아니지?"

양희가 말했다.

"왜 아니겠어. 동 오라버니가 올 때가 됐는데 안 온다고, 갈 데가 없는데 안 온다고. 이 년 전처럼 길을 잃어버린 게 틀림없다고 횃불을 만들어서 산으로 찾으러 가야 한다고 난리도 아니었어."

화안명은 동관식의 어깨를 툭 쳤다.

"올려면 이 년 전에 왔어야지. 지금은 봄이지만 그때는 겨울이었다구. 달이 지고 해가 뜨는 데도 아무도 안 와서 나를 잊어버린 게 아닐까 생각했었다구."

"그거야… 그때는… 하고 싶어도 할 수가 없었잖아."

동관식은 화안명을 힐끗 보고는 말을 이었다.

"지금도 미안하게 생각하고 있어."

화안명은 동관식의 어깨에 손을 올려서 어깨동무를 했다.

"그보다 꿩고기는?"

"무슨 꿩고기?"

"서청 소사님이 분명히 그러셨는데. 너랑 양희랑 산에 꿩 잡으러 갔다
고."

"그건… 그건……."

화안명은 짓궂은 얼굴이 되어서 말했다.

"뭐야? 꿩 대신 다른 거 잡았던 기야?"

양희가 볼이 빨갛게 상기되어서 말했다.

"꿩 잡았는데 내가 다 먹어버렸어. 진짜야!"

화안명은 양희를 돌아보다 우연인 척 하림을 보았다. 화안명을 계속
보고 있었는지 하림은 화안명과 시선이 마주치자 살짝 미소 지었다. 화
안명은 살짝 미소 짓는 하림을 보며 자신이 아직도 하림을 좋아한다는
것을 깨달았다. 화안명은 가슴이 시큰 아팠다. 이제 좋아하지 말아야지
마음먹어도 이미 좋아진 이상 좋아하는 데 걸렸던 시간만큼, 어쩌면 그
이상 좋아하지 않는 데 시간이 걸릴 것이다.

화안명은 사랑을 시작하는 방법은 몰랐지만 사랑을 끝내는 방법은 알
았다.

화안명은 양희를 보며 말했다.

"이거 점점 의심스러운데?"

"야!"

독고성은 동관식, 양희와 장난치는 화안명을 말없이 보고만 있었다.

화안명이 소천 노사의 오두막으로 돌아온 지 삼 일이 지났다.

강제 수련이 없었기에 아이들은 이야기를 나누며 시간을 보냈다. 이야
기의 소재로 아이들의 입에 가장 많이 오르내린 건 단연 주작당에서의
생활이었다. 소천 노사의 오두막에서의 생활이 과거라면 주작당에서의

생활은 미래였던 것이다.

화안명은 제비뽑기에서 져서 동관식과 함께 그날 먹을 점심을 가지러 식당으로 걸어갔다.

동관식은 툴툴거렸다.

"그 녀석, 오늘 같은 날 오면 얼마나 좋아. 귀찮은 일 안 해도 되고."

"그 녀석?"

"정영 말이야. 한 달 전 눈 오는 날 한 번 오구 코빼기도 안 비치네?"

화안명은 정영을 떠올렸다. 코흘리개 시절부터 유난히 자신을 쫓아다니던, 이 년 전인가 삼 년 전인가 갑자기 부쩍 커서 지금은 성숙한 처녀 티를 내는.

"수련하느라 바쁜가 보지."

동관식이 화안명의 옆구리를 푹 찔렀다.

"무심한 녀석, 언제 떠날지 모르는데 한 번은 찾아가 봐. 좋아하니, 좋아하지 않느니 이런 말 안 할 테니. 어릴 적부터 너를 유독 따랐잖아. 기르던 개도 며칠 안 보면 보고 싶다는데 사람이야 오죽하겠냐."

"……."

"야, 이제 그만 하림을 잊을 때도 됐잖아?"

화안명이 돌연 걸음을 멈추었기에 동관식은 자신이 말실수를 했음을 알았다. 화안명이 자신을 돌아보자 동관식이 떠듬떠듬 말했다.

"그러니까… 내 말은……."

"네 말이 맞아. 오늘이라도 한번 얼굴을 봐야겠어."

화안명이 다시 걸음을 옮기자 동관식이 따라가며 말했다.

"아명, 화났어?"

"틀린 말도 아닌데 화날 일이 뭐 있어?"

동관식은 듣는 사람이 화가 나고 화가 나지 않고는 말하는 사람이 말할 때 맞는 말을 했느냐 틀린 말을 했느냐가 중요한 게 아니라, 듣는 사람이 들을 때 기분 나쁜 말이냐 기분 나쁘지 않은 말이냐에 따라 결정된다는 사실을 알고 있었다. 그래서 화안명이 화가 났으리라 짐작했다.

이때 서청 소사가 두 사람을 향해 뛰어오고 있었다.

"서청 소사님을 뵙습니다."

"서청 소사님을 뵙습니다."

서청 소사는 두 사람을 향해 포권을 해 보인 다음 말했다.

"주작당에서 사람을 보내왔습니다."

동관식이 말했다.

"벌써요? 빨라도 열흘은 걸릴 거라도 생각했는데요."

"노사님께서 빨리 다섯 수련자를 데리고 오라 하셨습니다."

동관식은 일이 생각보다 급박하게 돌아가고 있음을 깨달았다. 어쩌면 바로 주작당으로 출발할지도 몰랐다. 동관식은 화안명에게 귓속말을 했다.

"아명, 정영을 보려면 지금 봐야겠어."

화안명은 잠시 생각하다가 머리를 저었다.

"따로 볼 시간이 있을 거야."

동관식은 펄쩍 뛰었다.

"아니야. 내가 보기에는……."

동관식의 말을 서청 소사가 잘랐다.

"비천 당주님이 온 것이 아니라 그의 수하가 온 것이어서 따로 시간을 줄 수 없습니다."

동관식이 말했다.

"서청 소사님, 그래도……."

서청 소사는 단호하게 머리를 저었다.

화안명이 말했다.

“주작당에서 왔다는 사람이 혹시 동완 단주님입니까?”

“동완 단주님이라면 내가 뛰어오지도 않았을 겁니다. 이번에 온 자는 형건이라고, 뱀처럼 교활한 자입니다. 주작당에서 생활하게 되면 최대한 그자와 충돌을 피하는 게 좋을 겁니다. 시간이 없습니다. 서두르십시오.”

동관식은 서청 소사가 허튼 말을 할 사람이 아니라는 것을 알았기에 형건이라는 이름을 머리 속에 새겨두었다.

서청 소사는 화안명, 동관식과 함께 7년 차 수련자 오두막에 들러 독고성, 양희, 하림을 데리고 소천 노사의 오두막으로 갔다. 동관식의 귀띔을 들었는지 양희는 걸어가며 7년 차 수련자의 오두막을 연신 돌아보았다.

소천 노사의 오두막 앞에 한 대의 마차가 서 있는 게 보였다. 마차 앞에는 소천 노사와 낯선 세 명의 남자가 서 있었다. 두 무사가 학사풍의 장년인 뒤에 시립하듯 서 있는 모양으로 미루어 학사풍의 장년인이 서청 소사가 말한 형건인 듯했다.

화안명은 소천 노사가 차 대접하는 것을 즐겨서 수련자인 자신들이 어쩌다 오두막을 찾아도 그때마다 차를 내어주곤 했는데, 주작당 사람들이 오두막 안이 아니라 오두막 밖에 서 있는 모습에 의아해했다.

학사풍의 장년인은 손부채를 펼쳐 부치며 말했다.

“이 다섯 명인가 보군.”

서청 소사가 말했다.

“그렇습니다.”

“내 앞에서 머리 숙이지 않는 사람은 주작당에서 당주님과 동완 단주뿐이라고 생각했는데 내 생각이 틀렸나 보군. 뭐, 좋아. 명색이 당주님의 스승과 사형이니 그럴 수도 있겠지.”

학사풍의 장년인은 아이들을 한 명씩 둘러보았다. 하림에게 잠깐 멈췄던 시선은 차례대로 움직여서 다시 독고성에게 가서 멈췄다.

"내 소개가 늦었군. 나는 형건이다. 당주님을 가장 옆에서 모시며 내원을 맡고 있지. 나를 부를 땐 내원주라고 하면 될 거야. 앞으로 나를 자주 보게 될 테니 호칭 정도는 외워두는 게 좋을 거야."

독고성은 생각했다.

'단주가 아니라 내원주라고? 당주 직속 단체인 걸까?'

영생교에서 당은 독립적인 세력을 가지고 있었다. 영생교 안에 청룡, 백호, 주작, 현무 네 개의 당이 있는 동시에, 청룡, 백호, 주작, 현무 네 개의 당이 모여서 영생교를 이루는 것이다.

당에는 기본적으로 친위, 돌격, 진격, 지원 네 개의 단이 있었고, 그 외에 당주 직속의 단이 한 개 내지 두 개 더 있었다. 보통 당주 직속의 단주는 무공이 높은 사람보다 충성심이 강한 사람이 맡았고, 그러다 보니 종종 당의 공식적인 이인자라 할 수 있는 친위단주보다 큰 권력을 휘두르기도 했다.

형건이 말했다.

"자네가 독고성인가?"

독고성이 머리를 숙이며 대답했다.

"그렇습니다. 제가 독고성입니다."

"무강이 칭찬을 많이 하더군. 앞으로 기대하겠네."

"최선을 다하겠습니다."

무강이 독고성을 기억해서 형건에게 말한 것만큼 독고성도 무강을 깊이 기억하고 있었다. 독고성의 시험을 감독했던 무강은 독고성이 보기에 소천 노사 이상으로 뛰어난 무공을 가지고 있었다. 인상적이었던 건 충분히 강함에도 시간이 날 때마다 틈틈이 무공 수련에 매진하는 모습이었다.

형건은 소천 노사에게 포권을 해 보이며 말했다.

"소천 노사, 그간 수고가 많으셨소."

소천 노사는 마주 포권을 해 보이며 말했다.

"내 할 일을 했을 뿐이오."

"그럼 실례하겠소."

"살펴 가시오."

형건이 아이들을 보며 말했다.

"자세한 이야기는 가는 길에 하도록 하지. 마차에 타거라."

형건은 몸을 돌려 마차에 오르려 했다. 화안명은 지금이 자신이 나서야 할 때임을 알았다.

"내원주님, 드릴 말씀이 있습니다."

형건은 몸을 돌리지 않고 말했다.

"마차에서 하거라."

"마차에서는 할 수 없는 말입니다."

형건은 눈썹을 찌푸리며 돌아서서 화안명을 보았다.

"말해라."

화안명은 숨을 한 번 고르고는 말했다.

"저는 주작당에 가지 않겠습니다."

잠시 정적이 흘렀다. 소천 노사부터 형건까지 모두 놀란 얼굴이었다.

형건이 말했다.

"지금 뭐라 했지?"

"주작당에 가지 않는다 했습니다."

"이름은?"

"화안명입니다."

"화안명… 화안명……. 그래, 들어본 것 같기도 하군. 알겠다. 더 할 말은 없는가?"

화안명은 형건에게 포권을 해 보였다.

"살펴 가십시오."

형건은 낮게 코웃음쳤다. 화안명이 포권을 해 보인 게 마음에 들지 않았던 것이다. 형건은 몸을 돌려서 마차에 올랐다.

여행의 시간이 작별의 시간으로 바뀌었다. 너무나 갑작스러워서 아이들은 화안명의 얼굴만 바라볼 뿐 아무도 입을 열지 않았다.

마차 안에서 형건이 소리쳤다.

"뭐 하느냐? 어서 마차에 타거라!"

독고성이 말했다.

"아명, 생각 많이 해본 거지?"

화안명은 머리를 작게 끄덕였다.

"그래."

독고성의 말이 이어졌다.

"너와 같이… 지금까지 그래 왔던 것처럼 같이 지내고 싶었는데."

독고성은 이 말을 끝으로 마차에 올랐다.

하림이 말했다.

"명 오라버니, 건강하세요."

화안명은 작게 머리를 끄덕였다.

"그래."

하림은 이 말을 끝으로 마차에 올랐다.

동관식은 화안명에게 다가가더니 다짜고짜 주먹으로 화안명의 배를 내질렀다. 화안명의 선언처럼 동관식의 일격도 너무나 갑작스러워서 화안명은 배를 안고 주저앉았다.

동관식은 화안명을 일으켜 세우며 투덜거리듯 말했다.

"나쁜 자식, 원래부터 이럴 생각이었지?"

"미안."

“일찍 말했으면 꽁꽁 묶어서 데려가는 건데.”

화안명은 피식 웃었다.

동관식의 말이 이어졌다.

“무엇보다 소중한 건 목숨이다. 살아 있다면 결국 무엇이든 할 수 있다.”

화안명은 작게 머리를 끄덕였다.

양희는 언제부터 울기 시작했는지 얼굴 가득 눈물로 범벅이 되어 있었다. 양희는 콧물까지 훌쩍이며 말했다.

“다시 만날 수 있는 거지?”

화안명은 작게 웃어 보였다.

“그럼.”

동관식이 양희를 데리고 마차에 타자 형건의 두 호위무사가 마부석에 올라탔다. 마차 문이 닫히고, 이내 마차가 천천히 출발했다.

화안명은 그 자리에 가만히 서서 마차가 길을 따라 내려가서 숲 사이로 모습을 감추는 것을 지켜보았다. 지난 칠 년의 추억을 그렇게 떠나보냈다.

서청 소사는 화안명이 여운에 잠기는 것을 허락하지 않았다.

“왜 그랬습니까?”

화안명은 딱히 할 말을 찾지 못했다. 하림 때문이라고 말하기에는 조금 창피했던 것이다.

소천 노사가 말했다.

“그는 수련자가 아니라 무사다. 자신의 생각으로 자신의 길을 걸을 자격이 있다.”

소천 노사의 말이 옳았기에 서청 소사는 더 이상 화안명을 질책하지 못했다. 하지만 마음속에 여운이 남는 것은 어쩔 수 없었다. 비천의 주작당이라면 그래도 무가치하게 버려지지는 않았을 테니까.

소천 노사의 말이 이어졌다.

"백호당 돌격단에서 무사를 보내달라고 했다지?"

"그렇기는 하지만……."

"백호당 돌격단에 연락을 넣어라. 무사 한 명이 있다고."

"하지만 노사님."

소천 노사는 서청 소사의 말에 대꾸하지 않고 화안명을 보며 말했다.

"백호당 돌격단은 이곳과 가까우니 당장 내일이라도 마차가 올 것이다. 오늘은 쉬고 내일 떠날 준비를 하거라."

화안명은 머리를 숙여 대답했다.

"알겠습니다."

소천 노사는 몸을 돌려 오두막 안으로 들어갔다. 그 모습이 단호해 보여서 서청 소사는 더 말하지 못했다.

화안명이 말했다.

"시청 소사님, 몸리가 보겠습니다."

서청 소사는 망설였지만, 결국 화안명에게 백호당 돌격단에 대해서 말해주지 못했다.

'노사님은 무슨 생각으로 화안명을 사지로 보내는 것일까? 화안명이 비천의 뜻을 어겨 화가 나신 것일까?'

화안명은 소천 노사의 오두막을 나와 연무장으로 갔다. 정영을 보기 위해서였다.

점심때를 지난 시간이었기에 수련자들은 삼삼오오 모여서 비무를, 혹은 구경을 하고 있었다. 한가로운, 그리고 자유로운 분위기였다.

모든 것이 바뀐 건 사 년 전 가을 독고성과 사성의 목숨을 건 싸움에서였다. 돌이켜 보면 하림이 자신의 짝으로 독고성을 선택한 것도 그 싸움에서였다.

화안명은 쓴웃음을 한 번 짓고는 정영을 찾기 위해 연무장 안을 걸었다.

화안명을 발견한 수련자들은 웅성거렸다.

"화안명 사형이야."

"정말이네?"

"화안명 사형이 연무장에는 어쩐 일이시지?"

그도 그럴 것이, 화안명을 비롯한 독고성, 동관식, 양희, 하림은 비천 이후로 십삼 년 만에 처음으로 시험을 통과해서 무사가 되었기 때문이다.

화안명은 연무장 중앙에서 뒷짐을 지고 서 있는 정영을 발견하고 그쪽으로 걸어갔다.

화안명이 자신의 앞에 와서 멈춰 서자 정영은 눈에 띄게 당황했다.

화안명이 말했다.

"오랜만이야."

정영은 화안명에게 머리를 숙여 보이고는 말했다.

"시험을 통과하신 것, 축하드립니다."

수련자들이 하나둘 모이더니 화안명과 정영을 중심으로 원을 만들었다.

정영은 주위를 둘러보며 눈을 부라렸다.

"이것들이? 어디, 구경났어? 가서 수련하지 못해?"

몇몇 수련자들이 움찔해서 무리에서 이탈했다가 대부분의 수련자들이 자리를 지키고 있자 다시 무리에 합류했다.

화안명은 피식 웃었다.

"정영도 벌써 6년 차 수련자구나. 코흘리개였던 게 엊그제 같은데 말야."

정영은 얼굴을 붉히며 말했다.

"언젯적 이야기를 아직도 하시는 거예요? 어렸을 때 코 안 흘리는 아이 있나요?"

“하지만 너는 유난히 심했지. 콧물이 아니라 눈물이라 해도 믿을 정도
로.”

정영의 얼굴이 더욱 붉어졌다. 두 사람을 둘러싸고 있던 수련자들이
일제히 웃음을 터뜨렸다. 평소 얼음마녀라고 불리는 정영의 당황한 모습
이 재미있었던 것이다.

정영은 일굴색을 고친 다음 말했다.

“마차 한 대가 소천 노사님의 오두막으로 올라갔다가 내려가서 떠나
신 줄 알았습니다.”

“다른 사람들은 다 떠났어. 나도 내일 떠나.”

“그렇군요……..”

“우리가 마지막으로 비무를 한 게 언제지? 그사이 얼마나 늘었는지 볼
까?”

정영은 화안명의 손에 들린 소천 노사에게 받은 도를 가리키며 말했다.

“사형, 설마 진도로 저를 상대하려는 건 아니겠지요?”

“그럴 리가 있겠어?”

화안명은 주위를 둘러보며 말했다.

“나에게 목도 빌려줄 사람?”

수련자들은 너도 나도 자신의 목도를 내밀었다.

“사형, 제 목도를 쓰십시오.”

“제 목도가 가볍고 단단합니다.”

화안명은 다른 수련자보다 키가 작고 마른 아이가 내민 목도를 잡았다.

“이름이 뭐냐?”

아이는 상기된 얼굴로 말했다.

“3년 차 수련자 장무입니다.”

“네 목도를 잠시 빌리겠다.”

화안명은 무게를 가늠해 보기 위해 목도를 몇 번 휘둘러 보았다. 고작 한 달 동안 진도를 썼다고 목도의 가벼운 무게가 낯설게 느껴졌다. 마치 아무것도 들지 않고 팔을 휘두르는 듯한 느낌이었다. 장무의 목도가 보통 목도보다 짧고 가벼워서 더욱 그러했다.

화안명이 목도를 길게 늘어뜨리는 것으로 자세를 잡자 정영은 목도 머리를 위아래로 살짝 움직인 다음, 화안명의 머리를 노리고 목도를 찔러 갔다. 정영의 몸과 목도가 동시에 앞으로 뛰쳐나오며 찔러왔기에 그 기세가 제법 대단했다.

화안명은 몸을 옆으로 살짝 틀어서 정영의 목도를 피했다. 정영이 연속해서 두 번 찔렀지만 화안명은 앞서와 같이 몸을 옆으로 살짝 움직여 피했다. 만약 화안명이 뒤로 피했다면 정영이 앞으로 나오며 기세를 올렸겠지만, 화안명이 옆으로 피했기에 정영은 제자리에서 목도를 찌른 모양이 되어서 목도에 처음과 같은 기세가 실리지 못했다.

정영은 무언가 이상함을 느끼고 멈춰 섰다. 이를 보고 화안명이 목도를 천천히 들어올렸다. 정영은 움찔 놀라서 한 걸음 뒤로 물러섰다.

화안명은 정영이 했듯이 정영의 머리를 노리고 목도를 찔러갔다. 정영은 화안명이 했듯이 몸을 옆으로 틀어 화안명의 목도를 피했다. 화안명의 목도가 허공을 찌르는가 했는데, 목도가 하나 더 생겨나 정영의 머리를 다시 찔러갔다. 정영은 피하기에는 이미 늦었음을 알고 목도로 화안명의 목도를 쳐냈다. 목도와 목도가 부딪치는가 했는데 정영의 목도가 허공을 잘랐다. 화안명의 목도가 다시 하나 더 생기더니 정영의 목 앞에 닿아 있었다.

정영은 멍청한 얼굴이 되었다.

"어떻게 한 거죠?"

방금 화안명이 펼친 수법은 화안명이 노팔과의 싸움이 끝난 다음 깨달은 것이었다. 화안명이 노팔과의 싸움에서 고전한 이유는 싸움 경험이 적었던 것과 쾌도법이 너무 단순했기 때문이다. 화안명이 배운 유일한 외공인 쾌도법은 허초는 없이 실초만 있었으며, 그 실초 또한 변초 없이 단순히 찌르고, 베고, 올려치고 하는 것밖에 없었다.

"간단해. 도를 찌를 때 끝까지 찌르지 않고 있다가 상대의 움직임을 보고 두 번, 세 번 찌르면 되는 거야."

화안명은 목도를 거두어들이며 말했다.

"공격할 테니 막아봐."

정영이 자세를 잡자 화안명은 이번에는 정영의 목을 노리고 목도를 베어갔다. 정영은 느낀 것이 있어서 피하지 않고 화안명의 목도를 마주 베어갔다. 아까와는 달리 목도와 목도가 부딪쳤다. 정영은 손목이 부러지는 것 같은 아픔에 목도를 놓치고 말았다. 화안명의 목도가 그대로 휘둘러져서 정영의 목 앞에 닿아서 멈췄다.

정영이 항의했다.

"이게 뭐예요? 그냥 세게 휘두른 거잖아요?"

화안명은 목도를 거두어들이고 뒷머리를 긁적였다. 이렇게 할 생각은 아니었다. 목도를 휘두르는 도중에 정영의 목도에 힘이 실려 있지 않음을 느끼고 즉흥적으로 목도에 내공을 집중해 버린 것이었다.

"이렇게 할 수도 저렇게 할 수도 있는 거야. 매번 같은 방법으로 싸울 필요는 없잖아? 상대의 약점을 나의 강점으로 상대해야 하는 거야."

꿈보다 해몽이 더 좋았다.

정영은 화안명의 말에 납득했는지 더 이상 투덜대지 않았다. 정영은 땅에 떨어진 목도를 주워 들고는 말했다.

"사형, 정말 강해졌어요. 일 년 전과는 비교할 수 없이. 이제는 진짜 무사 같아요. 싸우는 거나 말하는 거나."

"너도 강해졌어. 코흘리개 꼬마라고는 믿을 수 없이."

말을 하고 나서 화안명이 슬쩍 웃었기에 정영은 슬쩍 화안명을 노려보는 척했다.

정영은 화안명이 자신에게 작별 인사를 하러 왔다는 것을 처음부터 알았다. 그렇지 않으면 비무하기를 죽는 것만큼이나 싫어하는 화안명이 자신에게 비무를 청했을 리 없다. 비무는 끝났고, 이제 화안명은 떠날 것이다. 마지막이라는 생각에 정영은 수련자들이 보고 있었지만 부끄러움을 무릅쓰고 말했다.

"사형, 다시 만날 수 있을까요?"

화안명은 불쑥 동완과 헤어지던 순간이 떠올랐다. 자신이 한 말에 동완도 이런 느낌이 들었겠구나 싶었다.

"내가 계속 도를 들고 있고 네가 계속 도를 들고 있다면, 언젠가는 다시 보게 될 거야."

정영은 작게 머리를 끄덕였다. 그리고는 혼자만 들을 수 있게 중얼거렸다.

"그것이 사형에게 가는 길이라면 나는 절대로 도를 손에서 놓지 않겠어요."

『애검패도』 2권에서…

무한 상상 · 공상 세계, 청어람 신무협&판타지

『초일』,『건곤권』,『송백』!! 신무협 소설의 성공 신화!
작가 백준!! 그가 쓰는 새로운 강호!

청성무사(靑城武士) / 백준 지음

강호를 뒤덮은
마도의 피바람을 잠재워라!

『청성무사』
(靑城武士)

"우화등선하거라… 나의 마지막 소원이다."
사부의 소원이 무섭다.
떠나버린 사매가 야속하다.
하지만 소초산은 개의치 않는다.

망해버린 청성의 마지막 장문인 소초산!
그러나 망한 문파에서도 천하제일인은 나온다!

무한 상상·공상 세계, 청어람 신무협&판타지

『두령』,『사마쌍협』을 보았다면
꼭 섭렵해야 할 월인의 최신작!

천룡신무(天龍神舞) / 월인 지음

2005년 무협계를 평정할 거대한 놈이 나타났다!

『천룡신무』
(天龍神舞)

처음에는 운 좋게 병신춤만 추는 인간들을 만나 사지육신을 온전히 보존하고 있는 줄 알았다.
그리고 십 년 동안 이상한 춤만 가르쳐 주고 몽둥이 휘두르는 법은 물론, 주먹 쥐는 법 하나
가르쳐 주지 않은 사부를 원망하기도 했었다.

하지만 이젠 그딴 거 필요없다.
사부께서는 용무(龍舞)를 열심히 수련하면 네놈 몸뚱이 하나는 네 마음대로 움직일 수 있다고 하셨다.
그리고 그렇게 만들어주셨다.
사부께서는 한계를 뛰어넘고 초식을 무너뜨리는 춤을 가르쳐 주신 것이다.

중원의 무공 따위는 눈 아래로 내려다볼 수 있는 춤!

그래서 천룡신무(天龍神舞)이리라……

매력적인 작품 세계를 보여온 월인만의 매혹에 다시 한 번 유혹당한다!

무한 상상 · 공상 세계, 청어람 신무협&판타지

『신마대전』,『투마왕』의 작가 김운영
세간에 화제를 불러온 최신 기대&화제작!!

흑사자(黑獅子) / 김운영 지음

세상에는 수많은 강자가
존재한다.

『흑사자』
(黑獅子)

한 자루 검으로 거대한 마물을 능히 상대할 수 있는 소드 마스터.
마나를 자유롭게 다루어 온갖 신비한 힘을 발휘할 수 있는 대마법사.
신의 선택을 받아 기적 같은 신성력을 행하는 고위성직자.
단신(單身)으로 국가의 운명에까지 영향을 미칠 수 있는 자들도 있다.
그러나 이들도 어렸을 때에는 약했다.

인간인 이상, 태어나서 십몇 년간은 성인의 힘을 이길 수 없다.
강해진 자들은 하나같이 오랜 세월 동안 남들이 이해하기 힘든
노력과 경험을 쌓아온 자들이다.

그러나 난 달랐다. 난 어렸을 때부터 강했다.
내게는 그 어떤 수련도 경험도 필요없었다.

난… 사자다.

FANTASTIC
ORIENTAL
HEROES

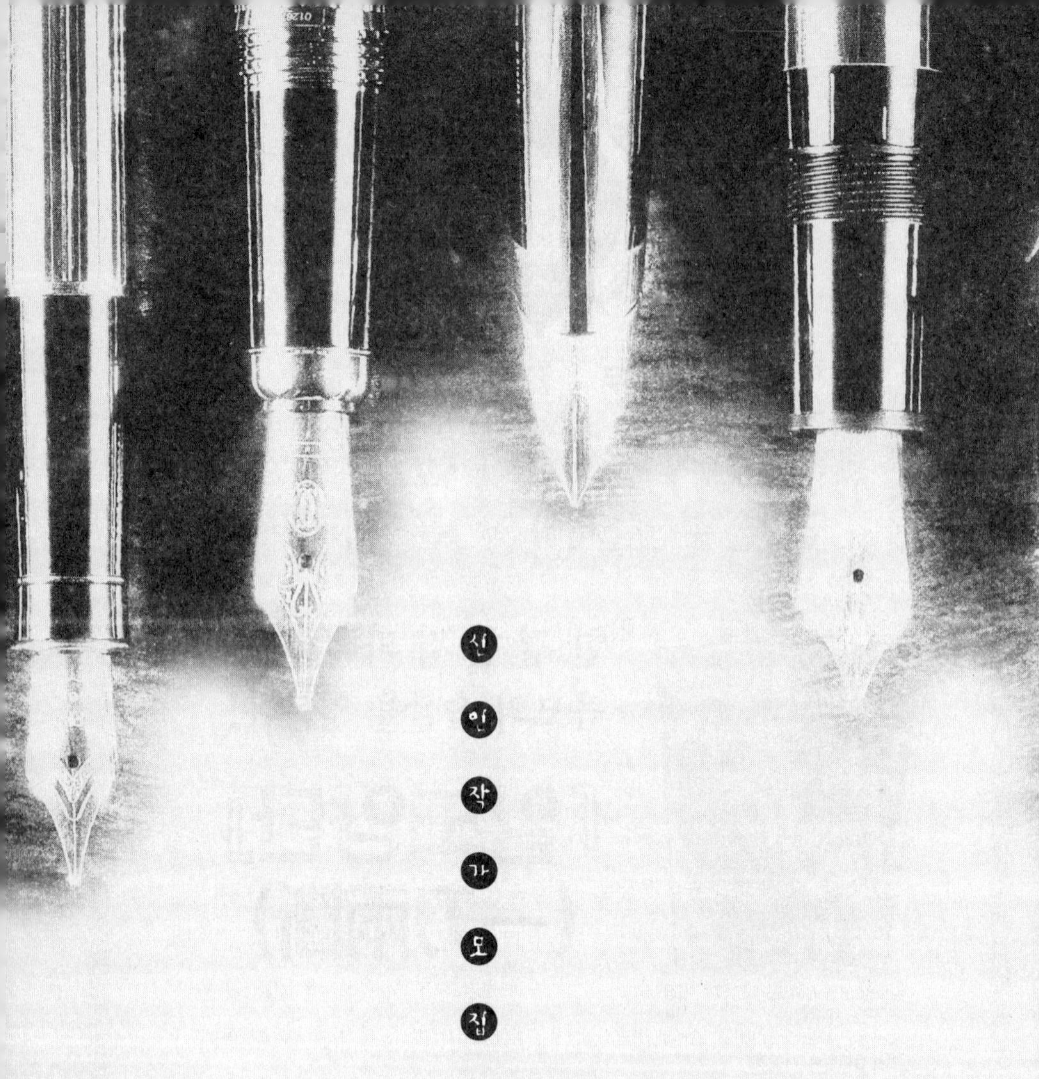